新潮文庫

愚者の街

上巻

ロス・トーマス
松本剛史訳

新潮社版

11766

町じゅうの馬鹿《ばか》どもをみんな味方につけりゃあどうだ？
どんな町ででもそれで十分、多数派ってことにならないか？

——マーク・トウェイン『ハックルベリー・フィンの冒険』

愚者の街

上巻

主要登場人物

ルシファー・C・ダイ……元〝セクション２〟の秘密諜報員
カーミングラー………………ダイの元上司
タンテ・カテリン……………娼館の女主人
ゴーマン・スモールデイン…ＵＰ通信社の記者
エルモア・ゲイ………………大佐
ベヴァリー……………………ゲイの愛娘
ヴィクター・オーカット……ヴィクター・オーカット・アソシエイツ経営者
ホーマー・ネセサリー………オーカットの共同経営者
キャロル・サッカティ………オーカットの秘書
ラムゼイ・リンチ……………スワンカートンの顔役
カル・ローンボー……………　　〃　　警察署長
ピエール・ロビノー…………　　〃　　市長
フレッド・メリウェザー……市議会議員
アンセル・カープ……………租税査定人
アレックス・クチュリエ……商工会議所事務局長
ジェラルド・ヴィッカー……ダイの元同僚、リンチの兄

第一部

1

デブリーフィングには十日ばかりかかった。サンフランシスコのプレシディオにある陸軍のレターマン総合病院、その旧棟のスイートでの用事が終われば、私のキャリアも終わりだ——そう呼べるほどのものがあったとすれば。

向こうの態度は終始いんぎんで、少々ばつの悪さもあったのかもしれない。そんなものを感じることがあるのかはあやしいところだが、そのばつの悪さのなせる業か、解雇手当の支払いはえらく太っ腹だった。額面はなんと二万ドルで、カーミングラーの絶え間のないおしゃべりによると、完全に非課税だから実際の値打ちは二万八千から三万くらいだという。

そうしてカーミングラー自ら、新しいパスポートと、ブルックヘイヴン・コーポレーションというところに振り出された支払保証小切手を渡してよこした。そそくさとした動作で、何のコメントもなく、脚を折った馬を撃ちでもするようだった——まあ、お気に入りの馬ではあったのだろう。これで用済みとなれば、いちおう最後の餞《はなむけ》ということで、わざわざ受話器を取ってタクシーを呼ぶことまでした。自分でなくて誰かのためにタクシーを呼ぶなど、きっと初めてなのじゃないだろうか。

「そう長くは待たないはずだ」

「外で待ちます」

「その必要はない」

「あると思いますよ」

カーミングラーがいつもの不審げな顔つきになった。下唇を突き出し、同時に眉根《まゆね》を寄せる。誰かに雨がやみましたよと言われても、これと同じ表情をしてみせるだろう。「ほんとうに、そんな必要は――」

私はさえぎった。「もうすんだんでしょう？　ゆるんだ結び目はちゃんと結びなおされた。パンくずもぜんぶ払い落とした。これで終わりだ」この男が相手だと、どうも比喩《ひゆ》を使って話したくなる。向こうがまごつくからだ。

カーミングラーはのっそりとうなずき、パイプを取り出すと、ニューヨークの煙草《たばこ》店で買った特別なブレンドの葉を押しこんだ。店の名は何度も聞いたはずなのに、覚えられたためしがない。彼はパイプに葉を詰めながら、たえず首を縦に振っていた。

「まあ、必ずしもそうとは限らないだろう」

「ああ、そちらはそう言うでしょうね。でもこっちはそう思ってるし、だから外で待つんです」

何か愛する対象があるとしたら馬にまちがいないが、それもどこかあやしいと思わせるカーミングラーが、立ち上がってデスクを回りこみ、立っている私のところまで来た。そのころ四十、いや四十二になっていたはずだが、ひょろりとした長身で、ずっと以前から感じていたとおり、意識してつくったような子馬を思わせるぎこちなさがあった。あと一歩で深紅色といってもいいほど赤い髪が長い顔の半分を縁取っている。これも実はひそかに馬に似せようとしていたのかもしれない。だが、むしろ驢馬《ろば》に見えた。頑固な驢馬に。その驢馬が手を差し出してきた。

「幸運を祈る」

勘弁してくれ、と思った。悲しい別れの握手だなんて。「今度のことには感謝してます、カーミングラー」と言って、その手を短く、きつく握った。「どれほど感謝してるかわからないでしょう」

「皮肉はいい」硬い声音だった。「そういう場面でもないだろう」

「どういう場面ならふさわしいですかね」

「本気で言ってるんだ。幸運を祈る」

「どうも」と私は言った。真新しいプラスティックの、コードバンに似せようとして大失敗したようなスーツケースを手に取る。きびすを返すとドアを抜け、ホールを通り過ぎて半円形の車回しに出た。一対の迫撃砲が鎖につながれて置いてあった。C・A&カンパニーとかいうボストンの会社が一八五九年に作ったもので、玄関に掲げてある国旗と、ちょうどスペインとの戦争に間に合うように建てられた一八九八年築のレターマン総合病院の玄関口を守っている。ずっと遠くにロシアン・ヒルが見えた。

十分後にタクシーが来ると、私はスーツケースを自分の前の助手席に置いた。運転手がこちらを向いた。

「どちらへ、お客さん？」

「ホテルだ」

「どこのホテルで？」

「考えてなかった。いいところがあるかな？」

運転手はまたしばらく、侍者のような顔つきのわりには老《ふ》けすぎた目でこちらを見た。「高めのところがいいですかね、それか中くらいのか、安いのか？」

「中くらいだ」

「サー・フランシス・ドレークはどうです？」

「そこでいい」

サッター通り側の入り口の前で降ろされ、フロント係にベイブリッジの見える十七階の部屋をあてがわれた。あの組織から渡された新しいプラスティック製スーツケースの荷を解き、スーツ二着とトップコートをクロゼットに掛けた。いま着ているのは三着ある新しいスーツの一着で、細かくて地味なヘリンボーン柄のグレイのものだった。ほかの二着もそうだが、ベストつきだ。カーミングラーが自分で選んだにちがいない。彼はいつもベストを着こんでいた。それにパイプを吸った。いつも全米優等学生友愛会《ファイ・ベータ・カッパ》の鍵《かぎ》をいじっていた。

何もかも体にぴったりなのに少し驚いたが、そういえばあの組織は私の体の寸法を逐一正確に取っていた。十一年間ずっと毎年一月十五日が来るたびに、こいつはソース味の麺《めん》料理が好物になって十キロばかり体がふくらんでいるのじゃないか、酒浸りになってろくにものを食べずに通常の七十四キロを不健康に割りこんでいるのじゃないか、というありそうもない可能性のために新しい測定結果をほしがったのだ。とにかく正確な数字を求めた。身長一八四・五センチ、首回り三八・七、胸囲一〇五・四、腹回り八三・二、右腕八七・〇、左腕八六・四、靴は10-Bでかかとはダブル A。帽子は五九。だが帽子までは買ってくれず、こっちへ着いたときに着ていたグレイの綿のパジャマのような囚人服の代わりはスーツ三着だけだった。それにトップコートとシャツ六枚（どれも白のオックスフォード地、襟はボタンダウン――これもカーミングラーの好み）、ふくらはぎ丈の靴下六足（すべて黒）、靴一足（黒のプレーントゥ、ペブルグレインで高価なもの）、ジョッキーショーツ六枚、ベルト一本（黒の鰐革《わにがわ》）、そしてネクタイ四本（ひどい趣味）。

締めてざっと七百か八百ドルというところか。千まではいかない。もっと重要人物なら千五百くらいまで張りこんだのだろうが、そこは私が以前にピラミッドのなかで占めていた地位にきっちり見合っていた。それに元同僚たちの、どれほど惨《みじ》めで不名誉なやつでも、ちゃんとした服装（高級品とまではいわないが）でなければ実社会に出してはならないという小うるさい方針の反映でもあった。

クロゼットと引き出しの中身が、ひとまず唯一《ゆいいつ》の所持品ということになる。あとは新しいパスポートに二万ドルの小切手。加えてデブリーフィングという言葉への新たな忌避感、いや、単なる反感だろうが、これには金銭的価値は一切ない。

衣類をしまってからフロントに電話をかけ、いま何時か、最寄りの銀行はどこか、いま開いているかどうかを訊《き》いた。腕時計はなかった。刑務所で取り上げられた。湿気のせいでいつも濡《ぬ》れている灰色の石造りの、イギリスが一世紀前にこしらえた建物で。三ヵ月たって解放されたときも、誰も腕時計のことは知らされていなかった。正直戻ってこないだろうと思いながら、いちおう訊いてはみたのだが。

フロント係の男が、銀行は通りの真向かいにある、いま十二時三十六分で、銀行は営業中だと答えた。時計がないのなら、部屋の窓から保険会社のビルを見れば、電光表示で時間だけでなく気温もわかる、とも。私は同じ男に、部屋までスコッチのボトルを届けてくれと頼んだ。

悲しげな顔のボーイからウィスキーの請求書を受け取ってみて、その値段に驚かされた。

「ずいぶん高くなったな」

「高くないものなんてありますか？」

「おしゃべりは？　まだ安いだろう」

請求書にサインして二十パーセントのチップを足すと、ボーイは上機嫌になったというか、多少はむっつりした感じが薄らいだ。ボーイが出ていってから水割りを作り、窓辺に立って、橋を背景にした街並みを眺める。九月初めのサンフランシスコがたまに思い出したように見せる、すばらしく晴れ渡った一日だった。ちらほら見える静かな雲、たっぷりと降り注ぐ陽射《ひざ》し、あまりにかぐわしくて瓶詰めしたいと思う人間が出てくるほどの空気。十七階の部屋でスコッチをすすりながら、かつてアメリカで最も人気の高い街と謳《うた》われたサンフランシスコを見つめた。もしかするといまでも変わらないのかもしれない。そして未来のことを考え、さらに過去に想《おも》いをはせた。未来は過去よりも空っぽに見え、過去は何ひとつ残しはしない。すべてはカーミングラーのおかげだ。

酒を飲み干してから向かいの銀行へ向かうと、ウェルズ・ファーゴの支店だとわかった。下《した》っ端《ぱ》行員の群のなかに、カイゼルひげの若い男がいた。忙しそうなわりに何もしていなかったので、当座預金口座を開きたいんだがと声をかけた。ひげがぴくりと動いたところを見ると、歓迎の笑みか、少なくとも承諾のしるしなのだろう。デスクのネームプレートにC・D・リットレルとあった。これまでカイゼルひげの銀行員に会ったことがあったかと考えてみたが、古い西部劇でしか見たことがないし、それもだいたい詐欺師《さぎし》だったと思い当たった。もっともここはウェルズ・ファーゴなのだから、伝統的にこういうひげが奨励されているのかもしれない。

椅子《いす》に腰を下ろして待つうちに、リットレルは何やら書式を持ち出してきた。いくつも質問が書いてあって、いちいち答えを考えないとならないらしい。とくに不都合がないところは事実を言い、あるところは嘘《うそ》をつこうと決めた。

「お名前を、フルネームで」リットレルが言った。

「ダイ、D-Y-E。ルシファー・C・ダイ」Cはクラレンスだと言ったところで意味はない。ルシファーだけで十分、人聞きは悪い。

「ご住所は？」

これもいい質問だ。「とりあえず、サー・フランシス・ドレークだ」

口ひげがまたぴくりとしたが、今度は笑みではなかった。リットレルが手もとの紙から目を上げ、まじまじと見てくる。こちらも見返した。いかめしい顔に見えたのならいいが。

「いつまでご滞在で？」と〝ご滞在〟のところを強めて言った。ホテルに長いあいだ滞在するのは浪費家か、頭のおかしい人間のすることだと、もしくはその両方だと思っているように。

「さあ、わからない」

「ちゃんとしたご住所が決まり次第、お知らせくださいますか」

「そうしよう」

「以前のご住所は？」

「香港《ホンコン》だ。番地まで言ったほうがいいかな？」

リットレルがかぶりを振り、やや悲しげな様子で、香港と書いた。ボイシとかデンバーとかイースト・セントルイスと言えば、もっと喜んでもらえただろうか。

「これまでのお取引銀行は？」

「バークレイズだ。やはり香港の」

「アメリカの銀行では？」

「ない」

「まったくない——とおっしゃる？」いささか驚愕《きょうがく》のていだった。

「まったくない」

今度リットレルは、たしかに首を横に振った。不服のしぐさなのか同情しているのか、何とも判別はつかなかった。「お勤め先はどちらでしょうか、ミスター・ダイ？」その口調からして、最悪の事態を予期しているのだとわかった。

「自営だ」

「事業所の所在地は？」

「サー・フランシス・ドレーク」

相手が匙《さじ》を投げた。もうささっと適当に書いていた。「どういった事業なのでしょう、ミスター・ダイ?」

「貿易商かな」

「ご社名は?」

「まだ決めていない」

「なるほど」リットレルはいささかむっつり顔で言い、職業なしと書いた。「お預けになりたい額は?」

　五十ドルと言えば、向こうが驚いて喜ぶのが目に見えるようだった。もし百ドルと言ったら、天にも昇る心地だろう。

「二万」と言った。「いや、一万九千と、五百ドルにしたほうがいいな」

　リットレルは何か聞き取れない独り言をつぶやくと、カードを二枚、押してよこした。「こちら、署名カードです。小切手になさるのと同じようにサインをしてくださいますか?」

　カードにサインをして、二万ドルの支払保証小切手と一緒に手渡した。リットレルは小切手を穴のあくほど見つめ、一瞬、何かの手がかりになる匂《にお》いはしないかとくんくん嗅《か》ぎ出しそうに見えた。が、じっくり調べただけで、本物だと判断したようではあったが、どこか悔しげな様子だった。小切手を引っくり返し、裏書きを探す。何もなかった。「裏書きをお願いできますか、ミスター・ダイ？」それで本日三度目のサインをした。

「身分証明書はお持ちで？」

「ああ。持ってるが」

二人とも待った。向こうが出してくれと言うしかなくなりそうだった。十五秒ばかりたったあと、リットレルがため息をついて言った。「見せていただけますでしょうか？」

パスポートを取り出した。発行されたばかりで、一度も使われていない。それによると私の髪は茶色で、目は薄い金褐色、一九三三年にモンタナ州モンクリーフというところで生まれ、いまさらどうでもいい話だが、職業は実業家だった。歯が少し曲がっていることは書いていなかった。つい最近、ある陸軍少佐の手できれいにされたのだが、その少佐はもともと歯医者で、すぐにでも開業医の仕事に戻りたいとこぼしていた。

リットレルはパスポートを受け取り、ちらと見てから書類をまとめ、席を外した。数メートル先にあるガラスと木で囲まれたオフィスへ向かっていく。金を借りようと押しかけてくる連中から、ひとりの年輩の男を遮断するための小部屋だ。男の頭はピンク色に禿《は》げ、目は猜疑《さいぎ》心《しん》に満ちたブルーだった。

リットレルは声をひそめようともしなかったので、何を言ってるかは丸聞こえだった。「二万の支払保証小切手を持ってきたんですよ。普通当座で」

年輩の男はまず小切手に目をやり、書類をぱらぱらめくってから、パスポートを見た。じっくりと。長いあいだ唇をへの字に結んでいたが、やっと書類にイニシャルを書きこんだ。「ただの金だ」と、今年になってそう言うのは四百回目なのだろうと思える調子で言った。

リットレルは小切手と書類を受け取ると、出納係の仕切りの向こうに消え、それからまた自分のデスクまで戻ってきた。立ったまま五百ドルを数えてデスクの上に置き、また数え直してこちらの手のひらに置く。そして椅子に座るとデスクの引き出しに手を入れて、小切手帳と入金伝票を出し、手渡してよこした。

「この小切手帳と入金伝票は仮のものです。もしちゃんとした住所がお決まりなら、お名前と住所を印刷したものを郵送いたしますので」

〝もし〟のあとは聞き流して、小切手帳と入金伝票を上着の内ポケットに入れ、五百ドルは折りたたんで適当にズボンの右ポケットに突っこむと、リットレルがいやそうな顔をした。たぶんそうなるとわかっていたからだ――それに五百ドル以外のものを入れる札入れやら財布やらもなかった。運転免許証やクレジットカードもない。スナップ写真も古い手紙も、街角の酒屋でもらうポケットカレンダーすらも。自分がこういう人間だという証明になるのは新しいパスポートだけで、これがあれば多少の例外をのぞいて、世界中の行ってみたいと思うところへ旅することもできる。もっともそういう場所があればの話で、実のところ、どこも思いつかなかった。

じゃあまた、と声をかけると、リットレルは最後に口ひげをぴくりとさせた。銀行を出て右に折れ、サッター通りを歩いていく。腕時計の買える宝飾店を探そうとしたのだが、店が見つかるまで少なくとも十分かかった。そして尾行してくる茶色いスーツの男に気づくまでに五分、地球の果てまでついてこようが全然かまわないという心地よい心境にいたるまでに七分——もっともその果ては、思慮深いサンフランシスコ人に言わせると、橋のすぐ向こうのオークランドにあるらしいが。

2

あの一切のゴタゴタというか、わが転落のときと呼んでもいいだろうが、あれはいつから始まったのか。おそらくは、何かしら不可解な理由でラスベガスに本社を置くことになったミネアポリス・ミューチュアルから商業手形で送られてきた指令を相手側に傍受されたときだ。そのメッセージが香港に届いたのは五月二十日だった。旧式のワンタイム暗号で、その週は『バートレット引用句辞典第十三版』の三百五十六ページめに解読のカギがあり、当たってみるとオリバー・ゴールドスミスの「寒村行」からの抜粋だった。解くのにたっぷり三十分かかったが、そこそこ高性能のコンピュータならものの数秒でやっつけるはずだと思ったし、実際に知らないところですでにそうなっていたのだろう。解いてみて現れたメッセージはやはり子どもじみた暗号で、送った側の人間が、これは受け手以外が見ても無意味だろうというはかない望みにすがりついてでもいるようだった。残ったのは四つの単語――〝サイファー・ザ・ビレッジ・ステーツマン（村の政治家を暗号化せよ）〟。

組織がよこす指令のうちでもばかばかしいほうの、そのなかでもさらにくだらない代物《しろもの》だったので、ぜんぶ破り捨てて便器に流した。それから秘書のジョイス・ジャングロスを呼んだ。ミネソタ生まれで、三年たってもまだ香港へのロマンティックな想いを失わず、顔色が悪くて、いつもかすかにノックスジーマの匂いをさせている女だ。私はバートレットの辞典を手渡した。

「片づけてくれ」

ジョイスはため息をついて受け取った。「何か官能小説とか、わたしが読めそうな本を使ったりはしないんですか？」

「君が読むためのものじゃない。ただ片づければいい」

本をアパートまで持ち帰っているのだろうか。それならそれでかまわなかった。だいたいこの方法は、どうしようもなく古臭くて時代遅れで、幼稚ですらある。使われるのは年に一、二度だけで、それも必ずカーミングラーのような人間の発案なのだ。根っから技術の革新に不信感があるせいで、ガスライターよりマッチを、自動車より自転車を（可能なかぎりいつでも）、リボルバーよりナイフを選ぼうとする。カーミングラーにはいくら金を積んでも地下鉄で移動させることはできないだろう。

そのころ私は、香港にあるミネアポリス・ミューチュアルというアメリカ資本の生命保険会社の常務取締役として、もう十年も過ごしていた。その間に自分で売った保険は三件、すべて終身保険だった。部下の六人のエージェントを東南アジア担当の保険外交員というていで使っていた。みんな運のいいことに、保険の手数料に頼って生計を立てる必要はなかった。なにしろ各自が努力した結果、この十年間でミネアポリス・ミューチュアルが売った保険証券は、なんと十二件だった。

自分で売った三件のうち二件は、どちらも額面十万ドルで、客は六年前にモービルから来たフォードのディーラーの夫妻だった。二人で世界一周旅行の最中にそろってひどい下痢に罹《かか》り、もう二度と南部の故郷の町を見られないと信じこむほどひどい目にあったという。船で香港に到着すると、また世界一周をやり遂げると決めて、保険会社を調べ、ありがたいことにミネアポリス・ミューチュアルというところを見つけた。何といっても、本社はいささか北のほうではあるが、アメリカの会社だ。まさか組織のほうも飛び込みの契約があるとは予想しなかったのだろう、いきなり常務取締役にすえられた私は、保険にかけてはまだずぶの素人《しろうと》だった。おかげでこのアメリカ人夫妻が小切手帳を手にやってきたときは、秘書を（ジョイス・ジャングロスではない。そのころは別の女だった）呼ばざるを得なかった。少なくとも保険契約のいろはと、書式がどこにあるかを知っていた秘書は、証書を書いて夫妻を医者のところへ送り出し、下痢だけでなく義務的な検診をひととおり受けさせた。

ミネアポリス・ミューチュアルの支社は香港島の畢打街《ペダーストリート》にあるビルの十階で、飛び込みの契約はそれ一回きりだったが、すっかり泡を喰った私は、同じ日の午後に自分も一万ドル相当の終身保険に入った。興が乗って秘書の指導のもと、契約書も自分で書いたりした。だが、そのあとは誰も訪ねてはこず、来るのは事務用品のセールスマンぐらいだったので、保険は二年過ぎた時点で失効するのにまかせた。

生命保険を売るにあたって学んだことはただひとつ、東南アジアがとにかく腐りきった場所だということだけだ。

ジョイス・ジャングロスがバートレットの辞典をふくよかとはいえない胸に抱えて出ていったあと、私は椅子に深くもたれた。背中の当たるところがへこんだ、姿勢を矯正するという触れ込みのやつだ。そうしてラスベガスからの指令のことを考えてみた。

この六ヵ月ばかり、私はある小太りの、五十がらみの中国人エージェントに近づき、二重スパイに仕立てようと画策していた。勧誘の手順は妙な感じで、こちらが口説きにかかるたびに、決まって毛主席の語録から適当に選んだ名言を延々聞かされるはめになった。それでも李徳《リー・ティ》が面会の約束を破ったことはなかった。やっと向こうがしゃべり疲れると、私は「まったくそのとおりだ」とか意味のないことをつぶやいて百ドル札二枚を床か机の上に落とし、「まあ考えてみてくれ」と言うのだった。李は必ず金を受け取った。

そして結局わかったのは、李徳は一九四九年の九月末、三十になるかならずで香港に足を踏み入れたということだった。蒋介石《しょうかいせき》が女傑の妻にちなんで〈美齢〉と名づけたダグラスC-47機に乗りこみ、中国中央銀行の二億ドル（米ドルで）の金の準備も忘れず荷物に詰めて台湾《フォルモサ》へ飛び立っていくと、植民地だった香港には保護を求める中国人が押し寄せた。李もその群衆にまぎれこんでしまえば、ほとんど区別がつかなかった。

李徳とほかの難民《パイホワ》のちがいは元手のありなしで、李にはかなりの額の米ドルがあった。毛の軍が国民党軍と戦ったとき、総統の専属幕僚の死体が着けていた胴巻きから抜き取った金だった。そのおかげで李は九龍《カオルン》の彌敦道《ネイザンロード》にカメラ店をかまえ、第二次世界大戦前には高品質のレンズで有名だった東ドイツの会社のフランチャイズ権も手に入れた。商売は繁盛《はんじょう》し、数年後に李は金巴利道《キンバリーロード》にも店を出して、今度は日本製のキヤノンとニコンを専門に扱った。

そこからはとんとん拍子だった。スイス製の時計（私も一個買った）、トランジスタテープレコーダー、小型テレビ、トランジスタラジオなど、外貨を持った旅行客が持ち運べるものなら何でも売った。元手が李本人のものだったら、五十歳までには相当な金持ちになっていただろう。しかしその利益は、急成長する李のビジネスに再投資されるか、ドルやポンドやフランやマルクの使い道をよく心得た上役のいる北京《ペキン》に吸い上げられた。

私は李のことをいつも、スパイというよりは実業家だと思っていた。だがたしかにスパイでもあって、あらゆる種類の情報を扱い、盗めるときは盗み、盗めないときは買っていた。月に一度は列車で北京まで往復していた。たっぷりの現金のほか、いろいろな事業で手にした利益を詰めこめるだけ詰めこんだスーツケースを持ち歩くのは、長くて辛《つら》い、神経のすり減る旅だっただろう。もちろん金を中国銀行《バンク・オブ・チャイナ》に預けたほうが、話は簡単で効率もよかっただろうが、李はあちこち漁《あさ》ってかき集めた情報も一緒に運んでいた。私の知るかぎり、そうした情報は北京では歓迎されたものの、信用力のある通貨を差し出すときの温かい対応ぶりには及ばなかった。

李は共産主義者で、実際に忠実だったのだと思う。前に本人から聞いた話では、すべての始まりは学生だった一九三八年のこと。国民党軍の強制徴募があり、ほかの十一人の学生と一緒に連れていかれそうになったところをなんとか逃れた。そして毛沢東が臨時司令部を置いている華北の延安へ向かった。李はまだ十代だったが、あきらかに頭が切れ、中国人としては教育程度も高かった。ある上級将校が住処《すみか》にしている白漆喰《しろしっくい》を塗った清潔な洞窟《どうくつ》に住むことを許され、その将校が李の軍事訓練と党思想の教化や訓話、初歩の諜報《ちょうほう》技術と実践を教える責任を引き受けた。将校は党の諜報機関では中堅の階級に位置し、本人が昇格すると李徳も一緒に昇格した。そして一九四九年に香港へ派遣されたときには、当時すでにふくらみかけた腹回りに米ドルの詰まった胴巻を巻いていた。

　香港でもかなり有名な実業家なのだから、その評判に見合った暮らしをする必要があると、北京をおおむね納得させた。上官たちも不承不承、苦りきった顔で許可を出したのだろう。李は大好きなポルシェを乗り回し、中国銀行やクリケット・クラブにほど近い瀟洒《しょうしゃ》なアパートメントに住む独身男として、なかなか優雅に、高級感すらかもしつつ頻繁に客人をもてなした。香港商工会議所に市民団体三つ、それにまったくすばらしいメニューを出すプライベートな中国人クラブのメンバーにもなった。そうした上流暮らしを続けることを、上官たちはしごく鷹揚《おうよう》にとはいえなくともいちおうは認めていたが、その寛容さもだんだん底を突きはじめた。李の帳簿を月末ごとに細かく調べるうちに、彼が自分のものと呼べる金をまるで残していないのが確かになってきたからだ。

分相応な暮らしをやや超えてしまった李徳は、結果的に破産した。さらにまずいことに負債も抱えた。香港の金貸しは一般に、アメリカのあくどい高利貸しと比べてもはるかに寛容さに欠ける。だから私は、金で李を籠絡《ろうらく》しようとした。それが職業がら求められる任務だし、得意な分野でもあった。ある界隈《かいわい》ではその筋の達人とすら言われていた。

李と最後に会った場所は、一時的に空っぽになったある倉庫だった。いつもの手順どおりに進んでいたが、李は講釈を六分近く早く切り上げ、しゃべった内容も機械的で、まったく精彩がなかった。話を終えると、彼はしばらく黙りこんだ。私は待っていた。それからやっと、ぎりぎり聞き取れるほどの低い声で、李が言った。「そちらの付け値は？」

「そっちから言ってくれ」

李は目いっぱい吹かそうと決めた。「月三千ドル」

こちらもやり返そうとした。「もちろん、香港ドルでだろうな」

「米ドルでだ」

二人とも空の荷箱に腰かけていた。李徳は後ろの壁に寄りかかり、突き出た腹の上で腕組みをしていた。その体を包んでいる深緑色のシャークスキンのスーツは、百五十（米ドル）はくだらないだろう。香港では、たとえ誂《あつら》えだとしても、とんでもない金額だ。目を半分閉じて座ったまま少し体をゆすっている姿は、太った、笑わないコミュニストの仏陀《ブッダ》というところか。いま言った自分の付け値は、この買い手には絶対にはねつけられないと悦に入っている。需給バランスとしては最高の例だ。あるいは最悪の。

「けっこう」私は言った。「では払おう――それだけの価値があるなら」

「価値はある」

「どんな形で？」

「月に二回、口頭で報告する。書いたものは残さない」

「誰から？」

「私の口から」

「もし価値がないとわかったら？」

李は楽しげに笑った。「だとしたら、ミスター・ダイ、あなたが払ってくれるかどうかはなはだ疑わしいね」

私も笑みを返した。「だいぶこちらのことをわかってくれるようになったな」

「ああ、たしかにそうかな」

「いつ戻る予定だ？」

「北京へかね？」

「ああ」

「いまから二週間後」

「けっこう。それだけあれば、上から許可が取れる」

李を不安にさせる一言だった。それを示すように、両方の眉をつり上げた。「まだ許可が下りていないのか？」

「いい知らせがあるとは思えないので、求めなかった」

「悪い知らせは？」

「それもあるとは思えない」

「あんたがたはよほど何もない暮らしをしてるにちがいないね、ミスター・ダイ」

その皮肉にうなずいてみせ、百ドル札を二枚取り出すと、李が椅子代わりにしている荷箱の上に慎重に置いた。これまでもじかに手渡ししたことは一度もない。李は札に目を向けなかった。

「ミスター李《リー》、われわれの稼業《かぎょう》では、何もなしに過ごせるというのは最高の贅沢《ぜいたく》なんだ」

3

探し当てた宝飾店は、ホテルから三ブロックほどの、テイラー通りとブッシュ通りの角にあった。小さな店で、ドアを開けようとすると錠が下りていた。なかに店員の、おそらく店主の姿が見え、急いでドアのほうへ向かってきた。手早く錠を外す。茶色いスーツの男は、三軒か四軒離れた整形外科医の前に陳列してあるヘルニアベルトや義足にえらく熱心に見入っていた。

「ちょっとした用心でして」ドアを開けた男が言った。「この半年で三回も泥棒に入られたもんで、ずっと錠を下ろしてましてね」

「これじゃ泥棒より、客の入る気が失《う》せるだろう」私は言った。

「だからどうだと？　どうせもう破産寸前ですよ。こそ泥のせいで潰《つぶ》れなくても、保険料の値上げで潰れる。ここも以前はまあまあまともな街でしたがね。いまじゃひどいもんだ」

五十がらみのやせた小男で、分厚いレンズと太いフレームの眼鏡の奥に、褐色の目が少し飛び出して見えた。疲れ果て、すり切れたような顔だった。ほとんどないように見える薄い唇が苦々しげな一本線を描き、鼻は忍び寄る財政破綻《はたん》のにおいを嗅ぎとろうというようにたえずひくひく動いている。

「腕時計を見せてもらいたいんだが」私は言った。

「ご希望のタイプは？」

「オメガのシーマスターがほしい。ステンレスで、カレンダーとかがついているのを」

「あれはいい時計で」何か言わなくてはという義務感から店主が言ったが、すでに買うと決めている相手には無意味だと思ったのだろう。さっとカウンターの裏に回りこむと、時計を渡してよこした。刑務所で取り上げられたのとまったく同じものだったが、これには革のバンドがついていた。

「金属の伸縮バンドのついたやつはあるだろうか？」

「いえ、ぜんぶ革バンドで。でもすぐにつけ替えられますよ」

「いくらだ？」

「時計がですか、それとも換えのバンド？」

「ひっくるめてだ」

店主が言った値段は、香港で李徳に払った額より五十ドル高かった。だがそれは香港がとりわけそういう場所だからだ。時計が安く買える。「わかった。もらおう」

「一分か二分ですみます」店主は言うと、腕時計を手に取り、伸縮バンドの取り付け職人が待っているらしい店の裏手へ向かった。私は振り向いて、正面のウィンドウの外を見た。茶色いスーツの男がその前に立って、ガラス板の向こうの陳列品に目を奪われているようだった。灰色の細い金属片が埋めこまれたガラスで、誰かがなかのものを盗《と》ろうと煉瓦《れんが》で破ったりすれば、警報が鳴り出すようになっている。

「お待たせしました」何分かして、時計を手に戻ってきた店主が言った。べつに待たなかったといつもの癖で言いそうになったが、何の意味もない。時計の代金を払い、時刻と日付が正しくセットされているのを確かめてから、左手にはめた。店主が時計の入っていた黒い箱を紙袋に入れようとする。そちらで取っておいてくれ、と声をかけた。

「保証書が入ってますが」

「それも要らない」

歩道に出ると、まだウィンドウのディスプレイに見とれている茶色のスーツの男がいたので、その横で少し立ち止まった。腕時計がいくつかに、安物の指輪の入ったトレイ、絶対精度・年差三秒以内という小さな表示のついた中型サイズの置時計があるだけだ。自分の新しい時計に目をやり、まだ正しい時間を保っているとわかって、なんとなくうれしい気分になった。

「えらく興味津々《しんしん》だな？」男にそう声をかけてきびすを返し、元来た方角へ引き返していった。サッター通りとサー・フランシス・ドレークのほうへ。

うまい尾行だった。実際、向こうがその気になれば、名人級といえただろう。あらゆる動きが適切で、生まれてからずっとやってでもきたようだが、いまはただ習慣どおりにやっているだけで、見つかろうが見つかるまいがかまわないといわんばかりだった。

サッター通りを進んでいき、ホテルの数軒手前の書店の前で足を止め、ウィンドウに飾られた最新ベストセラーの数々を眺めた。斜めに取り付けられたガラスごしに著者名と書名が読めるだけでなく、反射のおかげで歩道も視界に入れておける。著者名は何人か見覚えがあっても、タイトルは二つしかわからなかったが、それは百日ばかり新聞を読まずにいたせいだ。茶色いスーツの男は、下り坂にさしかかって歩きやすくなったのか、ぐんぐん近づいてきた。

　かなり太めだ、と思った。十キロは体重超過、いや、十五キロか。身長は百八十センチに少し足らず、歳《とし》はおそらく四十五か四十六、放蕩《ほうとう》のすえの四十二ということもありうる。茶色のスーツは見すぼらしくはなく、アイロンが利《き》いていないだけだが、黒い靴は磨く必要があった。白のワイシャツの襟が小さすぎ、先端の部分がぴんと立っている。ネクタイは青と紫のストライプ柄で、色彩感覚がいかれているのかと一瞬思った。あと六メートルというところまで近づいてきたとき、私は振り向いた。男はかまわず、ヒールを歩道に強く打ちつけながら進んでくる。体は体重超過だとしても、顔はちがった。平面と鋭い角だけでできていて、茶色の濃い眉毛は櫛《くし》で梳《す》いたほうがよさそうに見える。髪も茶色だが、薄汚れたような灰色の斑《まだら》が点々とあり、まるで一度剃《そ》ったところがまた伸びてちがった色合いになったようだ。もじゃもじゃの眉の下の目が、歩いてくるあいだもじっとこちらを見すえている。さらに近づくと、片方の目が茶色、もう片方が青なのがわかったが、どちらも食肉処理場の冷凍庫の中身程度の温かみしかなかった。

　男が一メートルほど手前で足を止め、色違いの目でこちらを注意深く上から下まで見た。「あんたはダイだな」静かで硬い、ただ事実を述べるというより脅しのように聞こえる声音だった。

「たしかにダイだが」私は言った。「なぜ尾《つ》けてくる？」

「あんたがホテルへ戻ろうとするまで、本人かどうか確信がなかった。フロント係から銀行へ行ったと聞いたが、ざっとした特徴しかわからない。でも、あんたはそれにぴったり合ってたから、尾けてきたわけだ」

「気づいていたがな」

「こっちがそのつもりになれば、気づかなかっただろう」

「だが、そのつもりはなかった」

「そうだ」

「いいだろう。どんな用件だ？」

「ヴィクター・オーカットから言われてきた」それで説明がすんだとでもいうようだった。

「何か売りつけようと？」

「何も」

「なぜ私を？」

　男が茶色のスーツのポケットに手を入れ、キャメルの箱を取り出した。一本どうだと差し出してくる。私が首を横に振ると、相手はステンレスのジッポーで火をつけ、深々と吸いこんでから、煙を空中に吹き上げた。こちらと同じで、時間ならいくらでもあるというようだった。

「オーカットが言うには、あんたはあまり興味を示さないだろうってことだ」茶色いスーツの男が言った。

「何に？」

「一度会おうというお誘いだ」

「たしかに。興味はない」

　青と茶色の目はこちらの顔からまったく逸《そ》れなかった。「いま言ったとおり、あんたが誘いを受けるとはあいつも思っていない。だからこれを渡すよう言いつかった」

男は胸の内ポケットから四角い淡黄色の封筒を出すと、渡してよこした。

「フロントに預けておけばよかっただろう」と言って、封筒を見もせずにポケットにしまった。

　男はうなずいたが、うなずいたともいえない程度だった。がっしりした分厚いあごが一、二センチ上下しただけ。それも二度。「そうしてもよかったんだが、ヴィクター・オーカットから手渡しするように言われてる。ちょっと小うるさいところのある男だから、言うとおりにしたほうがいいと思ってな。波風立てないようにってことだ、よくわからんかもしれんが」

「わかるさ、いやというほど」

「ふん」相手はまだ、色違いの目でこちらの顔を覚えこもうとしていた。「そうだろうな、あんたなら」そして急にきびすを返し、じゃあとも言わず、手も振らずにサッター通りを歩いていった。やはりヒールを強く打ちつけているのに気づいた。

　ホテルの部屋まで上がってから、初めて封筒を開けた。上質な古いリネンの布ででてきているのかと思わせる淡黄色の紙で、フラップを破るとぱりぱりと快い音がした。なかには一度だけ折った紙片が一枚。開くと、便箋《びんせん》の上のほうの中央に、品のいい角張った大文字とスモールキャピタルを組み合わせたヴィクター・オーカットの名前があった。レターヘッドにはほかに何もない。住所も、電話番号も、郵便番号も。名前は古いマホガニーのような濃い茶色のインクで書かれ、親指で文字に触れると、浮き出し印刷だとわかった。文面は手書きだが、やはり濃褐色のインクを使い、内容は単純明快かつ賢《さか》しらだが、丁重さも感じさせた。

　　親愛なるミスター・ダイ

　本日午後、私のほうからそちらに出向いてお目にかかり（四時ごろでいかがだろう）、おたがいの利益になる事柄に関してお話がしたい。願わくば、あなたのレターマン総合病院での滞在が、快適で実り多いものだったことを。

ヴィクター・オーカット

手書き文字は本物の装飾体《カリグラフィ》で、その見事な筆致がいかにも気取った感じをほぼ埋め合わせていた。まっすぐに上り下りする明瞭《めいりょう》かつ大胆なペン使いで、無用な渦巻きやひげ飾りはない。よく研究された、不思議と無駄のない書き方で、ヴィクター・オーカットとやらがこれを完成させるには二、三年ばかり猛練習を積む必要があったにちがいないと思えた。

手紙をテーブルに放り出し、水割りを作ると、窓辺に立って霧を眺めた。するとカーミングラーとあの閉めきったスイートとボーイスカウトじみた警備係の、苦々しい記憶がよみがえってきた。

組織はＣ-１３０機をチャーターしていて、私を約一万三千キロ離れたサンフランシスコまで送り届けた。途中に一度だけ、給油でホノルル国際空港に寄ったが、そのときでさえ飛行機から降りられなかった。乗客はたった二人、カーミングラーと私だけ。あの灰色の崩れかけた廃墟《はいきょ》のような刑務所から解放されたとき、真夜中に私を出迎えたのもカーミングラーひとりだった。自分は袖《そで》に革のパッチを当てた暑そうなツイードのジャケットを着ていたが、私にはいま着替えている暇はないと言い、それまで三ヵ月着ていたパジャマのような灰色の綿の囚人服のまま乗りこませた。

Ｃ・１３０のなかで、私はカーミングラーに言った。「シラミがわいていて」

「本当か？　まあ、たいていの人間はそうなるのだろうな。あと何時間かしたらきれいにしてやれる。それまでは好きなように掻《か》いていい。私はかまわない」

ホノルルの国際空港からハミルトン空軍基地まで飛ぶと、用心のために窓を黒く塗った自家用の救急車が待っていた。カーミングラーと一緒にレターマン総合病院まで運ばれたあとは、厳重に閉めきったスイートに入れられ、歯医者にかかるとき以外ずっと出られなかった。カーミングラーによれば、私がレターマン総合病院にいるのは誰も知らないはずだった。ただしヴィクター・オーカット以外は、ということになるだろうか。カーミングラーの保安体制もその程度ということだ。

機内での長い時間、カーミングラーはほとんど口を開かなかったが、ホノルルでの給油のあいだパイプを吸えないときは例外だった。「知ってるだろうが、いささかまずいことになっている」

「どのくらいまずいんです？」

「相当にまずいと思う」

「それで?」

彼は火の消えたパイプを口から離し、こちらを安心させるつもりで微笑《ほほえ》んでみせた。

「これから解決しよう。サンフランシスコで」

「どのくらいまずいんですか?」もう一度訊いた。

カーミングラーはいつもの子馬じみた動きを見せた。ぎこちなく立ち上がると、右足で体のバランスをとり、持ち上げた左足の靴のヒールで空のパイプをこんこんとやる。

「相当にまずい」そう言いながら、靴に打ちつけているパイプのほうに頭を下げた。

「実を言うと、これ以上ないほどまずいことになっている」

4

李徳《リー・テイ》の件で、一週間以上もゴーサインが出るのを待たされたあげく、届いたのがあの子どもじみたメッセージだった。「サイファー・ザ・ビレッジ・ステーツマン」、訳せばこうなる——「李を嘘発見器《ポリグラフ》にかけろ」。カーミングラーは機械の類、とくにコンピュータには怖気《おぞけ》をふるうわりに、ポリグラフだけは神秘の業だとばかりに信じきっていた。聖職者がよく言う、深く篤《あつ》い信仰と呼んでもいいほどに。

どうせ何かの委員会で決めたにちがいなかった。四人だか五人だか六人だかの委員がテーブルを囲み、罫線《けいせん》入りの黄色いリーガルパッドに鉛筆で落書きをしながら、李徳のことや、彼に税金から月三千ドルも払う価値があるかどうかを議論する。もちろん懐疑派もいただろう。たぶん古株だ、いや、点数稼ぎに熱心な新顔の線のほうが強いか。そいつは思案顔で、鉛筆の先の消しゴムをしばらく噛《か》んでから、いかにも心配そうに、こう疑問を呈する。この李という男はほんとうに信用できるのでしょうか？

どうなのでしょう、実際のところ。なにしろ二重スパイになると言うような男なのだから、平気で三重にもなれるのでは？　この若手の有望株の意見には、一理あるかもしれない、とまた別の若手が言い、眉《まゆ》を吊《つ》り上げて深刻な疑念を示してみせる。

すると静かに座っていたカーミングラーが、年季の入ったパイプをくわえながらさりげなく、大したことじゃないといわんばかりに、こう投げかける。もしほんとうに李のことが心配なら、嘘発見器にかければ万事片がついて、みんなも納得できるのではないか。賛成してくれるなら、今日の午後にもダイにシグナルを送ろう。それで全員が納得してうなずくが、ただし李徳の立場でものを言う人間はそこにいない。だから彼が何もかもご破算にして、あの甲高い声で毛主席のえりすぐった引用を二、三ちりばめながら送別の辞を伝えてくるということも十分ありうる。そうなったら半年間の苦労が窓から放り出されるか排水管に流されるか質流れになるか、その日の気分で使いたい慣用句次第だ。私はため息をついて受話器を取り、ジョイス・ジャングロスを呼び出した。

「ショフストールにつないでくれ」

「しばらくかかるかもしれませんよ」ジョイス・ジャングロスは国際電話という贅沢を良しとしていなかった。

「いいからつなげ」

こちらの声の調子を感じ取って、彼女は「イエス、サー」と言った。少なくとも年に三回は、サーと呼ばれることがある。通話がつながるのを待つあいだ、別の番号をダイヤルした。李が出ると、私は英語で一言あいさつし、流暢《りゅうちょう》な早口の中国語に切り替えた。流暢なのは当然で、六歳ぐらいまでほかの言葉をほとんど話せなかったのだ。

「計画に変更があった」私は言った。

「私の申請が却下されたと？」李が言う。

「そうじゃない。出資者が念のために審査をしたがってるだけだ。簡単なテストといっていい」

「そういうテストのことは聞いたことはあるが」

ないわけがないだろう、と思った。「形式的なものだ」

「それはどこでやる？」

香港から南に三千キロ離れた島にある、腹違いの姉妹国家の名前を口にした。

「ずいぶん遠くだな」李が言う。「この契約を結んだものか、乗り気でなくなってきた」

「審査官の承認が下りれば、手当の上乗せがあるだろう」

「審査官とはいつ会うのだろうか？」

「明日の晩、九時ごろだ」

「場所は？」

「まだ決まっていない。だが、航空会社の発券カウンターへ行けば、あんた宛《あ》てのメッセージが届いている」

短い沈黙があった。李の頭のなかで算盤《そろばん》が利益と不利益をぱちぱち足し引きするのが聞こえてくるようだった。やがて言った。「あなたもその場で、立ち会ってくれるのだろうな」

「立ち会わないのはまずいだろう、この契約の価値を考えれば」

また沈黙が落ち、小さなため息が続いた。「必要な段取りをしなくては」李は言って、通話を切った。

私が李徳と関わり合うようになったのはたまたまだったが、基本的に情報戦の成否はそうした偶然に左右される。北京駐在のあるカナダ人ジャーナリストが、香港でのカクテルパーティーで一度、李と顔を合わせた。そのジャーナリストは人の名前と顔を覚えることにかけては並外れた才能があり、李が北京にいて、しかもほとんど誰も立ち入れないはずの政府ビル――いわばビルの紫禁城に入っていくのを見かけ、好奇心をそそられた。それで李が出てくるのを待っていたが、二時間たっても現れないので、日付と時間をメモしておいた。われわれの組織の東京支局がこのジャーナリストをはした金で雇っていて、李のことで定期的な報告があるたびに、その内容は私のところにも転送されてきていた。

こちらもあれこれ探り回り、李徳がエージェントで、その財政状態が見かけほど潤沢でないことを突き止めた。正体をばらすぞと脅したり、人類の未来を考えてみろと訴えたところで、敵意か嘲笑《ちょうしょう》が返ってくるだけだ。ということで、すぐに金銭面の援助を申し出るのがいちばん有望な方法だろうと判断した。あんまり熱心に日参したせいで、自分が絶対にそうでないはずのものになったような気がしはじめた――確実に取れそうな百万ドルの契約を目前にした、生命保険の外交員に。

そうして李を二重スパイに仕立てた以上、彼を三千キロも先まで飛んでいかせて、たぶん湿気でいかれてしまってる機械にかけて、有効かどうかも疑わしいテストをさせざるを得なくなった。私自身がやった嘘《うそ》発見器のテストを思い出す。採用の直前に受けさせられたのだ。ただの記録のため、という触れ込みだった。初めはどうでもいい質問がずらずら続いた。「今朝ここへは車で来たか？　陽は照っていたか？　朝食は食べたか？」答えはぜんぶイエスかノー。それから変化球を交えてきた。「ホモセクシャルの経験はあるか？」私はイエスと答えた。

その答えは技術者も機械も驚かせた。機械は私が嘘をついていると言い、技術者は同じ一組の質問を最初から五回繰り返したが、機械はまだ私が嘘をついていると告げた。

「いいかね、君」技術者は言った。「この機械は、君が同性愛だということでちょっとばかり嘘をついていると言ってる」その年はたしか、誰も彼も〝ちょっとばかり〟と言っていたような覚えがある。

「だったら機械のまちがいです。一度そういう経験をしたので。僕は四歳、相手は五歳半で、合意のうえでした」

「なんだそりゃ」技術者は言った。「とりあえずノーと言うんだ、それでどうなるか見てみよう」

「そうしたら嘘をつくことになるのでは？」

「いいからノーと言ってくれ。助けると思って」

私がノーと言うと、機械は何も示さず、ぴくりともしなかった。「四歳だと」技術者はぶつぶつ言った。「冗談じゃない」

国際電話がつながるのを待つあいだ、カーミングラーがよこした新しい助っ人のことを考えた。イリノイ出身の利口な坊や二人をまとめて、響きがいいのでイリノイズと呼んでいた。ひとりはいわゆるポリグラフの専門家で、エバンストン出身のリン・ショフストール。もうひとりはリバティビル出身のジョン・ブーランド。どちらもカーミングラーの言う「うちの新しい実地訓練プログラム」を修了したばかりだった。その意味するところは、安上がりに下《した》っ端《ぱ》から始めてしばらく置いておき、下級スパイとしてやっていけるかどうか見きわめるということだ。まず大成功と呼べるものにはなりそうもないプログラムだった。

カーミングラーがこの二人を送りこんだのには、香港支局の保険外交員兼エージェントだったベテラン二人の補充の意味もあった。ひとりは東京への配置換えで、こちらは昇進といえなくもなかったが、もうひとりはバンコクでうだるように暑い午後に目が覚めたとき、ひどい二日酔いのせいもあってクソ食らえとぶち切れてしまい、つぎのシドニー行きの飛行機に飛び乗って、うわさではいま本を書いているという。それでひと山当てられればいいのだが。

ブーランドは言語が専門で、タイ語と北京語を流暢にあやつった。ショフストールは語学堪能《たんのう》とまではいかないどころか、ほとんど何語もしゃべれなかったが、機械にはめっぽう強かった。電話の傍受や室内の盗聴器その他いろいろな小型機器などのことはほぼ何でも知っているという話で、その種の装置のほとんどはカーミングラーには呪《のろ》いの対象でしかなく、私にもちんぷんかんぷんだったが、ちゃんと実用に足るとの声もあった。ショフストールはポリグラフの使用にかけても専門家並みだという評価を得ていたものの、それが本当かどうかはどうでもよかった。実際にポリグラフを使えるのも、脈拍や呼吸数や手のひらにかく汗の量、嘘をつこうと焦《あせ》って舌がもつれたときの心拍などを測定することで李徳の心のなかをのぞき見られるのも、ショフストールひとりだったからだ。

電話が鳴り、ジョイス・ジャングロスの声が伝えてきた。ショフストールにつながりました、いま本人が出ています。

「今日の本業のぐあいはどうだ?」あいさつのあとで、私は言った。

「上々ですよ」

「明日の夜だ」

「内容は?」

「それはどうでもいい」

「場所は?」

「いつものところだ」

「二人で行きます」

いつものところとは、百年かそこら前、まだホテルというものが立派な分厚い壁で建てられていたころのホテルだった。世界的にも評判が高く、いまは空調設備も整えられて、新興のヒルトン相手に堂々と渡り合うくらいがんばっている。

「明日の夜九時までに、ぜんぶ手配を終えておいてくれ」

「永久保存でいきますか?」ショフストールが訊《き》いた。録音するかという意味だ。

「ああ」

「もう終わったも同然ですよ。ところで、新しいタイプのやつを試してみてたんですが――」

「またあとで」私は電話を切った。

李とはフィリピン航空の同じ便に乗り合わせたが、おたがいに無視した。行き先の小さな島国は、中国系の首相が統治する都市国家だった。ケンブリッジで二科目最優等の成績を収めたその人物はこの小さな共和国を、非同盟のコミュニティとして存続、繁栄させるための公式を手探りで求めていたものの、まだ一人前の国家とはいえない状態だった。

李と私が無視し合うのは、難しいことではなかった。李はファーストクラスで、私はツーリストクラス、つまり一般的な婉曲《えんきょく》表現によるエコノミーだったからだ。飛行機が着陸すると、私は航空会社のカウンターに李宛ての、どこへ、何時に行けばいいかという指示を書いたメモを残した。それからタクシーに乗って由緒《ゆいしょ》あるホテルへ向かい、幅広の階段を上って二階へ行くと、ショフストールとブーランドが広めの部屋を取っていた。

二十六歳のジョン・ブーランドは十キロほど体重超過で、それがすべて太鼓腹に収まっていなければそうひどくはなかっただろうが、なにせ貧弱な体格のせいで、上着の下にサッカーボールを隠そうとしてでもいるように見える。こちらがノックしたときに出てきたのはそのブーランドで、北京語で挨拶《あいさつ》をしてよこした。口を開けばよその言語が飛び出してくることに、自分でもまだ驚いているようだった。

「泊まっていくんですか？」ブーランドが訊いた。

「できれば避けたい」私は言った。

「しばらくです、ルシ」ベッドの上でうつ伏せているショフストールが言った。長身で締まった体の、北西部のどこかの大学の弱いバスケチームで控えのガードだった男で、電気工学の分野では天才という評判だが、歴史と英語と政治学の最終試験に通るには替え玉を立てる必要があった。私はルシと呼ばれて顔をしかめまいとしたが、無理だった。もっともショフストール本人が気づいていない以上、どうということはない。そもそも導線でつながっているものでなければ、何でもあまり気がつかない男だった。

「用意はできたか？」私は言った。

「オフィスでぜんぶ点検してきました。完璧《かんぺき》ですよ」

「カモはどんなやつなんです？」ブーランドが訊く。

「ただの人間だ」

「俺が質問を代わりにやりましょうか？」ブーランドが言う。どうにも押しが強すぎる、昨今の実地訓練プログラムとやらでは何を教えているのかとあらためて思った。どうせ大したものではなさそうだ。

「その機械を扱ってくれるだけでいい」

ショフストールが長い脚を横に振ってベッドの外に出すと、上体を起こし、伸びと一緒にまた盛大なあくび《ヤーニング》をした。わが国の憧れ《ヤーニング》、青い目の誇り。どこやらで聞き覚えがある。そう、カミングスだ。Cが小文字の。

「いつ来るんです？」ショフストールがまたあくび混じりに訊く。

「もうすぐ来る。君が起きていられるならな」

三分後に軽いノックの音がして、私はドアを開けた。李徳が急いで入ってくるとさっと目を走らせ、なかにいる人間や家具、設備を分類し査定した。「こちら、ミスター・ジョーンズ」私は気を利かせたふうも見せず、ただあっさり言った。「うちの同僚たちだ」

李は二人に会釈《えしゃく》もしなかった。「早く終わらそう」と英語で言った。

私がうなずいて合図をすると、ショフストールが書き物机のほうに移動した。グレイの金属ケースに入った嘘発見器が置いてある。「コートを脱いで、袖をまくり上げてもらえますか、ミスター・ジョーンズ」と言った。「それから机の前の、このまっすぐな椅子《いす》に座ってください」

李はコートを脱いできれいにたたみ、慎重にベッドの上に置いた。椅子に腰を下ろす。えらく慎重だ、と思った。ショフストールは忙《せわ》しなく動き回り、装置の準備をしながら、きりのないおしゃべりを続けていた。そうすれば見るからに不安げな李をなだめられると思っているのだろうが、よけいにいらつかせているだけだ。李はあきらかに、この間抜けなアメリカ人が黙ってくれるよう願っていた。

私はショフストールにしゃべらせておいた。「この機械の目的はですね、ミスター・ジョーンズ、ただ単に有効性を示すこと。それだけです。ほかには何もなし。痛みもないし、何も心配することはありません——ミスター・ダイが簡単な質問をいくつかして、あなたはイエスかノーで答える。それだけです。イエスかノーだけ。気がついたらもう終わってます」

李は無言だった。ブーランドがテープレコーダーのプラグを机の下のコンセントに差しこんだ。ショフストールはべらべらしゃべりながら、嘘発見器のアタッチメントを李の胸、前腕、手のひらに貼《は》りつけていった。「はい、椅子を少しこっちに回して——右のほうに。いいですよ。けっこうです」

「でかいアンペックスを持ってきました」とブーランド。「正確を期したほうがいいと思って。このマイクならどんな音も拾えます」

「けっこう」と言ったが、正直どうでもいい。この悲惨な一幕ができるだけ早く終わってくれ、としか思えなかった。

ショフストールが李から一、二歩下がり、自分の仕事ぶりを賛美するように眺めた。

「よし」とブーランドに言う。「テープを回していいぞ」

ブーランドはレコーダーのつまみを回し、少し調整を施してから言った。「テープワン、ミスター・ジョーンズのインタビュー」ショフストールを見る。「回ってるぞ」

ショフストールが手と膝《ひざ》を突いて、書き物机の後ろにぶら下がっているポリグラフのプラグを手探りした。こちらを見上げる。「プラグを差したら、すぐに始められます」

「わかった」

手探りで電気コードを探し当てると、壁のコンセントに差した。アンペックスがつながったのと同じところに。

閃光《せんこう》はコバルトブルーだった。そう思った。実際の色はともかく、光は部屋の中央に向かって一メートルの長さで二度飛び出し、プップツと湿った音が一緒に響いた。部屋の明かりは一瞬で消えたが、李徳はもう少し時間がかかった。一度だけ悲鳴をあげた。実際はあまり悲鳴には聞こえなかった。瀕死《ひんし》の子猫がたてるような、かすかな声だった。

私は手探りで進みながら李徳に近づき、ライターをつけて顔の前にかざした。李の目は開いていたが、瞳《ひとみ》に炎は映らなかった。その場に立ち尽くして見つめるうちに、ライターの火が自然と消えた。ショフストールとブーランドが毒づいたりつぶやいたりしながら右往左往し、装置類をひっかき回していた。死んだ男のそばに長いあいだ取り残されていたような気がしたが、実際はほんの数分で、警察がドアを叩《たた》きはじめた。押し入ってこられる前に、私はドアを開けた。

5

組織はカーミングラーに、私が用済みになったことを伝えるという役目を押しつけた。レターマン総合病院でのデブリーフィングが半分がた終わったころ、本人からそう聞かされた。彼が楽しんでやっていたとは思わないが、さほど気に病んでいるわけでもなかっただろう。だいたい何であれ本気で悩みはしない人間なのだ、自分の持ち馬が喉鳴《のどな》りやら肺出血やら馬特有の病気にかかりでもしないかぎりは。いまは何もないタン色の部屋で灰色の机の向こうに腰かけ、ファイ・ベータ・カッパの鍵《かぎ》をいじっていた。プリンストンのだろうとみんなが思っていて、本人もその誤解を正そうとはしないが、実はルイジアナ州立大だった。それでも見上げた点がひとつあった。南部《なんぶ》訛《なま》りがちゃんと抜けていることだ。

「まったく残念だ、もちろん」カーミングラーは言った。「君のせいではないのだから、なおさらそう思う。君には何の落ち度もなかった。しかしわれわれの立場もわかってもらえるはずだ」もう少し口がうまいか、むかし全員が受けたはずの感受性訓練のコースが何かしら役に立つものなら、そこはわれわれの立場じゃなく、彼らの立場と言っていたところだろうが。私はただ受け流した。

「彼らが最初に、君たちの誰もうちの組織には属していないと否定したあとで、われわれは身動きがとれなくなると思った」

「あなたがなんとかすればいい」それもべつにどうでもよかったが、少しは形ばかり反論をしてもばちは当たらない。

「それはたぶん無理だ」

「もっとひどい状況でも切り抜けたことがあるでしょう」

カーミングラーは眉をひそめ、ファイ・ベータ・カッパの鍵を放すと、今度はパイプをいじりはじめた。「最近はない」

「ほかの二人はどうなんです？」

「どの二人だ？」

「あなたが送りこんできたピエロ二人ですよ。ショフストールとブーランド」

「ああ、そうだな、もちろん」まるで私が、カーミングラーの社交範囲内にはほぼ数えられない共通の知人たちのことを思い出させた、とでもいうようだった。「あの二人も同じだが、われわれにはあまり余裕がなくなっている。財政的な意味でということだ」

「どういうことですかね？」私は言った。「あの二人がいたのはたかが十八ヵ月だ。こっちは十一年もいたんだし、仕事を探すときに新しい雇い主に向かって、記憶喪失でこの十一年のことは覚えてないなんて言えるわけがない」

カーミングラーはやっとパイプに火をつけ、何度も強く吸った。「それは少しばかり問題だが、あれだけ名が知れていたら――」

「私の名は一度も表に出なかった」

「もちろんそうだ。だがあの保険会社の名は出ていた。ミネアポリス・ミューチュアルだ。世間は覚えている。われわれのほうで手を回して、どこかの会社から人物証明か、君がそこに雇われていたという証明になるものを用意できるかもしれない。そのあたりは考えさせてくれ」

「それはどうも」と言って、その話は二度と蒸し返さなかった。どうせ何の足しにもならないことはわかっていた。

カーミングラーが腕時計に目を落とした。「さて、今日のところはこれで切り上げよう」

「あとひとつだけ」

「何だ？」

「私がいた十一年にそれだけの価値があればいいんですが」

「価値とは？」

「あなたがたが私を刑務所から出すのに使った何百万ドルかですよ」


カーミングラーのこと、そしてこの三ヵ月のことを考えるでもなく思い返しながら、サー・フランシス・ドレークの十七階に立って、こちらへ押し寄せてくる霧を眺めていた。窓が閉まっていても、パウエル通りの坂を上っては下る時代遅れなケーブルカーの音が聞こえてくる。下のほうの街並みはまだ見えるが、ベイブリッジは隠れていた。あと数分もすれば夕暮れに向けて霧が沈んでいき、ここから見られるものは保険会社の高層ビルだけになるだろう。その電光表示によると、外の気温は十八度、時間は内でも外でも午後三時五十九分だった。新しい腕時計に目をやり、その時刻が正しいのを確かめた。

部屋のドアに、小気味いいノックの音がした。電光表示ではきっかり午後四時二分。ドアを開けると、思いのほか若い男だった。想像していたよりずっと若い。

「ミスター・ダイ」相手が明るい笑みをたたえて言った。「ヴィクター・オーカットです。入ってもいいかな？」

ドアを広く開けて、後ろに下がった。「どうぞ。入って。よかったらパーティーでも、ラバーブリッジでもできる」

来客は三人だった。まずヴィクター・オーカット、ついで茶色のスーツを着た色違いの目の男、最後にハニーブロンドの女。まだ三十になるのは何年か先で、髪はミツバチが黄花のクローバーから採ってくる天然の蜂蜜《はちみつ》の色か、美容院がそれに似せて作り出した色合いだった。女は口もとにかすかな笑みをまとわせたが、穏やかな褐色の目はその表情を裏切っていた。どこか悲しげで、傷ついているようにも見えたが、このときの私は百日ほども女に一瞥《いちべつ》すらされていなかったので、もうしばし長く見つめようものなら、たぶん私が求めていたものを、ずっと憧《あこが》れてやまない理想郷すら見出《みいだ》していただろう。

部屋に足を踏み入れると、オーカットは優雅にくるりと振り向き、茶色のスーツの男を手振りで示した。「僕の仲間にはもう会ったと思うが、ホーマー・ネセサリーだ。彼を紹介するときはいつも楽しみでね、なにせ名字がすばらしい。必需品《ネセサリー》だよ。すばらしいと思わないかい、ミスター・ダイ？」

こちらがどう思うか答えるひまも与えずに、向こうはそのまま話を続けた。「で、こちらは秘書のミス・キャロル・サッカティ。ミス・サッカティ、こちらがミスター・ダイだ」私はネセサリーにはうなずいてみせ、キャロル・サッカティには、はじめましてかこんにちはかどうもと声をかけると、彼女はただ微笑んで私の後ろにあるもっと興味深いものを見ていた。たぶん部屋のラジエーターを。

オーカットがまたおしゃべりを始めた。「うん、なんだかものすごく元気そうに見えるね、僕の調べだと、どうしようもない最悪の監獄に三ヵ月もいたあとなのに」素早く窓ぎわへ移動した。というか飛びすさった。「この景色、霧が晴れたら最高だろうな」またくるりと向きなおる。その背の高さ、というか低さでなければ、以前コーラスラインで何年か歌ったり踊ったりしていたにちがいないと思っただろう。体格はいいが、身長が足りない。厚底靴を履いていてもまだ。彼がしばらくこちらを見つめ、また微笑んだ。「正直いうとね、ミスター・ダイ、もっと——その——何というか、やせ細った姿なんじゃないかと思ってたんだ」

「だろうね」私は言って、キャロル・サッカティのほうを向いた。「掛けたらどうかな?」

女はまたわずかに笑みともいえない笑みを浮かべ、窓ぎわにある椅子に優雅に腰を下ろしながら、「どうも」とつぶやいた。すばらしい脚だ、と思った。長くて、形もいい。ベージュのワンピースにツイード風のケープコートを羽織り、ブリーフケース並みに大きなタン革のバッグを持っている。靴にも合っていた。どこか教養学校《フィニッシングスクール》的な落ち着きがあり、座るときのしぐさも心得たもので、手の所作にもまったく戸惑うようなところがない。

「君も座れ、ホーマー」ヴィクター・オーカットが茶色のスーツの男に言った。ネセサリーはあたりを見回し、よさそうな椅子を見つけて座ろうとすると、オーカットがぴしゃりと言った。「いや、それはだめだ。あそこのカウチがいい」ネセサリーの表情に変化はなかった。オーカットの声が耳に入ってもいないようだった。少なくとも何か反応したり、彼を見たりはしなかったが、おとなしくカウチのほうへ移動した。

「さて、どうしようか」オーカットが右手の人差し指を下唇に当てて、部屋を見渡した。「僕が座るのは――」またまわりを見回す。「そう、あそこだ！」それはネセサリーが最初に座ろうとした椅子だった。

　厚底靴を履いていても、ヴィクター・オーカットは百六十センチをあまり超えてはいないし、動くときも歩いているようには見えなかった。むしろすべるように進んだ。着ている紺色のスーツはベルベットかと見まがうようで、よく見るとカシミアだとわかる。カシミアのスーツというのは初めてだ。ジャケットか、オーバーコートはたぶん見たことはあるが、カシミアのスーツはない。それも二十ドルの金ボタンで前を留めるようなタイプは。ボタンは六つあった。スーツの下はロード・バイロンのシャツで、おそらく絹だ。そして襟もとに入念に巻かれているのは、雄牛の血のようでいてその倍も豊かな色合いの赤いクラバット——これをネクタイと呼ぶのはよほどの山出しだろう。靴の好みは黒い鰐革《わにがわ》の、つま先が丸まったローファーで、誇らしげにつけられたバックルもおそらく本物の金。ズボン下も絹だろうと思ったが、そこまではわからない。

彼は椅子の縁に、足が床につくように腰かけた。スコッチを一本賭《か》けてもいいが、二十六歳を一日たりと超えていないはずだ。態度や身ごなしは、エゴが強すぎて舞台から決して降りられない俳優を思わせた。巻き毛のブロンドが長く伸びていて、バイロン卿《きょう》に似ていると誰かに言われたからそうしているのじゃないかと思える。あの詩人と同じ細い鼻に官能的な口、力強く突き出たあごは、なぜかしらガラスでできているように見えた。ごくひんぱんに笑みを浮かべるが、それには何の中身もなく、目の前で犬が轢《ひ》かれても同じように笑っているだろうと思えた。全体としてみると、少し女っぽく見えるが、その濃い青色の目に気づくと印象が変わる。土地の絞首刑《こうしゅけい》執行人というものがいるとしたら、そこから借りてきたような目。西部劇のガンマンか海賊か、少しいかれた宇宙飛行士の目といってもいい。人間の命というものを、自分のも含めて安く見積もる目だ。もし多少でも知性が備わっているなら、尊敬すべき敵になるだろう。友人として頼れる相手かは疑わしい。

「僕はユダヤじゃないが」と、まったく無邪気な調子で言う。「あんたは？」

「ちがうな」私は言った。

「ネセサリーもちがう。それにもちろん、ミス・サッカティは混じりっけなしのWASPだ。だからあんたがユダヤ人だったらよかったんだけど。それこそイタリア系でも」

「あいにくだ」と言った。「ところで、ここにはスコッチと、水割り用の水はある。ほかに何かほしければ、ルームサービスで届けさせるが」

「キャロル？」オーカットが言った。

「遠慮するわ」

「ホーマー？」

「スコッチでいい」ネセサリーが言った。ここへ来てから口を開いたのは初めてだった。

「僕は——どうするかな。そうだ！　ドクターペッパーにしよう」

「ドクターペッパー」私はつぶやきながら、電話に向かった。ルームサービスにつながると、ドクターペッパーとアイスバケット、グラス四個を頼んだ。それにポールモールを少々。二箱で。煙草《たばこ》があれば、多少はまともな注文のように思われるかもしれない。「ちょっと待って」と受話器に言い、女のほうを向いた。「ほんとうに何か要らないのかな——紅茶でも？」

彼女はまた笑みを浮かべた——もしくは笑みらしきものを。「そうね、じゃ、紅茶をお願いするわ」

「レモンかミルクは？」女を見つめる。

「レモンを」

「レモンだ」受話器に言った。

「ご親切にありがとう、ミスター・ダイ」オーカットが言いながら、巻き毛の房を軽くたたいて撫《な》でつける。

「南部育ちなもので」私は言って、ネセサリーのいるカウチの反対の端に腰かけた。

するとオーカットが、こちらが何か不埒《ふらち》なことを言いでもしたように、右手の人差し指を振ってみせた。「あんたはモンタナの生まれだろう、ミスター・ダイ。モンタナ州モンクリーフの」

答えようともしなかった。みんなまとめて蹴《け》り出さずにいられたのは、たぶん女の存在のおかげだ。そばに女がいるのは三ヵ月以上ぶりで、キャロル・サッカティは望みうるかぎり最高の相手のように思えた。カーミングラーが一度、少し顔を赤くしながら窓の外を見たまま、レターマン病院に娼婦《しょうふ》を呼び寄せようかと言い出したことがあった。陸軍の看護師だということだったが、私は道義的潔癖さではなくただむかっ腹が立ったせいで、その申し出を断った。

ひどく悲しげな顔の、「メランコリー・ベイビー」がかかるたびに泣き出しそうに見えるボーイがやってきて出ていったあと、私はキャロル・サッカティに紅茶を出し、オーカットにはドクターペッパーのグラスを渡し、ネセサリーと自分にはスコッチの水割りを作った。みんな礼を言った。ネセサリーですら。

「さてと」ヴィクター・オーカットが言いながら椅子の上で身をもぞつかせ、快適な姿勢を探った。「僕のことを少し話しておこう、ぜんぶは話さないよ、もちろん。誰だってそんなまねはしない、一番の親友が相手だろうと。でも今日はちょっと多めに話すことにする。あんたは知りたいに決まってるし、僕も身の上話をするのは好きだし。あんたはどうかな?」

「いや、とくには」私は言った。「酒に酔ってるときは別だが」

「よく酔ったりするのかい？」

「それほどでもないだろう。弱点のひとつだな」

「ははあ、からかってるんだね！」ヴィクター・オーカットは言った。「そういうのは好きだよ。でもいまは僕の少々個人的な背景を話させてもらって、それから肝心の提案について話し合おう」

　私はキャロル・サッカティを見ていた。彼女は窓の外の霧か、保険会社の高層ビルを見ていた。「けっこう」私は言った。

「さて、僕は二十六年前、ロサンゼルスで生まれた。正確にはロサンゼルスじゃなくて、サンフェルナンド・バレーだ。どこにあるかは知ってるよね」

　質問ではなさそうだったので、何も言わずにいた。

「そのあと、シカゴ大学のロースクールを卒業した——つけ加えるなら首席でね、自慢だと受け取ってほしくないけど。七年前だ」

「つまり、十九歳のときか」私は言った。

「そのとおり。十九だった」

「それも首席で」

「たしかに十九だ」ネセサリーが言った。「俺が自分で調べた。首席云々《うんぬん》も本当だった」

「おいおい、ホーマー、どうしてそんなまねを？」

「もう一杯飲むか？」私はネセサリーに訊いた。いい飲みっぷりだ。

「もちろん」と言って、グラスを渡してくる。

私は立ち上がって、ボトルと氷のところまで行った。「続けて」とオーカットに声をかける。

「卒業したあとはヨーロッパへ行って、ベルリン自由大学で一年だけ国際法を学んで、博士号を取った。やっぱり優等でね」

「一年でか」

「それも調べた」ネセサリーが言う。「とんでもない《ファッキング》天才だ」

「言葉には気をつけてほしいな、ホーマー。とくにレディがいる前では」

ネセサリーがキャロル・サッカティに目をやると、彼女はまだ窓の外を見つめていた。「ふん」彼は言い、新しい酒をぐびりとあおった。私もそれにならった。

「ベルリンのあとは」オーカットが続けた。「アメリカへ戻って、そのころオファーのあった職をいくつか検討してみた」

「三十二のオファーがあった」とネセサリー。「どの口も年俸三万はくだらなかった」

それにはオーカットもいささか得意げな顔になり、ネセサリーを諭すのを忘れた。

「まあ、言ったとおり、いろいろ考えてはみたけど、あんまり興味をひかれなかった。どれも大会社の法務関連で、おそろしく退屈そうでね。それでいっとき、平和部隊でボランティアでもやろうかと思ったんだけど、でもまあ、わかるよね？」

「たしかに」

「それでじっくり腰をすえて、リストを作ってみた。自分がほんとうに興味を持てそうに思える、でも快適に暮らせるぐらいは稼げるような仕事を。そしたら、海底探検家から外交官まで、二十ほどのリストになった。それを三つまで絞りこんだ。その三つが何だかわかるかい？」

「見当もつかないな」

「最終的に残った三つの分野は、弁護士、僕らの住む大都市圏の問題、それに政治だ。さて、僕はどれを選んだと思う？」

「弁護士だろうか」何か言わないわけにもいかないので、とりあえず言った。

オーカットは、私がまちがえたのがよほど楽しいのか、椅子の上で気持ちよさそうに身じろぎをした。「いや実際、そうしかけたんだ。ほとんどね。でもまだ若すぎるし、時間がかかりすぎると判断した。言っておくけど、精神的にってことじゃなく、年齢的にね。それだとなかなか望むような依頼人がつかないんだ」彼は話すときに、下手な社説担当の記者がやるように、自分の言うことに傍点をつける癖があった。

「君の求める依頼人というのは、金を持ってる相手だな」

「まさしく」

「君を雇いたいと言った三十二の会社はどうだったんだ？」

「それなんだよ。どこの社も僕を雇いたいと言った。月給がいくらで雇おうとしたんだ。そんなのは窮屈でたまらないだろう」

「それで何を選んだ、政治か？」

「いいや、わが国の都市が直面する問題の専門的コンサルタントになる道を選んだのさ。いいかい、ミスター・ダイ、街っていうのは、僕ら人間が住んでるこの世界のすばらしい縮図なんだ。もちろん人間は街をぶち壊してるし、街は人間をぶち壊してる。ああ、文字どおりの意味でじゃないよ、スモッグとか渋滞とか火事や暴動はたしかに被害をもたらしてるけれど。でも都市の役割は、ここ三十年で――つまり僕らが生まれてからいまにいたるまでに、すさまじい変化を遂げた」

「人間もだ」私は言った。

「そのとおり。けれどもいま、人間は市街から郊外へ逃げ出そうとしてる、まさに以前の都市が提供していたものを取り戻すために——コミュニティ意識と呼んでもいいかな。どこかに属している、日々の事柄について何か意見が言えるという感覚だよ。いっときの都市はそういったすべてを提供していた。加えて安全の感覚ももたらしてくれた。それはたぶん、むかし群居本能と呼ばれてたもののせいかな。まあこんな言葉ももう流行《はや》らなくなったが。いまはもうそんなものはない。都市が敵になったんだ。なのにまだ街に住んでる人間のほとんどが、実際には気づいてない。そうして自分たち専用の飛び地を作ってる。言っておくけど、近所界隈《かいわい》じゃなくて飛び地だよ。で、そこからめったに出てこない——だいたい中立地にある仕事場や、別の友好的な飛び地に行くとき以外は。考えてみたら、まったく封建制そのものじゃないか。都市に住む人間は、自分の居場所から足を踏み出すのを本気で怖がってる。そこはある意味、敵の陣地なんだ。その根拠になってるのは、人種や収入の格差、それに恨みや憎しみ、偏見、貪欲《どんよく》といった、七つの大罪にあるものぜんぶさ。従来からの都市が提供していたものが好きな人には、どうしようもなく気がめいる状況だよ」

「なるほど」私は言った。「街が病んでいて、なかにはほとんど末期状態のところもあるとしよう。君はどんな治療法を提案するんだ、信仰療法のほかに?」

「またからかってるね。うん、そういうのは大好きだよ！　ちがうのさ、ミスター・ダイ、この大都会を冒す病気を治そうなんて言ってるわけじゃない。僕の専門領域があるんだ。いいかい、都市に住みつづけてる人間には不安があって、そのせいでコミュニティに積極的に関わり合えないってことが多い。無関心になって、だいたいの時間はテレビを見たり酒を飲んだり、郊外に引っ越すべきじゃないかと考えたりしてる——もちろん子どものためにね。こういう無関心《アパシー》の風潮は腐敗の絶好の温床になる。そこでヴィクター・オーカット・アソシエイツの出番なのさ。僕らは街の腐敗を治し、そうすることで報酬をたっぷり得る。もちろん治すのは症状だけで、病気そのものじゃない。でも僕らの客はだいたい、症状が消えたら病気もじきに治るという思い込みにしがみついてる。もちろんそれはまちがいだし、たまに魔が差してあんたたちはまちがってると言ったりもするんだけど、たいてい向こうはわかったような笑い顔でよくやってくれたと礼を言って、高額の小切手を手渡してくる。それでこの四年間、ヴィクター・オーカット・アソシエイツはそこそこの成功を収めてるんだ」

「そこそこというと？」私は訊いた。

「うん、去年の純収益は四十万ドルと少しで、総収益は——僕ら全員の生活費や経費も含めると——おおよそ四百万ドルだった」

「四百二十万よ」キャロル・サッカティが言った。

オーカットが肩をすくめた。「ミス・サッカティは数字にはすごく強くてね。ちなみに、僕がミス・サッカティとホーマー・ネセサリーに会ったのは、最初の仕事をまかされたときだった」そして中西部にある、オハイオ州のヤングスタウン程度の規模の街の名を告げた。

「そこの市長の息子が大学時代の友達だってことで」ネセサリーが言う。「この男が出張ってきたわけだ」

「ほら、そういうときのための友達だろう、ホーマー？」とオーカット。「ちなみに、ホーマーはその街の警察署長をしていたが、僕が最初に勧めたのは彼を首にすることだった。あんたもそんな手口は見たことがないだろう——いや、あるかな、中国でなら」

「かもしれない」

「で、そのあとすぐにホーマーをコンサルタントとして雇った。もちろんこっそりとだよ。狐《きつね》ほど狐のことを知っている動物がほかにいるか、って思ってね」

「鶏かな」私は言った。

「ミスター・ダイ、とっておきの喩《たと》え話を台なしにしないでくれるかな」

「失敬」

「まあとにかく、あの街は完全に腐ってた。腐りきってた。芯《しん》の芯まで。警察はフットボール賭博《とばく》の保護をしながら投票券も売ってた。窃盗団まで抱えこんでいた。ナンバーズ賭博も盛んだった。租税査定人は評価額五千ドルあたり五ドルなんていう安い賄賂《わいろ》で抱きこめた。賭け事はほとんど公認だった。全面的にじゃないが、ほぼ黙認されてた。麻薬が中学校《ジュニアハイ》で売りさばかれてた。市そのものが破産寸前だった。市長は酔いどれで、哀れなほど無能で、三ヵ月近くも給料が未払いになってた。警察も同じだったが、気にもしていないみたいでね。それに売春。まあ、とにかくひどいものさ。変態趣味でも何でもあり、十三歳の女の子から――男の子までね。ショッキングだよ。ほんとにショッキングだった。それにもちろん、そこのミス・サッカティも、その悪徳の輪の一員だった。当時は地元の大学の四年生だったが、街外れに大きなモーテルまで買っていた」

「そうやって苦学して大学を出たわけだ」ネセサリーが言う。

キャロル・サッカティは、窓からネセサリーに視線を移した。そして内気そうに、とろけるような笑みを浮かべ、静かな口調でネセサリーに「クソ野郎」と言った。

「大したタマだろ？」ネセサリーが私に言う。「いい意味でだぞ」

「それでだね」まるでよくあるやり取りだといわんばかりに、オーカットが無視して言った。「僕らはまず――ホーマーと僕がってことだが――警察に目を向けた。ホーマーは大陪審が目を輝かせるぐらいの証拠を集めていたが、あいにくそのほとんどが自己負罪で証言させられない。それで別の何かが必要だってことになった。ホーマーがそのアイデアを思いついた。まあ当然かな、それだけのお金は払ってたし」

「警察署長でいるほうが稼げたんだが」ネセサリーが言う。

「でも不正にだろう、ホーマー？」

「誰が気にする？」

オーカットは悲しげに首を振った。「道義心のかけらもないな。でも、とにかくすばらしいアイデアでね、街の警察をいっぺんに一致協力させるやつだ。もちろん、キャロルにも協力してもらわないとならなかった。説得には骨が折れたけど、何ヵ月も檻《おり》のなかで過ごすより協力したほうがましだと、やっと納得してくれた。正直、あんまり協力的だったので、僕の秘書になってほしいと頼んだほどさ。それが四年前のことだ、そうだったね、キャロル？」

「そうね」女はまだ窓の外を見ていた。ティーカップがいつのまにか空になっているのに気づいた。

「彼女の協力で、なかなか煽情《せんじょう》的な写真を手に入れられた。警察署の警官のほとんどが、まあ何というか、一糸まとわぬ姿で、いろんな若い女性の腕に抱かれてる写真だよ」

「早い話がだ、俺たちはハイスクールの売春娘とよろしくやってる警官たちの写真を手に入れた」ネセサリーが言った。「要するにそういうことだ。それで本署の連中に焼き増しを送りつけた。それからはずいぶんまともな警察になった」

「すると、君らはささやかな報酬で、正直な政治と道義心と改革をもたらしたわけか？」私は訊いた。

オーカットはまたあの中身のない笑みを浮かべ、立ち上がるとアイスバケットの前まで歩いていき、グラスにもうひとつ角氷を入れてドクターペッパーの残りを注いだ。

「いや、ミスター・ダイ、そうはいかなかった。あの街はひどい状態だったけど、ほんとうにひどくはなかったんだ。大多数の市民はまだそこまで行ってなかった。罰金十五ドルの交通違反切符を一ドル札でごまかしたがる。手近な賭け事もやるし十代の売春婦も買いたがる。少しの賄賂ですむなら、不動産税も進んでごまかそうとする。たしかにろくでもなかったけれど、僕は残念ながら見誤っていたらしい。六ヵ月たってみると、僕が来たときよりもっと悪くなっていた。シカゴの一味が進出してきたんだ。いまはその連中が街を牛耳っている。以前は悪徳も腐敗も地元の産物だった。いまは外からやってきて、街の住民は怯《おび》えきってる。彼らを責めようとは思わないよ」

「もう一度、立て直してくれと頼まれたのじゃないのか？」私は訊いた。

「ああ、実を言うと、頼まれた。でも僕は、死ぬことには興味はないんでね」

「なるほど」

「ただしその経験から、二つの収穫があった」オーカットはゆっくりと、グラスのドクターペッパーに語りかけるように言った。「ミス・サッカティとホーマーが力を貸してくれることになった。それがひとつ。二つめは、ある法則を定式化できたことだ。はばかりながらオーカットの第一法則と呼ばせてもらってる。第二法則はまだ思いついてない」

「第一の法則というのは？」

「良くなる前には、もっと悪くなくてはならない」

「聞き覚えがある気もするが」

「そんなことはないさ。僕の専門分野に当てはめた場合にはね。それでだ、そこから話はこの顔合わせの核心に入ってくる。どうやってあんたをヴィクター・オーカット・アソシエイツに加わらせるかということだ」

「なるほど。どうやる？」

「まず最初に理解してほしいんだが、ミスター・ダイ、僕は相当な額の金を使ってあんたの経歴や経験、能力を調べさせてもらった。哲学的な傾向までね」

「知らなかったな、そんなものがあるとは」

「あるとも！　まちがいなくあるさ。ちょっと実存主義的かもしれないけど、今回の仕事にはまったくうってつけだ。あんたの経験や訓練、教育実績もね。いくつかの点を別にしたら、ほぼ完璧だ。きっとこれまで、〝ほぼ完璧〟なんて誰からも言われたことはないだろう？」

「たしかに。言われたことはない」あんたにすらな、カーミングラー、と心で思った。

「で、そちらの腹づもりは？」

「覚えてるかな、さっきあんたに、ユダヤ人かと訊いただろう？」

「ああ」

「そのほうが都合がよかったんだ。それか黒人でもポーランド人でも、何ならイタリア人でも。いいかい、ミスター・ダイ、僕はスケープゴートがほしい——身代わりになって鞭打《むちう》たれる存在が。そこに住む市民たちが街はずれまで追いかけていくような人間。〝おい貴様、この街でお天道《てんと》様《さま》が拝めると思うなよ〟みたいなやつさ、わかるだろう。もちろん、比喩《ひゆ》的な意味でだけどね。現実にそうするわけじゃなく、あくまで姿勢の問題というか。マイノリティに属する人間は、そうした役どころにぴったりなんだ」

「私なら、ただ私というだけで嫌われるんじゃないか」

「へえ、だったら最高だけど」オーカットはそう言って、本気だというところを示そうと、またあの中身のない笑みを浮かべた。と思うまもなくその笑みは消え、ドクターペッパーをひと口飲んだ。それから白い、おそらくアイリッシュリネンのハンカチを取り出すと、口もとをぬぐった。「それでだ、力を貸してくれるお返しに、こちらには通常のインセンティブを提供する用意がある。お金だよ」

「どれくらいの？」

「五万ドルくらい」

「それは太っ腹だ。こちらはそのために何をする？」

「ある役割を演じてほしい――もちろん、僕の監督のもとで」

「役割とは？」

「オーカットの第一法則に基づくものさ、ミスター・ダイ。あんたにやってもらいたいのは、街をひとつ腐らせることだ」

6

私が生まれたのは一九三三年十二月五日、禁酒法が廃止された当日だった。出生にまつわる情報はだいたい伝聞で、ほとんど父親の日記に書かれていたものなので、事実でないと疑う理由はない。父はうまい嘘《うそ》をつけるほど想像力に恵まれた人間ではなかった。

私はひとりっ子だった。テキサス州ボーモント出身のクラレンス・ダイ医師とその妻のもとに生まれ、夫妻は一九三二年、モンタナ州モンクリーフに診療所を買った。モンクリーフは郡庁のある町だが、当時の人口は三百六十人ほどだった。そのあとまた少し減ったはずだ。開業初年、父は九百八十六ドルを現金で稼ぎ、鶏六十二羽に牛の肋肉《あばらにく》二つ、晩春から夏にかけては野菜を何ブッシェルか、そしてチャウチャウという漬物にビーツ、インゲン、コーン、トマトのピクルスの入ったメイソン・ジャー二百個を手にした。「われわれはいつもよく食べていた」と父は書いている。

そして不運なことに、というか少なくとも母にとって不運だったのは、私が生まれた当日、父が禁酒法撤廃を祝おうと街へ出ていたことだった。家に帰ってみると、自ら帝王切開を施さなくてはならない事態になった。父は酔っていた。「どうしようもなく泥酔《でいすい》していた」と自分で書いているほどで、実際に何があったのかも判然としない。メスがすべったのか、手を洗うのを忘れて敗血症を引き起こしたのか、あるいは母が出産時に命を落とす運命にある妊産婦のひとりだったのか。それもまったく定かではない。父は分娩《ぶんべん》のあいだの記憶がなく、気がつくと母は死に、私は両親が買ってくれたベビーベッドでしっかりくるまれて眠っていた。父はまだ足腰が立つうちにそれだけはやったようだ。父の日記によると、外の気温はマイナス二十四度で、吹雪になっていた。父が母の体をシーツにくるんでガレージまで運ぶと、遺体はうまいぐあいに凍りつき、四日後に吹雪が終わってミズーラに埋葬できるようになるまでそのままだった。父がなぜ私にルシファーと名づけることにしたのか、その理由は書かれていない。

父はあまり腕利《うでき》きの医者ではなかった。テキサス大学の医進課程をぎりぎりで通ったが、二〇年代に入れた医学部はオクラホマシティにあるオクラホマ大学だけで、それも多分にまぐれのおかげだった。父はメインストリートにある古いエンプレスという映画館で、夜間上映の案内係として働きながら、どうにか医学部を卒業した。そのころにはもう、当時ローボー・ブラウンと呼ばれたデパートに勤務する母と結婚していた。父の週給は九ドル、母は十二ドルだった。

父はオクラホマシティの聖アンソニー病院でインターンを務め、なんとか誰も死なさずに切り抜けた。自分はいい医者にはなれない、ぎりぎりやっていける程度だとわかるくらいの分別はあった。いっとき船医になろうと考えたが、一九三二年のころの競争は熾烈《しれつ》だった。そんなとき、モンクリーフの診療所が千ドルで売りに出されていると聞きつけた。資金は母の両親から借りたが、返済する前に二人とも車の事故で死んだ。父はモンクリーフでも、母以外は誰も死なせていない。

母が死んでから父は、自分の診断によれば「うつと自責」の発作を起こすようになった。酒を浴びるように飲み、日記に長々と愚痴を連ね、母が死んだことで交互に自分自身を責めるか私を責めるかした。最終的にはすべての責任は自分にあると受け入れた。それでも私は、ルシファー・クラレンス・ダイのままだった。

私の世話をさせるのに、父はある農家の十六歳の娘を住み込みで雇った。名前はベティ・モード・クリスチャンソンといい、父は週給三ドル五十セントのほか部屋代と食費を負担し、週に三回彼女の寝室へ通ってなにがしかの悦《よろこ》びを得ていた。というか、そう書いている。

酒びたりの生活をやめた一九三四年の春、父は手紙を書きはじめた。メソジスト教会、バプテスト教会、長老派教会に出した。アッセンブリー・オブ・ゴッド、ブレザレン教会、監督派教会、クリスチャン・アンド・ミッショナリー・アライアンス、倫理文化協会にも長い手紙を書き送った。福音契約教会、福音自由教会、福音改革教会にも書いた。ルター派、フレンド派、末日聖徒にも書いた。ペンテコステ派のホーリネスとクリスチャン・サイエンティストにも出した。とうとうセブンスデー・アドベンチストに、さらにはセントルイスにいるカトリックの枢機卿《すうききょう》に宛《あ》てて手紙を出した。

「あなたのみもとに参りたい」とでも書いたのだろう。

父は贖罪《しょくざい》の精神から、医療使節になろう、できれば中国へ行こうと決め、自分と私を受け入れてくれる宗教組織に奉仕したい旨を申し出ていたのだった。そんなところはどこにもなかったが、宗教とはあまり関係のないテキサコだけが例外だった。大学時代の友人に、テキサコがアジアで展開する事業の統括副社長が父親だという男がいて、そのつてで上海《シャンハイ》で社医として働かないかと持ちかけられたのだ。一九三四年八月十九日、私たちはサンフランシスコから、神戸と上海へ向かう〈みどり丸〉に乗船した。

父と私は元明路《ユエンミンロード》の共同租界の社宅で、阿媽《アマ》のパイ・シャンワと一緒に住んだ。三十五歳、独身の彼女は広東《カントン》出身で、広東語のほか北京語、それにきつい上海方言を話した。私にもその三つを覚えるように言い、少しまちがえると罰として平手でぶったが、力をこめたりはしなかった。英語は六歳くらいまであまりよく話せなかったので、父との意思疎《そ》通《つう》は少し大変だった。父は中国語はだめで、ピジン語すらろくに話せなかった。ほかに使用人が二人いた。マー・ユハというコックと、フー・インというお抱え運転手で、私は運転手をフーフーと呼び、ときどき彼におんぶしてもらって家のなかを走り回った記憶がある。

父はあまり家におらず、仕事が大変だとか忙しいということもなかったが、夜はアメリカンクラブか上海クラブで過ごすのが好きだった。そのころの上海クラブには、世界一長いバーカウンターがあった。たしかいまでもそうで、ラスベガスにも長いのがあるが、そちらは曲線を描いている。上海のはまっすぐで、それでも世界一長いバーカウンターなのだ。

一九三七年八月十四日が来るまでは、三歳九ヵ月の子どもなら誰でもそうだろうが、ごくおぼろげな記憶しかない。ところがその土曜日、父は太っ腹な気分になったのか、一人息子を放りっぱなしにしているのが後ろめたくなったのか、私をパレスホテルへ昼食に連れ出した。上海ダックを食べたこと、とても美味《うま》かったこと、父が私のぶんを切り分けてくれたことを覚えている。

ほかに覚えているのは、ホテルの外へ出たとき、南京路《ナンキンロード》が人でごった返していたことだ。ほとんどが虹口《ホンキュウ》など北の地区からの避難民だった。私は知らなかったが、日本がその前日に上海への攻撃を開始し、ことさら週末を選んで戦争を始めるという癖を示していた。なにしろ一九三二年に始まり、一九四一年にも同じことを繰り返したのだから。

避難民が南京路にひしめいていた。盲人や病人、老婆《ろうば》を背負った老人の男、母親の腕に抱かれた赤ん坊、それにごく普通の人たちがみんな、持ち出せるかぎりの重い荷物をかついだり手に提げたりしていた——鍋釜《なべかま》に鶏、珍重される青い茶碗《ちゃわん》、巻いた筵《むしろ》。ロシア領事館近くの蘇州《スーチョウ》河にかかる橋を渡り、外灘《バンド》から南京路へと広がった五十万の人々が、車を渋滞させ路面電車を停止させて、この日から八年近く続く戦争から逃れようとしていた。

その大半が移動するのをあきらめていた。道路《どうろ》脇《わき》で身を寄せ合い、壁にもたれかかり、階段を見つけては座りこんだりしていた。南京路はもう、まともな避難場所も安全も得られない難民キャンプと化していた。

パレスホテルを出たところで、しばらく立って人ごみを眺めながら、父が楊枝《ようじ》で奥歯をほじっていたのを覚えている。私は父の左手を握っていた。通りの向かいに沙遜《サスーン》大廈《ハウス》とキャセイホテルがあったが、当時の私にはただの二つのビルでしかなかった。遠くのほうで砲弾がたてるバリバリという音が聞こえていた。蔣介石軍のノースロップ大型爆撃機が、イギリス建造のロートル巡洋艦で日本旗艦の出雲《いずも》を叩《たた》こうとしているのだ。この時点で日本の第三艦隊は黄浦《ホアンプー》江にいて、各巡洋艦は中国軍を、主として第八十七師団と第八十八師団を砲撃し、河口の呉淞《ウーソン》に上陸した歩兵たちが動きやすいようにしていた。私はその音が爆竹のように聞こえて好きだった。

父が何か言いかけたそのとき、西へ向かう中国空軍のノースロップの編隊が現れ、二人とも顔を上げた。爆撃機の一機から円筒形のものが落ちてくると、陽を浴びてぎらりと光った。

最初の爆弾が向かいのキャセイホテルに落下し、窓が残らず吹き飛んだ。もう一発はキャセイに跳ね返って南京路に落ち、そこで爆発した。その爆風で私たちはパレスホテルの赤煉瓦《あかれんが》の壁まで吹っ飛ばされた。さらに一発の爆弾がパレスに落ちて破裂し、また通りに向かって投げ出された。気がつくと私は道路の上に倒れ、父の左手を握りしめていた。手と手首と、腕の一部があった。それだけだった。父のほかの体はどこにも見えず、私は死んだ人たちのなかをふらふらさまよい、血だまりや肉のかけらに足を取られまいとした。みんな死んでいた。父の手をつかんだまま、その腕の端を土と血のなかに引きずりながら歩き回った。静かだった。聞こえてくる音は自分の声だけで、それも北京語で、頭のなくなった男に向かって「僕の父さんの残りを見ませんでしたか?」と訊《き》いているのだった。あたりを見ると、パレスホテルの赤煉瓦に、別の男の体が平らに張りついていた。駐《と》めてあった車が何台も燃えていた。路面電車の電線が切れて垂れ下がり、古い釣り糸のように絡《から》まっていた。つまずいて下を見ると、女の下半身があった。上半身はなかった。父の残骸《ざんがい》を見なかったかと死人たちに問いつづけても返事はなく、また南京路を歩き出した。くるぶし丈の茶色の靴に血がにじんでいた。父の体の残りをすべて持ったままだった。

一ブロック行くあいだ、ばらばらになった死体のほかは何もなかった。死んだ交通整理の警官の体は乗っていた台の脇で二つに折れ、目が開いたままだった。体の上を蠅《はえ》が這《は》っていた。湖南路《ホーナンロード》を越え、南京路が少しカーブするあたりまで来ると、人ごみがしゃべったりうめいたり、泣き叫んだりしていた。爆弾に直撃されはしなかったのだ。浙江路《チェキアンロード》を越え、先施公司《シンシアデパート》と永安公司《ウィングオンデパート》を通り過ぎ、さらに進んだ。シーク教徒の警官が一度こちらをじっと見つめたが、すぐに目をそらした。うちの阿媽から、シークの警官は意地悪だから近づいてはだめと言われていた。それよりもっと意地悪なのは、フランス人が租界へ連れてきた安南《アンナン》人、いまでいうベトナム人だけだと。シークの警官が顔をそむけたのは、この外国の四歳の子どもと関わり合いになりたくなかったのだろう。自分の血と他人の血にまみれてボロボロに汚れ、わあわあ泣きながら、大人の男の手と手首と前腕を大好きなテディベアみたいに胸に抱え、人ごみのなかをふらつき歩いている子どもとは。覚えているのは、爆弾が何度も破裂したあとに、恐ろしい静寂があったことだ。あまりに深い、自分の声と父の腕にはまったままの腕時計のチッチッという音が聞こえるほどの静けさだった。

　さらに通りを二つか三つ越え、デパートを通り過ぎたときだった。私は彼女を見た。薄いオーガンジーの、フリルやフラウンスのたくさんついたワンピース姿で、あとで知ったことだが、ディアナ・ダービンというアメリカの女優が着て人気になったスタイルだった。その女優の映画はいまもって一度も見たことがない。

　そのとき私は、このオーガンジーのワンピースの女性が世界一美しいひとだと思ったし、たぶんいまでもそう思っている。道路脇に立って絹の日傘を振りながら、「太っちょ李《リー》さん」という名の誰かを呼んでいた。金髪で、つばの広いしなやかな帽子をかぶっていた。彼女の目と同じ、濃い緑色だったのを覚えている。少し後ろに中国人の娘が立って、やはり〝太っちょ李さん〟と叫んでいた。

私はよろよろとその前まで行って立ち、父の腕の残骸をきつく胸に抱えたまま、女性の顔をじっと見上げた。そして大声で泣き出した。彼女は私を見て顔をしかめ、あっちへ行けという手振りをした。私が動かず、上から下まで血まみれの姿でさらに泣きつづけると、女性が振り返り、中国人の娘に何か声をかけた。フランス語だったのだが、当時の私にはわからなかった。わかっていたのはただ、切り傷や掻き傷や擦り傷が痛くてならないこと、道に迷ったこと、父の体の残りが見つからないことだけだった。

中国人の娘が私のところまで来てしゃがみ、英語で優しく話しかけた。英語だとはわかったが意味があまり理解できず、それと気づいた娘が上海方言に切り替えた。そちらのほうがよかった。あなたは誰なの、どうして怪我《けが》をしたの、両親はどこにいるの。しなやかな帽子の女性は日傘を振りながら、〝太っちょ李さん〟の名を呼びつづけていた。私は中国人の娘に、ぼくはルシファー・クラレンス・ダイだと、父を見なかったかとたずねた。ディアナ・ダービン風のワンピースの女性が近づいてきたが、あまりそばまでは来なかった。フランス語で何やら中国人の娘に話しかけたとき、この娘は阿媽なのだとわかった。阿媽は首を横に振って立ち上がり、後ろに下がった。しなやかで大きな緑色の帽子の女性が顔をゆがめ、片方の手を差し伸べてきた。「それをよこして《ドネ・ラ・モワ》！」彼女は言った。というか、あとでそう聞かされた。ずっとあとになってから。そのときは彼女が何を言っているかわからなかったが、差し出された手を見れば意味はあきらかで、私は父のちぎれた前腕と手首と手と腕時計をさらに強く抱きしめた。そしてまた泣きじゃくった。つまり私は、自国の都市に向けた中国空軍の爆撃で傷を負った八百六十五人のうちの一人で、その同じ理由で命を落とした七百二十九人のなかに父が含まれていたのだった。

緑色の帽子の女性は右手から白い手袋を脱ぐと、私から父の残骸をもぎ取り、側溝に投げ捨てようとした。が、腕時計があるのを見て動きを止め、手首から時計を外した。いつでもしごく現実的なひとだった。そのあとで側溝に放り投げた。皮膚の赤くただれた埃《ほこり》まみれの犬が父の手に鼻面《はなづら》を寄せ、口にくわえると、小走りに通りを走っていった。犬はニタニタ笑っているように見えた。

しなやかな帽子の女性が笑みを向け、私の頭をぽんぽんとやろうとして、思いなおした。髪の毛が血糊《ちのり》で固まっていたのだ。「あたしの家へ行くのよ」と精いっぱいのピジン英語で言った。その意味はわかったので、私は北京語で、ぼくの父を見なかったかと訊いた。私は死というものに慣れていないどころか、まったく馴染《なじ》みがなかった。そして父に手と手首と腕と時計を返してあげたいと思っていた。

「行くわよ」彼女はそう言い、姿の見えない〝太っちょ李さん〟の名をあらためて叫んだ。大きな栗色《くりいろ》の一九三五年式クライスラー・エアフローが現れた。何年もあとのエドセルに並ぶほど異様な形の自動車が猛烈な勢いで、人力車をかすめるように道路脇へ向かってくる。やっとくだんの李さんが到着したのだ。緑色の帽子の女性が新聞を持ってくるよう彼に言いつけ、戻ってきた李さんは後ろの座席にその新聞を広げて、私がモヘアの布に血をつけないようにした。阿媽は李さんと一緒に前に乗り、私は新聞のほうへ誘導された。緑色の帽子の女性が最後に乗りこんだ。太っちょ李さんは警笛を鳴らしどおしにして渋滞した通りを強引に進んでいった。

　金髪の女性が話しかけてきた。私にも少しわかるピジン英語とフランス語（聞き取れなかった）、ロシア語（まったく理解不能）を混ぜこぜにして話していた。上海方言を話す阿媽の通訳の力を借りて、私は親が見つかるまで女性の家に置いてもらえるということ、彼女をタンテ・キャサリンもしくはカテリンと呼ぶこと、いい子にしていたら何かいいものをもらえることを理解した。

　女性の家は、孔子廟《こうしびょう》や柳茶館のある古い中国人街区の南頭《ナンタオ》にあった。家は女主人の帽子と目に合った緑色に塗られ、正面には高い煉瓦塀が小さな庭をさえぎっていた。めったに見られない（上海では）三階建てで、幅は十メートルそこそこでも、私の目には広大壮麗に映った。家具調度は龍の頭がたくさん彫り出された中国風のものと一九三〇年代に流行したモダンなものの奇妙な取り合わせだったが、私にはどこもかしこも美しかった。タンテ・カテリンが私と阿媽を従えて家に入り、大声で人を呼んだ。大勢の若い女たちが広い応接ホールに出てくると、私を取り巻いて大騒ぎを始めた。娘のひとりが私を風呂《ふろ》に入れる役を仰《おお》せつかり、もうひとりは新しい服を買ってくるよう指示された。タンテ・カテリンはちゃんと約束どおり、生姜《しょうが》の砂糖漬けをくれた。独特の甘くつんとするにおいが部屋に満ちると、年とった白いひげの男がのろのろと、庭と門、そして外の通りへ通じるドアのほうへ歩いていった。男は私を見もせず、そして誰を見ようともしなかった。娘のひとりが私の手を取って、階段のほうへ引っぱっていきはじめた。中国人だったので、父を見なかったかと訊いてみた。娘は見ていないと答えた。娘たちはおおよそ半分が中国人、残りが外国人だった。フランス人にアメリカ人、白系ロシア人、骨太のオーストラリア人が二人、ベルリンから来たドイツ人が三人、それにイタリア人もひとりだけいた。たしかローマの出だったと思う。みんなとてもよくしてくれたが、一年ほどたって、ようやくすべてを理解した。タンテ・カテリンは満州から流れてきた白系ロシア人で、彼女が差配しているのは上海一高級だと広く知られている娼館だったのだ。

7

私たちが何やら恐ろしい機械を使って李徳《リー・ティ》を殺したわけではないと、島の都市国家の警察が納得するまでには、二十四時間と検死解剖が必要だった。李の死因は心停止、以前の呼び名では心不全で、激しい精神的ショックによって引き起こされたものと思われた。部屋を踊り回った青い閃光《せんこう》のせいだったのかもしれない。おそらく自分が感電していると思ったのだろう。

あとで知ったことだが、ショフストールはよほどとち狂ったのか、誰も信じないような作り話を思いついていた。李徳の名前はミスター・ジョーンズで、彼は二十万ドルの生命保険に入りたいと言ってきたが、申請書に書いてきた情報をミスター・ダイ、つまり私がまったく納得できなかったので、嘘発見器にかけて質問しようとしたのだと。そのあとショフストールはしばらく小突き回されたが、頑として口を割らなかった。さんざん殴られたあとでやつが言ったのは、アメリカ市民として米国大使館の代表への面会を要求するという一言だった。ショフストールは監房に戻された。

ブーランドはもう少し頭がよかったが、さほどましだったわけではない。李徳をポリグラフで調べたのは、ただの決まった手順だと証言した。

「何の手順なのだろうか、ミスター・ブーランド？」あっち側のひとりがそう訊いた。

「何のって、手順は手順だ」

彼らはブーランドを小突き回したが、それにもあきると、また監房にぶちこんだ。やつも大使館に連絡する機会はなかった。すべてあとでカーミングラーから聞いて知ったことだ。

もちろん私たちは別々に尋問されたが、なかなかの手ぎわだった。少なくとも私の尋問にあたった、ミスター・トゥンと名乗る男は有能だった。しごく有能だったといっていい。自分では国防省の人間だと言っていて、それもむべなるかなという気がした。

最初の二十四時間は完全にひとりきりでいた。服も煙草《たばこ》も鍵《かぎ》も財布も時計も取り上げられた。何より煙草がないのがきつかった。時間はもうあまり意味を持たなかった。灰色の木綿の、パジャマのような囚人服を渡されて着るように言われ、三ヵ月着替えずに過ごすことになった。独房は狭く、幅一・五メートル、奥行き二メートルあまり。

窓はなく、藁《わら》を詰めたマットレスと便器代わりのバケツ、水の入った小さなプラスティックの水差しがあるきりだった。ほかには何もない。壁は灰色の多孔質の石で、じっとりと冷たかった。床はコンクリート。天井には四十ワットの電球がひとつねじこまれていた。明かりは消えることがなかった。気温はおそらく三十度を超え、湿度もそれに見合っていた。

トゥンに会う前に、食事が二度出てきた。一度目は大きな碗《わん》に米の飯が盛られ、得体の知れない魚の身が混ぜこんであった。二度目も同じで、それから三ヵ月間まったく同じ食事だった。遠い昔の経験から、出されたものは残らず飲みこむようにしたので、体重は一キロも落ちなかった。結局よく言われるとおり、魚と米だけあればすべて事足りるのかもしれない。

トゥンが私を尋問する部屋は、刑務所の二階にあった。百年ばかり前にイギリス人が細部にいたるまで丹精こめて、可能なかぎり不快に過ごせるよう造った建物だ。部屋には窓が二つあり、外の中庭が見渡せたが、そこもやはり灰色の多孔質の石塀に囲まれていた。高さは八メートルはあるにちがいない。庭には囚人が大勢いて、一人か、二人または三人組で歩いていた。私も出られるのかと訊く気にはならなかった。

ミスター・トゥン（ほかに名があるにしろ、聞いたことはない）はおそらく三十代で、背が低く細身で、こざっぱりした男だった。糊《のり》の利いた白のワイシャツに青のネクタイをきちんと締め、淡青色のリネンのスラックスは非の打ちどころなくアイロンがかかっていた。シャツのポケットにはボールペンが四本留めてあり、すべて色違いだった。黒い目が小さくきらめいているようで、質問を組み立てる言葉を選ぼうとするときに右の耳たぶを神経質そうに引っぱる癖がある。あまり表情はなく、少なくとも私と話しているときは、めったに笑わなかった。私たちはかなり長時間かけて話をした。

二人の看守が私を部屋まで連れていき、すぐに立ち去った。私が机の前に立っているあいだ、トゥンはこちらを注意深く眺めていた。部屋にあるのは机とトゥンの椅子《いす》、そしてもう一脚の椅子だけで、トゥンがそこに掛けるよう身振りで示した。机の上には円筒形をしたプレイヤーズの五十本入り缶があるきりで、ほかには何もない。トゥンが一本取るよう差し出したので、ありがたく受け取った。

二人でしばらく一服したあと、トゥンが言った。「さて、あなたは下手を打った、そういうことですね?」こなれた言い回しだと思ったが、どこの訛《なま》りかはわからなかった。アメリカでもイギリスでもない。その中間にある国際的なタイプの、ダグラス・フェアバンクス・ジュニアがずっとロンドンで暮らすようになる前にしゃべっていたような英語だった。

質問にただ肩をすくめ、黙っていた。実際、何も言うことはなかった。

「李徳のことは、気の毒でした」トゥンが言う。「彼の心臓疾患の件は、あなたも知らなかったのでしょう？」

「知らなかった」

「そんなに悪い男ではなかったが」

「彼を知ってたのか？」

「よくは知りません。ここにも自分の店を出そうと画策していたのですが、それはあなたもご存じですね」

「いや」

「ほう。実のところ、彼は最近になって昇進した。それもご存じのはずですが」

「いや」

トゥンはこちらを注意深く見つめ、机の引き出しからブリキの灰皿を出すと、私との中間に置いた。私はそこに灰を落とした。

「まったく、ミスター・ダイ、そんなふうに真顔で言われると、信じそうになってしまいますね」

「実際に知らなかった」

「では最新の情報をお知らせしましょう。北京は六週間前、李徳を昇進させた。香港での事業はそのまま続けながら、だがこちらにも店をかまえて、非常勤で管理を行うように指示した。それで経営が軌道に乗ったら、北京が誰かを送りこんで引き継がせる。そのあいだ李はここと香港を行き来して過ごすはずだった。そういう話を何も聞いていないと？」トゥンがまた耳たぶを引っぱった。右の耳たぶを。

「ああ」

「あなたはおそらく嘘をついている。だがそれは予想できたことだ。とにかくわれわれは李に近づきました。正直言いますと、ただの接触ではなかった。われわれの二重スパイになるか、刑務所にぶちこまれるかだ、と」

「なぜ彼がエージェントだと思った？」

トゥンは笑みを浮かべたが、ごくうっすらとだった。「そちらはなぜ？」

それにも答えられることはなさそうだった。だがトゥンは返事を待っている。私は重くよどんだ沈黙が部屋じゅうに広がるにまかせた。

「首相はたいへんお怒りだ」しばらくして、トゥンが言った。

「そうなのか？　なぜ？」

「あなたのせいですよ、ミスター・ダイ。それにあなたの組織の。ひとつ言わせてもらえるなら、あの組織はへまが多いという評判にまったくたがわない。じつに驚くほどに。首相はもちろんかんかんになっています。いや、もうさっき言いましたね」

「こっちは何の罪に問われるんだ？」

「何かしら考えますよ」

「だろうな」

「そういうことです。さて、李徳の話に戻りましょう。彼が話したところでは、あなたがたは月三千ドルも出すと言っていたとか。さすがアメリカだ。本当なのですか？」私が黙っていると、トゥンは先を続けた。「われわれもなにがしか出そうと持ちかけました。もちろん、そちらの大盤振る舞いにははるかに及びませんが、月千ドル（この国のドルで）払うと申し出て、刑務所入りにはならないと確約した。これはなかなか魅力的な付加給付ですよ、あなたもわれわれの刑務所を見ているから同意してくれるでしょうが。ちなみに、李はあなたのことをすべて話しました――香港の人目につかない場所でよく会っていたことなどを。日付や時間まで教えてくれた」

「ずいぶんしゃべったものだ」

「われわれはそういうことは得意なので」

「想像はつく」

トゥンが立ち上がって窓辺まで行き、外を眺めた。しばらく無言でいたので、囚人の数を数えているのかと思った。彼がこちらに背を向けたまま言った。「わが国はあなたの国に三千万ドルを要求するつもりでいます」

「それは無理だろう」私はもう一本煙草を取った。

「こちらの付け値です」トゥンが言って、窓から振り返った。「一ドルにつき十セントという割合で落ち着くでしょう。あなたとあなたの同僚二人で、一人ずつ百万」また椅子に腰を下ろし、煙草に手を伸ばすと、今度はたしかに笑った。きれいな歯並びだった。「しかしもちろん、ほんとうに大事なのは金ではない」

「もちろんだ」

「わが国がほんとうにほしいのは、謝罪の手紙です」

「誰からの？」

「そちらの国務長官からの。首相は直接ホワイトハウスに掛け合うことを考えていましたが、思いとどまった」

「さすがに無理だ」

「そう思いますか？」

「そう思う」

「では、われわれが何を示せるかを見ていきましょう」トゥンは言って、煙草をブリキの灰皿に置き、空いた右手の指を折って数えていった。「まず表面上あるものは、中国人スパイの死体がひとつ。ここにいた保険の外交員が二人、香港から来た上司の会社役員がひとり。ミネアポリス・ミューチュアルでしたね？」

「ミネアポリス・ミューチュアルだ」

「表面上あるのはそれだけ。しかし表面下には、つぎのような興味深い資料があります」また指を使って数えていく。「ひとつめに、ゆうべホテルの部屋で行われたあなたとお仲間二人との会話を録音したテープがある。そのなかですらお仲間の一人が、嘘発見器は少しも痛くないと李徳に請け合っています。それがひとつ。よろしければ再生して聞かせましょうか」

「その必要はない」と言い、内心でホテルの部屋の盗聴器を調べなかったショフストールに毒づいた。

「二つめに、あなたに関する北京のファイルが手もとにあります、ミスター・ダイ。李徳が喜んでコピーを差し出しました。三つめに、そちらのテープレコーダーとポリグラフの機械がある。これが証拠物件ＤとＥ。あなたとお仲間の二人はもちろん、証拠物件A、B、Cです。あなたに関する北京の書類は、証拠書類Fといえるでしょう。これは〝失敗《フェイリア》〟の意味です。あなたは失敗した、そうでしょう？」

「今年のクリスマスのボーナスは期待できないだろうな」

「ひとつ教えてください、ミスター・ダイ。あなたの組織は、なんならミネアポリス・ミューチュアルと呼んでもいいですが、ポリグラフの有効性をそれほどまでに信頼しているのですか？」

「そう見えるなら、そうなんだろう」

「あなたはどうなのです、ミスター・ダイ？」

肩をすくめた。「社の方針でね」

「なかなか変わった社で、変わった方針だ」

「経営陣が新しくなった」

トゥンは立ち上がり、自分の耳たぶを引っぱった。「これでもう質問することはありません。あなたのことは必要なだけ知ったと思っているし、ほかに多少訊くことがあったにしても、あなたからはかばかしい答えは返ってこないでしょう。われわれが嘘発見器よりもはるかに原始的で、それでも——まあ、どんな言葉より結果に結びつきやすい戦術を用いないかぎりは」

私も立ち上がり、もう一本煙草を吸った。「灰皿を持っていっていいですよ」トゥンが言った。「マッチもあります」

「どうも」私は言った。「うちの大使館に電話してもいいかな？」

「いいと言うとは思っていないでしょう？」

「ああ、いちおう訊いておこうと思ってね」

「われわれからそちらの大使館に連絡しますよ、あなたの〝社〟にも」社のところについた引用符が見えるようだった。

「いつ？」

「すぐに」

看守が来て、私は独房に連れ戻された。その四日後、自分への配給を厳格にしていたつもりだったのに煙草が底を突き、それから八十五日後、私たちをサンフランシスコまで運んだＣ‐１３０のパイロットからカーミングラーが一箱調達してくるまで一本も吸えなかった。

その三ヵ月間に訪ねてきたのは、毎日べとべとの米と正体不明の魚を持ってくる看守だけだった。一度だけカメラマンが来て、古いスピードグラフィック四×五で私の写真を撮った。だがそれきりだった。読むものも、見るものもなく、話す相手も自分自身のほかには誰もいなかった。

四十ワットの電球はつけっぱなしで、昼なのか夜なのかわからなかった。食事が出される時間は不規則のようだが、それすら確信がもてない。実のところ時間とは相対的なもので、一日が一時間でもありうるし、三時間と思っていたのが十五分でもありうることに気づいた。この独房で過ごす時間は、決して早く流れてはいかなかった。ある時間はほかのときよりもさらにゆるやかになるというだけだった。

自分相手に話しかけたり、読んだことのある話や小説を思い出そうとした。それを声に出して語りなおした。さんざん運動もした。だいたいが腕立て伏せや前屈や膝《ひざ》の屈伸、上体を起こす腹筋、その場ランニングだった。体型を保とうとしたわけではない。体を疲れさせて眠れるようにしたかったのだ。できるかぎり眠って、悪夢を見たいと思った。悪夢は新しいことを考えさせてくれる。

声に出してしゃべったり、運動したり、ただ座って壁を眺めたりしていないときには、シラミを探して殺した。最高記録は百二十六匹だった。毎日、死んだシラミを数えては、便器代わりのバケツに捨てた。看守が一日一度やってきて空にするのだが、それが朝なのか晩なのかもよくわからなかった。たぶん日付の変わる真夜中だったのだろう。

　九十日間、ひげも剃《そ》らず、風呂にも入らなかった。体が臭《にお》った。自分では嗅《か》げなくても、看守が食事を持ってくるときに鼻にしわを寄せる様子から、臭うのだとわかった。誰もこちらの顔を見ようとせず、一度も口をきかなかった。それまで一度もまともに意識したことのなかった『モンテ・クリスト伯』やケストラーの『真昼の暗黒』の内容を思い出そうとした。あの主人公たちが何をやって忙しくしたり楽しんだり、愉快に過ごしたりしていたかを。あきらかに私にはあれほどの創意工夫はなさそうだった。ほんとうに楽しめたのはただ、シラミを殺すことだけだった。

　九十日目に看守が来て、またトゥンの部屋まで連れていかれた。今度は茶色のスラックスに白いシャツ、黒と茶のストライプのネクタイという格好だった。ボールペンは三本に減っていた。煙草を勧めようとはせず、座るようにも言わなかった。

「そのひげのほかは、なかなか悪くないようですね、ミスター・ダイ。少し老《ふ》けたようには見えるが、健康そうだ」

「どうも」

「深夜十二時をもって、あなたは解放されます」

「今夜の？」

「今夜の」

「いま何時だ？」

トゥンは腕の時計をちらと見た。「四時三十五分。念のためにいっておくと、午後のです。どちらかわからなくなる者もいるので」

「たしかに」

「前回六月にあなたと話してから、何もかも満足のいく形になりました」

「いま何月だろう？」

「八月です。正確にいうなら、八月二十四日」

「三ヵ月近くここにいるわけか」

「きっかり三ヵ月ですね。九十日です」

「あんたの刑務所は最悪だ」

「植民地時代の友人たちから受け継いだものですから。これは興味がおありかと思いますが、あなたと最初におしゃべりをした時点での私の予測とまったく同じようにことが進んだのです。実のところ、予想以上にうまくいきました」

「向こうが金を払ったのか」

「そうなのですよ、ミスター・ダイ。前に言ったとおり、一ドルにつき十セントの割合で。ぜんぶで三百万ドルです。だがそこから生じる影響はそれどころでなく——はるかに大きい。けれども、ま、勝ち誇ろうとは思いません。まったくこの場にふさわしいことではないし、あなたのお仲間は自分の口からことの次第を話したくてうずうずしているはずですから」

「待ちきれないほどだろうな」

「さて、これでおしまいでしょうか。ミスター・カーミングラーが真夜中に、刑務所の外へ出迎えにくるとのことです。ご存じの方で？」

「そうだ。ほかの二人はどうなった？」

「ああ、ミスター・ショフストールとミスター・ブーランドですね？　一時間前に解放されました。遺憾ながらいささか怪我を負うことになってしまいましたが、その怪我の写真はあなたのお仲間が——まあ、その——協力的になってくれるのに役立ちました。ミスター・ショフストールとミスター・ブーランドはいま病院にいるはずです。どこの病院か知りたいですか？」

「いや、とくには」

理由はよくわかる、というようにトゥンはうなずいた。実際にわかっていたのかもしれない。「さて、あなたとおしゃべりができて楽しかったですよ、ミスター・ダイ。

もっと話せなかったのが残念だ」

「そうならなかったことに驚いている」

「はい。しかし、ミスター・ショフストールとミスター・ブーランドがごくごく協力的になってくれたおかげで、あなたをわずらわせるには及ばないと考えたのです。なにしろあなたの活動に関しては、哀れな李徳《リー・ティ》がきわめて広範な文書を提供してくれていますから。あなたの中国ウォッチャーとしての活動ですよ。これはじつにふさわしい表現だ。ところでミスター・ダイ、あなたが私たちの——その——客人だったあいだに、人民共和国は毛沢東の名前からハイフンを取り除きましてね。沢《ツェ》と東《トゥン》のあいだのハイフンを、あらゆる公式文書で。このことに大変な重要性を見てとっている者たちもいる。あなたはどうです？」

「驚天動地だな。ほかに何か？」

「いえ。何も思いつくことはありません。あなたのほうからおっしゃっておきたいことは？」

「腕時計を返してほしいのと、やっぱりあんたの刑務所は最悪だ」

トゥンが相好を崩した。歯並びも以前と変わらずきれいだった。「たしかに、じつにうまく管理できている、そう思いませんか？」と言った。腕時計のことは何も言わなかった。

　真っ先にされたのは、シラミの駆除だった。それから二十分ばかりシャワーを浴びた。そのあとで赤い病院服を着せられ、ひげを剃って散髪をし、卵四個の朝食を出された。それから新しいスーツのうちの一着を着てカーミングラーの向かいに座り、彼がマッチを三本使ってパイプに火をつけるのを眺めた。ボール紙の箱に入った木のキッチン用マッチで、以前は五セントで売っていたやつだ。いまは十セントはするだろう。何もかも値が上がってしまった。

　私とカーミングラーが座っているのは、レターマン総合病院から割り当てられた部屋だった。立入禁止のそのスイートは気のめいるタン色に塗られ、灰色の机とそれに合った椅子が四脚置いてあり、唯一《ゆいいつ》の窓から見えるのは病院の厨房《ちゅうぼう》の裏側という陰鬱《いんうつ》な景色だった。

「オーケイ」私は言った。「もうすっかりきれいにされたし、匂《にお》いもよくなった。いつでも始められます」

「まず最初に言っておくが、これは私の発案ではなかった」

「では誰の？」

「ミュガーのだ」

「ミュガーという人間のことは知りませんが」

「新人だ」

「だと思ってました」私は言った。「嘘発見器はどうなんです？　あれの発案は？　やっぱりミュガーで？」

「彼らは李徳にはあくまで反対していた」カーミングラーは言って、パイプを深く吸った。「私に思いつけたのはあれだけだった」

「だとしたら、腕が鈍ってますね。五年前ならいくらでも方法を思いついていたでしょう。ただ五年前は、あなたはポリグラフに肩入れしていなかった」

「彼らは確証を求めた。李に問題がないという確信をほしがった」

「全員が？」

「大半がだ」

「何人いたんです？」

「五人だ。私、ミュガー、レオ、ウェルビン、ピラスだ」

「あのギリシャ人はどっちにつきました？」

「彼だけが私の側についた。彼は賛成したが、ほかの三人はちがった。ミュガーに同調した」

「ミュガーというやつは何歳ぐらい？」

「わからない。二十八か、二十九か」

「それが今年の新人ですか」

「入りたてだ。しかしポリグラフには賛成した」

私はため息をつき、もう一本煙草に火をつけた。朝から十本目だった。「いまとなってはどうでもいい。李は死んだ。私のことはアジア中に知れわたった。ただ何がどうなったのか知りたいだけです」

「大失敗だ」カーミングラーは言った。「クソみたいな大ドジだ」カーミングラーはよほどのときでないと悪態をつかない人間だが、何が起こったかを彼が説明し終えると、そのよほどのときだというのがわかった。

「向こうはもちろん、君をＣＩＡだと思った。それが始まりだった」

私はうなずいた。それからカーミングラーが残りのいきさつを話した。アメリカの左手は右足の親指がやっていることをほとんど知らない、というしごく妥当な説にのっとり、島の共和国の首相は二つの方面から接触しようとした。ひとつは国務省、もうひとつは私の所属する（と彼らが誤解していた）ＣＩＡだ。外務大臣自らアメリカ大使を呼びつけ、これはおたくの諜報員《ちょうほういん》がわが国の内情に手を出していたことを疑いの余地なく立証する証拠だといって広範な文書を突きつけた。さらにはアメリカ国務長官に対し、謝罪の手紙を要求した。アメリカ大使が急いでその証拠文書のコピーをワシントンへ送ったところ、就任して日の浅い国務長官は相手の歓心を買いたい一心で、いつものように七階でぐずぐずしたあげく、謝罪の手紙を書くか誰かに書かせるかして（前代未《み》聞《もん》の所業だ）、犯人たち（ショフストール、ブーランド、それに私）をきびしく罰すると約束した。国務長官自身は私とあの二人がＣＩＡだと思いこんでいた。そして確認しようともしなかった。

ＣＩＡに接触してきたのは、私がいた刑務所の責任者のミスター・トゥンだった。カーミングラーによると、トゥンはジャカルタで接触し、三千万ドルの身代金《みのしろきん》を要求したが、ＣＩＡは一笑に付したという。誰に確認することもせず、ただ笑い飛ばしたのだ。それはもちろん悪手だった。トゥンはうっすらと笑みを返し、その足ですぐ通りを渡って（実際にどこなのかは知らない）その土地の英国情報部ＭＩ６へ駆けこみ、アメリカはもはや同盟相手のイギリスを信用していない、紳士協定によって〝不実のアルビオン〟の縄張りとされていた場所にエージェントを送りこんでいると洗いざらい話した。実際にＣＩＡはそうすることを検討していた、とカーミングラーは言った。

まだ手をつけていないだけだったのだと。

「それでイギリスは怒り狂った。ＣＩＡの二枚舌を非難し、それ以外にも何をしているのかと詰《なじ》った。ＣＩＡは君らの所属を否定しつづけた。もちろんほかに選択の余地はなかった」

「選択の余地はいつでもあるでしょう」私は言った。

「言ってみたまえ」

いろいろと思いつくことはあったが、何も言わずにおいた。トゥンはイギリスを引きこみ、すでに傷ついていたプライドに塩をすりこんだうえで、一部始終をメディアにリークしたのだ。

「どこもかしこも大ニュースだ。思いつくかぎりあらゆるところでだ。イギリスはまたいちだんと腹を立てた」パイプの火が消えてしまい、つけなおすのにマッチを四本使った。ファイ・ベータ・カッパの鍵すら忘れているらしく、むしろありがたいと私は思った。「それでＣＩＡにできるのは、あらためて君の所属を否定することだけだった。しかも国務長官が送った手紙のことは知らされていなかった。国務省が伝える手間を惜しんだんだ。すると島国の首相は自ら記者会見を開き、手紙のコピーを配って、アメリカがいかに破壊的な工作やその他の手段を通じてアジアを支配しようとしているかという攻撃的な演説を小一時間も延々と繰り広げた。例のテープを報道陣に聞かせるかもしれない、とまでほのめかした――君らが取ったホテルの部屋で録音したテープを」

「そうしたんですか？」

「いいや。だが首相はこう言った――嘘《うそ》なのは言うまでもないが――アメリカは君ら三人を解放するのと引き換えに、三千万ドルの対外援助を申し出たと、それを証明する材料もあると。まあ、国務長官がよこした間抜けな謝罪の手紙がある以上、たしかに事実らしく見える。イギリスはまだかんかんで、あらゆるところに情報を流していて、メディアもそれに従った。責めるわけにはいかんだろう。それでまたさらにヘッドラインの嵐《あらし》と、やくたいもない社説や論説だ。『ニューヨーク・タイムズ』は〝過《あやま》ちによる悲劇〟と呼んだ。『ワシントン・ポスト』は〝愚かしい逃げ口上〟だと言った。『ニューヨーク・デイリー・ニューズ』は誰かを〝鞭打《むちう》つ〟必要があると書いた。そしてホワイトハウスからはお達しがあった。いくらになろうが、とにかく値切れと」

「いくらになったんです？」

カーミングラーは、それは機密事項だという顔をしてみせた。「ああ、向こうはやはり三千万を要求したが、それよりは少なかった。ずっとずっと少ない」

「一ドルにつき十セントですね」私は言った。「三百万だ」

カーミングラーが不審げににらみつけた。「この国の六人しか知らないはずのことだぞ」

「だったら、七人になりますね」

「誰から聞いた？」

「ずる賢い東洋人から」

その深い赤みはカーミングラーの非の打ちどころのない襟もとから差しはじめ、ゆっくりと上がってこめかみまで達した。もう二度と青にはならない信号機のようだった。パイプを強くふかしながら、同時にファイ・ベータ・カッパの鍵をいじっている。動揺しているしるしだった。

「おそらく」と言って、パイプの煙と一緒に言葉を吐きかけてきた。「そのずる賢い東洋人は、君が独房に入れられた理由も話したのだろうな」

肩をすくめた。「標準の手続きだと思いますが」

「その認識はちがうな。デブリーフィングならサンフランシスコでなく香港でもできるとは思わなかったか？　なにしろ香港はこの十年、君の本拠地だった。アメリカより香港のほうが友人も多いくらいだろう」

「そのことは頭に浮かびましたよ。あなたの機嫌もよくなりそうだから、理由を訊かせてもらいましょう――なぜ独房だったのか、なぜ大急ぎでアメリカへ送還されたのか。べつにどうでもいいですが。香港にはホテルの部屋に置いた安物のスーツと、やっぱり安物の本以外、何も残ってません。車はリースで、銀行口座は二百ドルほどしかない」

「給料は足りていたはずだが」

「金使いが荒いもので」

カーミングラーの顔から赤みが引いていた。パイプの中身を注意深く灰皿に空け、左右の手のひらをテーブルに置く。そしてひじを外に突き出し、こちらに乗り出してきた。もう一度だけ空を飛ぼうとしている中年の七面鳥さながらに。

「やつらが君を独房に入れて、われわれがここまで連れてきたのは、李徳の上役たちが君の首に懸賞金をかけたからだ」カーミングラーはそう告げるのを楽しんでいた。

「いくらの？」

「けっこうな額だ」

「だから、いくらなんです？」

彼は微笑《ほほえ》んだ。「五千ドルだ。米ドルの。それだけの額なら、君は香港では二時間も生きていられないだろう」

「ここでは？」

「ここでは問題ない」

私はうなずいた。「あらゆる種類の怪物は滅ぼされるだろう」

「どこからの引用だね？」

「中国ですよ。毛主席からの」

8

八歳を少し過ぎるころまで、昼食のあと三時間ほど、学校の授業を受けた。先生は娼婦《しょうふ》たちだった。朝から学校があれば喜んで出席しただろうが、午前中は館《やかた》の娘たちが出てこなかった。

習ったのは簡単な算数（どの娘も得意だった）にフランス語、ロシア語、ドイツ語、英語――英語をしゃべると、発音がオーストラリア訛りだと言われた。ほかに習ったのは世界史だったが、事実が大きくねじ曲げられ、かつてベルリンやシドニー、広東、ローマ、マルセイユ、サンクトペテルブルク、サンディエゴで過ごしたありえないほど幸せな日々の美しいロマンスと砕け散った夢の物語がちりばめられていた。中国語も上達したが、八歳になってもまだ自分の名前も、どの言語だろうと読んだり書いたりはできなかった。

そして七歳の誕生日がくるまで、娘たちは私に豪華なブロケードと絹を着せるのをやめなかった。それまでずっと、いろんなタイプの襟の高い旗袍《チイパオ》を着ていた。ズボンは対照的に絹でできたもので、足には赤いフェルトのスリッパ。娘たちに代わるがわる顔に白粉《おしろい》をはたかれては眉毛《まゆげ》を抜かれ、頬紅を塗られるせいで、顔全体が真っ白ななかに頬の赤い丸が二つあるだけという姿になった。ふた目と見られないありさまだったと思う。

なぜタンテ・カテリンが私を家まで連れ帰り、そのあともそばに置いてくれたのか、確かなところはよくわからない。隠されていた母性本能のせいかもしれないが、正直あやしい気がする。むしろいつもの的確な即断即決で、自分の娼館に下働きのアメリカ人の子どもがいれば目新しい客寄せになって、私の部屋代と食事代くらいは十分元がとれると踏んだのじゃないだろうか。

三年たって、私が七歳になろうとするころ、タンテ・カテリンがあることを伝えてくれた。アメリカ領事館の役人たち、それにテキサコの経営陣も、父と私は一九三七年の南京路の爆撃で粉々に吹き飛ばされたと考えていたらしい。彼女は私を家まで連れ帰った数日後、アメリカ人の娘のひとり――たしかサンディエゴの出で、名前はドリスといった――に小一時間かけて教えこむと、領事館とテキサコの両方に電話をかけさせた。

ドリスはダイ家の古い友達だと名乗り、アメリカにいる医師《ドクター》の親族は彼とその息子の死のことを知らされたのだろうかとたずねた。すると、ドクターにはもう生きている親族はいないと言われた。遺品はあるかとドリスが訊《き》くと、ドクターの医療鞄《いりょうかばん》、彼と息子の衣服、ドクターが十四歳のときからつけていた五年日記が四冊あるほかは何もないという。ドリスはテキサコの担当者に、自分が理事長を務めているモンタナ州歴史協会にとってきわめて価値のあるものなのだというありえない口実を並べ、その日記を郵便局留めで送ってくれるようなんとか説き伏せた。そして日記が届くと、ドリスはときどき、とくにきわどい内容のところを私に読んで聞かせた。ドリスがどうしてモンタナ州歴史協会のことを知っていたのかよくわからないが、彼女が一時期、ヘレナで客をとっていたからかもしれない。

一九三九年当時、タンテ・カテリンは四十歳近くになっていたはずだ。本人によれば、フルネームはカテリン・オブレノビッチで、一八八九年に父のミラン一世が退位して王位を継承したセルビア元国王、アレクサンダル一世の遠縁とのことだった。また別のときには、サンクトペテルブルク（絶対にレニングラードと呼ぼうとはしなかった）で生まれ、大勢の白系ロシア人たちとともに革命から逃れ、満州まで行ったとも言っていた。何十回となく聞かされた話だ。いつも雪がたくさん降っていて、狼《おおかみ》の群がそりを追いかけてくる話だった。まだ幼かった私にも、だいたいが作り話だとわかったが、何度聞いてもあきない話でもあった。

一九三七年十一月八日、共同租界とフランス租界をのぞく上海が日本に支配されると、カテリンは二十年間の経験で学んだありとあらゆる術策を弄《ろう》し、国際色豊かな業界用語で言うところの〝セニョール・ナンバーワン・ギャルソン〟が誰であるかを見定めようとした。

その〝一番のお得意様〟となったのは日本人の少佐で、本人によれば「不当にも長らく昇進を見送られている」という、現金でも〝無料の見本〟でも受け取るのにまったくやぶさかではない男だった。私も記憶はあるが、本名は思い出せない。館の娘たちからは犬の糞《ドッグシット》少佐と呼ばれていた。言い得て妙のあだ名だったし、本人も英語がわからないので、どうということはなかった。彼の好きな現金は英ポンドや米ドルなど、闇《やみ》市場での交換レートが途方もなく高い外貨だった。気に入った娘を二人か三人一組で味わうのが好きで、ことが終わるとアヘンのパイプを好んで吸った。私がもう少し歳《とし》がいっていたら、私のことも相手にしていたかもしれない。

タンテ・カテリンによる犬の糞少佐の教化は実を結んだ。南頭《ナンタオ》にある外国人娼館のなかで、最も遅い一九四一年のクリスマスまで閉鎖せずにいられたのが、彼女の館だった。一九三七年には二十軒ほども営業していて、娼婦やアヘンだけでなく、賭博《とばく》も提供された。午後六時以降の私の仕事は、つぎつぎやってくる客たちを館の前で出迎えることだった。中国の匪賊《ひぞく》や日本の大物、外国の高官たちがピアース・アローやクライスラーやハンバー、ときには私が心から称賛してやまないリンカーン・ゼファーV12に乗って詰めかけ、その列が涼しい晩方に狭い路地を埋め尽くすことたびたびだった。

中国人はいつも強面《こわもて》のボディガードを四人か五人、連れてやってきた。ボディガードたちは自動車のステップに立って、腹のストラップに留めてある大きなコルト四五口径オートマティックを、何かにつけて振り回していた。私は全身を絹とブロケードで固め、頭にはフィリップモリスの昔の広告に出てきた男の子ジョニーと同じ丸い帽子をかぶり、眉毛を抜き、顔は白粉と頬紅まみれだが口紅はなし（そこだけは一線を引いていた）という姿でお客を出迎え、それぞれの国の言葉で心より歓迎いたしますと美辞麗句を並べた。台本はタンテ・カテリンが書いたものを丸暗記し、加えて中国人の娘のひとりが、適切なおじぎや身振りらしきものを教えてくれた。

いまでも覚えているのは英語の口上で、私は精いっぱいのオーストラリア風英語でこう述べたてた。「どうぞ閣下（人力車で乗りつけた商船の船員でも、御足《おあし》があれば閣下だった)、この質素な館の慎《つつ》ましいもてなしをお受けくださいますよう(麗々しく頭を下げる)。あなた様のお出《い》ではこの貧しい館の大いなる誉れとなりますれば、私どもはあなた様のいかなるご要望にも誠心誠意尽くさせていただきます(ここで流し目、麗々しく頭を下げる)。私どもと一緒にお過ごしになられるひとときによって、あなた様の高貴な地位には必ずつきものの大きな憂《うれ》いをお忘れになれますことをお祈りいたします(麗々しく頭を下げる)。では閣下、よろしければ、どうぞこちらへ」

五歳半のころにはこの口上を、英語にフランス語、中国語、ロシア語(これはあまりお呼びではなかった)、日本語、ドイツ語ですらすら口に出せるようになっていたが、自分がしゃべっていることの十分の一も理解できていなかった。

この仕事のおかげで、夜の九時から十一時までは忙しかった。そのあとはアヘンのパイプを用意することもあり、真夜中ごろにはたいてい用意した量が多すぎて自分も頭が朦朧《もうろう》とし、服を脱がされてベッドに寝かされ、そこで楽しい夢から醒《さ》めた現実を知ることになった。なぜ中毒にならなかったのかはいまだに定かでない。

ときにはタンテ・カテリンのお供で、共同租界やフランス租界での買い物三昧《ざんまい》につきあったりもした。彼女は自分のスタイルや容姿を見せびらかすのが好きで、きびしいダイエットや顔やせベルト、マッサージや入念な化粧のおかげでそれを保っていた。

客を迎える態勢を整えるのに、たいてい二時間は鏡に向かった。一九三九年ごろはまだ金髪だったが、ディアナ・ダービンはもうやめて、ジャネット・マクドナルド風の巻き毛を好むようになった。私にとってはやっぱり世界一美しいひとだったし、その彼女の手をぎゅっと握って、ときどき外灘《バンド》を一緒にそぞろ歩いたことを覚えている。彼女は右手には絹の日傘、左手に私の手を持ち、後ろからはかいがいしい阿媽《アマ》の燕池《イエン・チー》が小走りについてくる。館の常連客に出くわしたとき、向こうがひとりだったり男同士でいたりすると、タンテ・カテリンはうなずいてにっこり微笑みかけ、相手が奥さんや愛人と一緒であれば無視した。そしてその都度そうした男たち一人ひとりの性癖や異常な趣味を解説してくれるので、私は面白がると同時に貴重な学びも得た。一九三九年に日本は海関《かいかん》を掌握し、それ以降の数ヵ月で、郵便制度、中国が運営するラジオ局、鉄道、電話、電信線を吸収した。報道機関も締め付けに入ったが、侵すべからざるフランス租界、それに共同租界に位置する新聞社だけはそれを免れた。それでも日本軍は、編集方針には影響を及ぼせなくても編集者たちに影響を及ぼすことはできたし、実際あからさまに、生々しいやり方でそうしていった。

フランス租界と共同租界とが交わる、にぎやかな交差点の近くだったと思う。タンテ・カテリンは私を連れて買い物に来ていた。私は漫画のバスター・ブラウン風スーツを着て（ブロケードと絹は仕事用の制服だった）、白粉や頬紅もつけていなかった。彼女がバスター・ブラウンのスーツのことを思いついたのは、たまたま目にした『婦人の家庭の友《ウーマンズ・ホーム・コンパニオン》』の古い号からだと思う。私は正直、コーデュロイのニッカーボッカーのほうがよかった。そういうものの存在をどうして知ったのかいまだによくわからないのだが、彼女は私が誂《あつら》えのバスター・ブラウンの上下を着ると大喜びするみたいなので、その気持ちを傷つけたくはなかった。

交差点に人だかりができていたのを覚えている。タンテ・カテリンはいつも好奇心旺盛《おうせい》で、ひじと日傘を巧みに使って人ごみのなかをすり抜けていき、ほかの歴戦の野次馬たちとともに最前列まで来た。そして十あまりの物体に見とれたあと、彼女は「おお、聖母マリア様！」と言って私の手をつかみ、阿媽の燕池と一緒に人ごみをかき分けて戻った。

「あのひとたちは誰？」私は訊いた。

「男よ」彼女はフランス語で言った。「とても立派な男たち」

「何をしたの？」

いまの彼女は険しい顔だった。「真実を書いたのよ、ルシファー。覚えておいで。あのひとたちは真実を書いたの」タンテ・カテリンはとにかく芝居がかった女性だった。

「じゃあ、どうして」私はフランス語で言った。論理的な質問をするときにはよくフランス語を使っていた。「頭を柱の上に乗せられてるの？」実際は柱ではなくて杭《くい》だったが、私にそのちがいはわからなかった。

「それはね――」と言いかけて、話題を変えた。「シャーベットを食べたくない？」

私はさっさと、日本人に首を切り落とされ、見せしめに杭に突き刺された中国の新聞記者たちのことを忘れた。「わあ、それはすごくいいな《ゼア・ショーン》」マルチリンガルのくそガキはそう言ったのだ。

タンテ・カテリンの教育のおかげで、八歳の私はすっかり世間ずれした、シニカルな鼻垂れ小僧になっていた。うわさ話や悪口が大好きで、自分の得になるならいくらでもおべっかを使うし、立派な大根役者になって娼館のドアボーイの役どころをすっかり楽しんでいた。新しく来た客からチップをもらうほかに、アヘン好きや酔っ払いどものポケットからくすねたりもしたが、手持ちの五パーセント以上は取らないよう心がけた。締めて週に五、六十米ドル相当の収入になったが、初めのうちは律儀《りちぎ》にタンテ・カテリンにすべて手渡し、彼女はこれをあなたのための投資に回すわと言っていた。私は投資というものの意味を理解していなかったが、手もとに十セント玉一枚残らないことはわかったので、毎週の手取りの三分の一ほどをこっそり自分のものにしはじめた。そのころはたしか七歳くらいで、八歳の誕生日、つまり真珠湾攻撃の三日前には、アメリカとイギリスの通貨で千ドルあまりも貯《た》めこんでいた。お金のほかに信用できるものは何もない。タンテ・カテリンは、私がチップの三分の一をかすめていると疑っていたとしても、何も言わなかった。もし言われていたら、私は否定しただろう。それも熱烈に。すでに立派な嘘つきだったのだ。彼女は私が酔っ払いやアヘン好きから金をくすねるのを、あまり欲張らないかぎりは認めていたのだろうが、そのことについても触れはしなかった。

　学校が終わったあとのもうひとつの日課は、タンテ・カテリンが化粧にかける二時間のあいだ、その聞き役になることだった。彼女はロシアがボルシェビキの豚どもに支配される以前、サンクトペテルブルクで繰り広げた社交生活のいろんな話を聞かせてくれたのだが、それから何年もたって初めて、その筋書きのほとんどがさらに現実とかけ離れたウィーンのオペレッタから拝借したものだったことを知った。前にも言ったように、当時でさえ本当の話だと信じてはいなかったけれど、それでも陰謀や決闘（いつも彼女をめぐって行われた）やロマンス、それに舞踏会やパーティーや宮廷のレセプションの真に迫った描写には思わず引きこまれた。全体として見るなら、マザーグースよりずっと面白く、グリム童話に勝るとも劣らなかった。

また毎日二時間のお話のあいだ、タンテ・カテリンは私に、人生に向き合う哲学を教えこもうとした。たくさんある落とし穴を避けて通るのに役立ち、つらいときにも慰めや励ましをくれる、それにたぶん牢屋《ろうや》にも入らずにすむような処世訓を。それはお定まりの格言や、どこかから拝借したり捏造《ねつぞう》したことわざ、のちに私が純然たる〝カテリン主義〟と呼ぶようになるものの奇妙なごたまぜだった。

「赤毛のメキシコ人は信用しちゃだめよ」そう言ったこともある。メキシコが何なのかも知らなかった私には、ちんぷんかんぷんのフレーズだった。地理の勉強だけはまるでおろそかにされていたので、ベルリンが共同租界のすぐ向こうでサンディエゴはその数キロ先にあると思いこんでいたほどだ。館の娘のひとりから一度、世界はボールみたいに丸いのよと聞かされたときもまちがいなく作り話だと思った。

タンテ・カテリンは化粧台の前に腰をすえ、クリームや軟膏《なんこう》をぺたぺたと塗り、眉毛を抜いたりイヤリングをつけたりしながら、ハンサムな男と美しい女ばかりが登場する得意のおとぎ話をしてくれるのだが、途中でふと話をとぎらせて濃い緑色の目を私に向け、高めのバリトンくらいまで声を低くして、「いいこと、ポン引き《クップラー》ちゃん、ただの忠告ほど高くつくものはないのよ」とか「ようく聞いてね、愛しいひと《プチ・タミ》、誰も自分でそう思ってるほど悲しんだり喜んだりしてるわけじゃないの。実際はそれ以上なのよ」と言ったりした。けれども私がいちばん好きだったのは、二時間の話の終わりに鏡に映る自分を見つめ、ブロンドの髪の束をぽんぽんとなでつけながら、いつも言っていた言葉だ。「あたしのよく知られてる悪徳はね、隠れた美徳なのよ、知ってた、ルシファー？」すると私は必ず、うん、知ってたよと言うのだった。

9

ヴィクター・オーカットが何を頼みたいのか、いくら出すつもりかを話し終えたあと、私がその情報を呑《の》みこむのを全員が待ちながら、海から届くのにかなり長時間かかった半ダースの牡蠣《かき》のように黙りこくっていた。ホーマー・ネセサリーが一度咳払《せきばら》いをした。ケーブルカーの不機嫌なベルが甲高く鳴って、午後の渋滞の車を追いたてる。霧笛が二度、どうか哀れみを、せめて同情をと乞《こ》うように鳴り響く。私は立ち上がって水割りを一杯作り、カウチへ戻る途中で足を止めてオーカットを見た。彼は自分の左の靴のつま先に見とれていた。

「どうして私のところへ？」

オーカットが目を上げ、あの中身のない笑顔を向けた。「理由かな？　それともいきさつのほう？」

「両方だ」

「ああそうか、それは知っとかないとね。まずいきさつからだ。ジェラルド・ヴィッカーを通じてだよ。彼のことは、あんたも知ってるはずだね」

「知っている」

「でも好きじゃない？」

「それより少し根が深い。一キロか二キロは」

「ヴィッカーには立派な組織があってね。けっこうな金を取るが、信用はできる」

「だとしたら、やつも変わったということか」

「そうかい？ 有力な推薦があったし、本人もすばらしく短い時間で連絡してきたよ」

「やつが私を推したのか？」

「強力にね。でも僕らの候補はあんただけじゃなかった。ほかにもミスター・ヴィッカーのと同じような組織がそれぞれ推してきた候補が三人いた」

「誰だ？」

「候補の三人かい？」

「いや。その組織の人間だ」

「でもそれは、あんたには関係ないんじゃないかな、ミスター・ダイ」

「そう思うのか？」

「ああ」

私はコーヒーテーブルにグラスを置き、腕を膝に置いて身を乗り出した。オーカットをじっと見ると、向こうも見つめ返した。臆《おく》した様子はまったくなく、ただつぎに何が起こるか興味津々《しんしん》という様子だった。

「こちらは君のことを知らない」私は言った。「知ってるのは君が自分について話したことだけで、それは大した推薦材料にならない」

「自分で調べてみりゃいい」ネセサリーが言う。

「そのつもりだ。それで君がヴィッカーと知り合ったのがただ運の悪いめぐり合わせだったとわかったら、それこそ驚くだろうな。ありえないこととはいえない。しかしヴィッカーがクラブの新会員に私の名を出したというのなら、とてもじゃないがいい気分にはなれない。むしろ肝が冷えるほど怖い。ヴィッカーが私を推すとしたら、それはやつがあとで弔いの花を贈れるようなことだからな」

「ミスター・ダイ、僕が保証する――」

「まだ話の途中だ。保証と言われても、君がヴィッカーとつながってるなら何の意味もない。私はずっと以前、ヴィッカーと関わりのある人間には決して近づくまいと学んだ。たいがい物盗《ものと》りの類《たぐい》か、馬鹿《ばか》ばかりだからだ。したがって君がほかに関わりのある三つの組織の名前を言わないのなら、君にも近づくわけにいかない。もしその名前を聞いたら、君がヴィッカーに関わったのはただ運が悪かったせいだと思えるかもしれない。だが三つの名前を言う気がないのなら、これで話は終わりだ」

オーカットの判断は早かった。かりにためらったとしても、一秒と間は空かなかった。「チャンス・トゥビオだ。シンガポールの。知ってるかな？」

「まあまあだな。手下には腐ったやつが何人かいるが、本人は問題ない」

「ユージン・エルメルダー。東京の」

「一番の大物だ。だが鈍重だし、とにかく堅苦しい」

「同感だよ。マックス・フォン・クラップ。マニラの」

「あの世界では一番ましなやつだ。ドイツ系らしく徹底していて、想像力もある。あのフォンはいかさま《フォーニー》のフォンだ」

「金も一番かかった」とオーカット。

「なら、値上がりしたんだな。どうしてヴィッカーと関わり合った？」

「まったく利害関係のない第三者から四人の名前を紹介されて、そのうちのひとりだった」

「そこからなぜヴィッカーの推薦を——私を選んだ？」

「時間のファクターがあったのさ、ミスター・ダイ。ほかの三人が推してきた候補とはすぐに連絡がとれなかった。ヴィッカーは別だった。あんたを名指してきた。ただそれだけだ——もっとも、ほかの三つの組織がとんでもない紹介料を吹っかけてきたというのもある」

　吸いたくもない煙草《たばこ》に火をつけ、カウチにもたれかかった。「もう一杯ほしかったら、自分でやってくれ」とネセサリーに声をかけた。彼はうなずいて立ち上がり、ボトルのところへ歩いていった。

「どうして東のほうに当たったんだ？」とオーカットに言った。「地元の有能なやつには事欠かないだろう。ヨーロッパにはうようよいると聞いた」

「アメリカではほとんど知られていない人間がほしかった。極東に長いこと住んでた人間なら、当てはまると思ってね。ヨーロッパに住んでるよりもいいだろうってことで。でも、ほかにもいろいろ条件があった」

「たとえば？」

　オーカットが手を軽く振った。左手だったが、優雅な動きだと思った。「こっちはどの組織にもごくごく率直に伝えた。当然だけど、候補の人間に何をしてもらうかを言ったわけじゃないよ。ただ、どういう人間でなきゃいけないかを知らせた」

「自分の関わってる相手のことはどこまで調べた？――トゥビオと、フォン・クラップと、あと二人のことを？」

「全員、強力な推薦があった」

「誰からの？」

「それは明かすわけにはいかないな」オーカットが言い、一瞬、唇を突き出そうとしているように見えた。

「ヒントは」

「いいだろう。合衆国上院議員だ。百人くらいいるから、好きなのをどうぞ」

「賢人シンプル《シンプル・ザ・ワイズ》か。アイダホ選出の」

ネセサリーがぶふっと吹き出し、オーカットがにらみつけた。図星なのだとわかったが、見当をつけるのはさして難しくもなかった。

「ソロモン・シンプル上院議員。もし自分にあんなあだ名がついたら、ルシファー・ダイに改名するだろうな。上院対外安全保障小委員会の委員長。アメリカの情報機関は信用せずに――どれひとつもだ――君が関わりを持ったような組織に政府の金を費やしている。君にはいくらだと言ってきた？　彼はいままでもその種の金を受け取ってるんだろう？」

「少しだけ選挙献金をした」オーカットの声は凍るほど冷たかった。「百パーセント合法だ」

「百パーセント合法ね」キャロル・サッカティが窓辺の見張り場所から言った。「でも少しだけじゃなかった。一万も出させたでしょ」

「そういう話をするのは――」

オーカットをさえぎって言った。「彼のやり口は知ってるだろう」

「誰の？」

「シンプル上院議員の」

「ミスター・ダイ、知っておいてもらいたいが、僕は上院議員を個人的な友人だと思ってる」

「だったらなおのこと、友人の個人的な近況には興味をもっておくべきだな。彼は対外セキュリティを扱う小委員会の委員長だ。作られたのは三年か四年ほど前の――」

「いつできたのかは知ってるよ、ミスター・ダイ」

「ＣＩＡの助成金のことが大騒ぎになったあとだ。労働組合やら学生団体やらいろんなところに金を出していた、新聞には載らなかったところにも」

「たとえばどこだ？」ネセサリーが訊いた。

「国際ガーデンクラブだ」

「ばからしい」とネセサリー。

「事実は事実だ」私は言った。「それであの上院議員は旧左翼や新左翼の秘蔵っ子になった。そのほかのリベラルな有象無象もそう思ってる。盗聴やらJ・エドガー・フーバーやらピッグス湾やらグアテマラやら、私がやっていて監獄に放りこまれることになったことやらを不吉なものとしか見ない連中が」

オーカットが椅子の上で身をもぞつかせた。ネセサリーは楽しげににやりとした。キャロル・サッカティは窓から見る景色にもあきたようだった。

「ミスター・ダイ」オーカットが言った。「あんたがそんなふうにそこに座って、シンプル上院議員を何か……ウィリアム・バックリーのコピーみたいに悪く言う——」

「バックリーは好きだ」私は言った。「あいつは笑わせてくれる。それとほんのたまに、一パーセントくらいはまともなことも言ってると思う、少し高く見積もりすぎか。いや、そんな話はどうでもいい。いま話してるのは上院議員のことだ」

「面白くなってきたな」ネセサリーが言った。

「それで、賢人シンプルの——」

「その呼び名はやめてもらいたい」とオーカット。

「いいだろう。シンプル上院議員の小委員会は、あんたが関わった組織のうち三つと契約して、主に中国の動向についての報告を送らせていた。記憶にある数字が確かなら、マニラのフォン・クラップに百万、シンガポールのトゥビオは二百万、東京のエルメルダーの組織には二百五十万の契約だ。それだけの価値はあるんだろう。どいつも有能ではあるが、利に敏《さと》いというか、もっとありていにいうなら強欲だ。どいつも手広くやっていて、産業部門の諜報でも――なんなら産業スパイといってもいい――かなり稼いでいる、とくに日本では。それでも小委員会が認めた何百万ドルかの出費は、ありがたい収入だった。だから三つの組織は手を組んで、当の上院議員を雇おうと決めた。そうして言ってみれば諜報カルテルのようなものができあがって、上院議員はいろんな国に何万ドルもの口座を持つようになった。パナマとチューリヒと、あとどこだったか――リヒテンシュタインだ。最後に聞いた話だと、上院議員は年に二十五万ドルほどを、もちろん無税で受け取っている。もし契約の更新をしぶろうものなら、やつらが暴露するだろう。つまり結局、リベラル連中の言うとおりなのかもしれない。いささか不吉な話だが」

オーカットもこちらの言うことを信じたらしかった。いかにも彼の関わっているような取引だからだろう。「あんたの組織も知ってることなのか？」

「知っている。だがもう、元いただけの組織だ」

「なぜ何もしないんだ？」

「暴露しないのかということか？」

「そうだ」

「なぜそうしないか？　上院議員から情報が得られるからだ――ＣＩＡよりも早く。ただし彼がそこから、何かしら自己宣伝の材料になるものを搾《しぼ》り取ったあとに。もし熱すぎるネタなら、黙って引き渡す――無料で。だいたいいつも一級か、それに近い情報ばかりだ。上院議員は一年二十五万ドルで満足している。問題のカルテル、といっていいとしたら、やつらはシンプルが現職にいるかぎり、毎年何百万ドルという金が入ってくる。もちろん来年になって彼が出馬したら、選挙戦に正当な資金がたっぷり注ぎこまれるように計らうだろうな」

「大した癒着ぶりじゃないか」ネセサリーが私に言った。「気に入った。とんでもなく気に入ったよ」オーカットのほうを向く。「あの上院議員にちょっとそのへんで水を向けてみたらどうだ、そしたら――」

「黙れよ、ホーマー」オーカットは言った。「ミスター・ダイ、そこまで言うなら、ないから」
　あんたには何か根拠があるはずだ。あんたをそのへんのゴシップ屋と一緒にする気は
　私はうなずいた。「根拠ならある、ジェラルド・ヴィッカーだ。上院議員があんた
にヴィッカーを推薦したとなると、ヴィッカーが上院議員の首根っこを抑えていると
考えざるを得ない。ほかの三人はまあいい。やつらの情報はほかの誰のよりも役に立
つし、とんでもなく貴重な話が聞けることもある。少なくともうちの組織は――ちが
うな――元いた組織はそう思ってる。だがヴィッカーはまた別だ。ヴィッカーと私の
因縁はずっと古い。やつと最初に連絡をとったのはいつだった？」
　オーカットがキャロル・サッカティを見た。「八月三日ね」
「いくら払った？」
「一万二千ドル」彼女が言って、窓からこちらに顔を向けた。
「やつから最初の報告が上がったのは？」
「八月十日だ」とオーカット。
「中身は？」
「六枚ぶんで、あんたのことが行間なしでタイプしてあった」
「くわしくか？」

「ごく詳細に」

「その時点で私がどこにいると書いてあった？」

「刑務所に」

「いつ出てくるか言っていたか？」

「正確に書いてあったよ。あんたはサンフランシスコに帰されて、レターマン病院で十日から十二日デブリーフィングを受けて、そのあと自由になる――そういう言葉を使っていたと思う。実際、ヴィッカーはとても褒めていたよ――絶賛というくらいに――ある点だけのぞいて」

「何だ？」

「その、あんたがちょっと神経質だと書いてあった」

「神経質なんて言葉は使わない。ヴィッカーは」

「腰抜け《チキン》と書いてたよ」ネセサリーが言って、にやりと笑いかけた。「あんたはチキンなのか、ダイ？」

私はネセサリーを、その茶色と青の目を見すえた。右が茶色、左が青だった。「どうかな。まあ、いろいろやってるうちに、わかるんじゃないか」

オーカットはまだ自分の靴のつま先に見とれていたが、ぱっと目を上げた。「僕の申し出を受けてくれるってことかい、ミスター・ダイ？」

「街ひとつを腐らせる、というあれか？」

オーカットがまた、あの独特の笑みを見せた。「ちょっと気が利《き》いてたんじゃないか？」

「まあちょっとは」

「演出ね」キャロル・サッカティが言った。「わざとらしい演出。いつでもあれをやらずにいられないんでしょう、ヴィクター？」

「黙れよ、キャロル」ヴィクター・オーカットはいろんな人間に黙れと言い慣れているようだった。

「それでどうだい、ミスター・ダイ？」

「質問に一つ二つ答えてもらえれば」

「いいとも」

「あんたが指定した条件には、名が知られてないことのほかに、何があった？」

「僕が四つの組織に問い合わせたときの条件、ってことかな？」

「そうだ」

オーカットはゆっくりとうなずいた。「うん、あんたがそこに興味を持つのはわかる。とても細かく条件をつけたよ。まず未婚で、あまり歳はいってなくて、社交性もほどほどにあって、身なりはよく、ちょっとしたリスクなら進んで冒せる。もちろん早く仕事につけるのも条件だった、こちらの準備期間がどんどん少なくなってるからね。それに政府でも民間でも、秘密任務の経験をある程度もっていてほしい。人種的にはマイノリティに属するのが望ましいけど、その点はあきらめるしかなかった。あとは人間の本性への深い洞察があって、少し懐疑的だけどそのせいで判断が曇らされたりはせず、それに何より知性がなくちゃならない。でも言わせてもらえば、単に頭がいいだけじゃなく、機敏で独創的で鋭くて――」

「ずる賢い？」

「またからかってるね、そういうのは好きだよ。でも話を続けよう。その人物は口が立つ必要もある。でも言わせてもらうと、セールスマン的にじゃなく、真実味や品もなくちゃならない」

「そのぜんぶに私が適《かな》ってると思うか？」

「そんな人間はいやしないよ、ミスター・ダイ。でもあんたは条件のほとんどを満たしてる。ホーマーにもミス・サッカティにも、この僕にだってないものがある。言ってみれば、あんたが入ることで、このチームは完成するんだ。さて、あんたはもう僕らの一員みたいなものだから、この計画の話をしてもいいだろう」

ヴィクター・オーカットが私に腐らせてほしいと言った街は、メキシコ湾沿いのモービルとガルベストンのあいだにある、人口二十万ほどの小都市だった。いちおうスワンカートンという名前だが、ずっと前から気の利いた地元の連中は梅毒《シャンカー》タウンと呼んでいる。裏づける事実もある、とオーカットは言った。

彼はしばらく話しつづけ、こちらは半分聞き流していた。事実や名前や数字をいくら聞かされても、自分の目で見定めるのには及ばない。ネセサリーは四杯目のスコッチをやりながら変わった様子も見せず、キャロル・サッカティはやはり退屈そうに窓辺で見張り番を続けていた。彼女を眺めるのはあきなかった。横顔だと、軽く秀《ひい》でたひたいに、まっすぐな鼻が目立った。決して細くはないが、とても繊細で、貴族的といってもいいかもしれない。あごの形もよかった。丸みを帯びて引き締まり、優美な線を描いて長くほっそりとした首筋へつながっている。

ヴィクター・オーカットが話すのをやめて、何かコメントなり、質問なりはあるかと期待するようにこちらを見た。それで質問をすることにした。「期日は？」

「十一月の最初の火曜日」

「今年の？」

「今年のだ」

「短すぎる。二ヵ月じゃ、心臓基金の不正で市の上層部を強請《ゆす》るのだって無理だ」

「やってもらわなきゃならない。準備期間は一切なしだ、ミスター・ダイ。僕がビジネスをしているスワンカートンの人間たちがずっと手間取ってたんでね。いまはあっちも出遅れたことはよく承知してる。大変な出遅れだ。だからこそこっちが高い金を請求できたし、あんたにも二ヵ月で五万ドルを出せるってわけなんだ」

「法外な額だな、二ヵ月にしては。だがその件については訊かないことにしよう。どうせやりたくないこともやらなきゃならなくなるだけだろう。たぶん多少あくどいことも。だが、これを受ける気になってる本当の理由は、ジェラルド・ヴィッカーだ。やつがこの仕事を私にやらせたがってるのなら、私の身に何かまずいことが起こると思ってるからだ。あんたもそう思ってる、でないとここまでの高額を出そうとはしないだろう。ヴィッカーは悩みの種だ。気になってしかたがないから、どういう魂胆かわかるまでつきあってやる」

「ヴィッカーとよっぽど長年の悶着《もんちゃく》があるみたいだね、ミスター・ダイ」オーカットが言った。

「悶着よりは復讐《ふくしゅう》のほうが近い。六年ばかり前の話だ」

「何があったんだ？」

「やつとは同じ組織で働いてた。私がやつの首を切らせた」

「妬《ねた》みかな？　ライバル意識？」

「いや。やつが人を殺したからだ」

「誰を？」

「まちがった相手を」

　スワンカートンのことをもうしばらく話したあとで、ホーマー・ネセサリーが腹が減ったと言い出した。「ちょっと待て、ホーマー」オーカットは言って、私のほうを向いた。「決心は固まったかい、ミスター・ダイ？　一緒にスワンカートンへ行ってくれるか？」

　オーカットをじっと見て、ひとつ息を吸い、吐き出してから言った。「いつ発《た》つんだ？」

　オーカットは立ち上がり、喜色満面で手をぴしゃりと打ち合わせた。一瞬、軽く踊り出してでもしそうに見えた。「明日の朝だ。直通の便が出てるけど、まだ話し合うことがいくらでもある。ディナーにつきあってくれるかい？」

「いいだろう」

「でもここはまずい。ホテルの食い物には我慢ならない。どこのホテルでもおんなじだ。ホーマー、下へ行って車を捕まえてくれ。キャロル、アーニーの店に電話して、四人の予約を入れて。いい席をだぞ。アーニーの店は知ってるかい、ミスター・ダイ？　モンゴメリーにあるんだが」

　知らないと答えた。

「美味《うま》いんだ。とにかく美味い」

　注文はぜんぶヴィクター・オーカットにまかせたが、何もかも触れ込みどおりに美味かった。最初はシェリー風味のコンソメ。ドーバーソール・アーニー風をシャブリ・ブーグロで。トゥルヌド・ロッシーニを今度は別のワイン、ポマール・レ・ゼプノと一緒に。ベルギー産アンディーブのサラダのあとはクレープ・スフレとコーヒー、コニャックが出た。とにかく美味かったし、ヴィクター・オーカットの払いはたった百六十二ドルだった。

　オーカットがネセサリーに車をつかまえるように言いつけ、自分はシェフにひと声かけるか小用を足すかしに店の奥へ向かった。あとにキャロル・サッカティと私が残った。彼女が煙草を口にくわえ、私は身を乗り出してライターを近づけた。

ひと吸いして火がつくと、彼女は微笑《ほほえ》んだ。「あなた、娼館《しょうかん》育ちなんですってね」

「そのとおりだ」

「じゃあ、そこはすごい共通点ね。わたしもなの」

10

初めてゴーマン・スモールデインに会ったのは、たしか一九三九年の秋だった。私は五歳から六歳になろうというころで、まだ酒の味を知らなかった。ゴーマン・スモールデインは三十四歳で、ほろ酔い加減だった。月曜か火曜の夜十時ごろ、私はいつもどおりタンテ・カテリンの悦《よろこ》びの館《やかた》の前で配置につき、お客を出迎えようと待っていた。その晩はあまり客足がつかなかったので、タクシーが走ってきて停まり、青いスーツの男が勢いよく降りてくるのを見ると、胸が躍った。男は運転手に金を払い、よく磨かれた真鍮《しんちゅう》のプレートを見て、二七番地なのを確かめた。タンテ・カテリンの館を示す目印はこれしかない。実際それで十分だった。

スモールデインは煉瓦《れんが》塀《べい》の隙間《すきま》にある入り口の、タンテ・カテリンによるとはるばるニューオーリンズから取り寄せたという錬鉄製の門扉《もんぴ》を押し開けた。ときどき左右に少し揺れながらこちらへ歩いてくる。私はいつもの派手な制服にピルボックス帽という恰好《かっこう》だった。顔は白粉《おしろい》と頬紅にまみれ、ご丁寧に前歯が二本欠けていた。

スモールデインの百九十センチの体躯《たいく》が、前まで来て立ち止まった。金髪の頭を一方に傾《かし》げて、つくづく私を眺めた。それから反対側に首を傾げ、またさらに観察した。それがすむと、いささか信じられないというように首を横に振り、私のまわりを歩いていき、後ろからの眺めはもう少しましかどうか確かめた。あらためて私の前に立つと、腰から上体を折り曲げ、顔を私から十センチほどのところまで近づけた。ぷんと酒が匂《にお》った。スコッチだった。「おまえはいったいどこの誰なんだ、ぼうず？」

「しがないお出迎え係にございます、閣下」私は抜けた歯のせいで不明瞭にそう言い、一歩後ろに下がり、深々と頭を下げた。そしてオーストラリア訛《なま》りの英語の口上を舌足らずに述べたて、おじぎと麗々しい身振りと流し目をしてみせた。

スモールデインは立ったまま聞きながら、左右に首を振っていた。私の口上が終わると、彼はまた腰から前屈《まえかが》みになって言った。「俺におまえが何に見えてるかわかるか？　すきっ歯の女もどきに見えるぞ」

私は腹黒い笑みを満面に浮かべてみせ、もう一度おじぎをして、広東《カントン》語で言った。

「そしたら酔っ払いの豚野郎、おまえの母親はそのへんの駄犬とでも寝る婆《ばあ》さん亀《がめ》だよ」これはどこかで覚えた決まり文句だった。

スモールデインは体を折り曲げたまま、にっこり笑ってうなずいた。それから体を起こすと両手を腰に当てて、穏やかにこう言った。「その糞《くそ》で固まった舌を守ったほうがいいな、毒ヒキガエルのポン引き小僧。その口から引っこ抜いてケツの穴に押しこんで、屁《へ》を放ったらひらひらなびくようにしてやるぞ」その広東語は私におとらぬ上手さで、イメージはさらに鮮明だった。

べつに怖いとは思わなかった。この当時は、おそらくとことん甘やかされていたせいか、怖いもの知らずだった。それでもスモールデインの堂々たる体軀と、汚い罵《のの》り言葉を自由自在にあやつれることには感心していた。私はもう一度深々とおじぎをすると、恭《うやうや》しい身振りでドアのほうを示した。「もしよろしければ、どうぞこちらへ、閣下」

「じゃあ行くか、ぼうず」彼は言って、私にアメリカの五十セント玉を放ってよこした。

「ご親切、衷心より感謝申し上げます、サー」と言った。これも誰かから教わった古くさい言い回しだが、前歯がないせいで歯擦音が抜けて出てきた。

スモールデインはドアを開けて入っていき、私もあとに続いた。好奇心もあったし、仕事が暇だったというのもあるが、一番はタンテ・カテリンの阿媽《アマ》の燕池《イエン・チー》が毎晩作ってくれるホットココアが飲みたかったからだ。

スモールデインの真後ろからついていくと、この館のマダムが広い応接ホールに颯《さっ》爽《そう》と入ってきた。そして急に立ち止まり、目を大きく見開くと、手を持ち上げて喉元《のどもと》に当てた。ノーマ・シアラーかケイ・フランシスをなかなかうまく真似《まね》たそのドラマティックな仕草は、彼女が化粧台の鏡の前で練習しているのを何度も見たことがあった。けれどもいま、彼女はこのとき一度だけはポーズをかなぐり捨て、スモールデインに向かって両腕を差し伸べると、「ゴーミー！」と声を限りに叫びながら駆け寄っていった。男が女をひしと抱きしめ、長いキスをするあいだ、私はシニカルな興味をもって眺めていた。娼館で育つことの利点がひとつある。愛情や感情の派手な表現を見ても動じなくなるのだ。

文にならない文や意味不明なフレーズが山のように、「約束したのに」、「抜けられなかった」、「もう二年もなんにも」、「こんなに長く」、「なんてうれしいの」その他もろもろ、たがいに好き合っている二人がずっと離れていたあとで口にする文句がつぎつぎ飛び出してくる。私はその場に立ったまま、たぶん少しにやにやしながらそれを眺め、聞いていた。

そのときタンテ・カテリンが、私を目にとめて手招きした。「ああ、ルシファー、いらっしゃい。あたしの古いお友達で、有名なアメリカのラジオ特派員のゴーマン・スモールデインを紹介したいの。ゴーマン、あたしの被後見人のルシファー・ダイよ」どこかで〝被後見人〟という言葉を見つけてきたのだろう、彼女が使うのを聞いたのはこれが初めてだった。

「ミスター・スモールデイン」私は言って、中国風というよりはヨーロッパ風が勝った堅苦しいおじぎをした。これを教えてくれたのはベルリンから来た娘で、名前はイルゼといった。

「まったく鼻持ちならないませガキだな？」スモールデインが言った。「いったい誰があんな化粧をさせてるんだ？」

「とても利口《ゼア・アウフゲヴェクト》な子だと思うけど」彼女は言った。このころの上海では誰も、〝可愛い《キュート》〟をあまり使わなかった。

「波止場にあるサミー・チンのところで働かせる訓練でもしてるみたいだぞ——ジャップがまだあそこを閉鎖してなかったらの話だが。船乗りはこいつみたいな小さくてぱくっといけるお菓子が大好物だからな」

「それはね、心得違いってものよ、お偉いゴーマン・スモールデイン」タンテ・カテリンが言う。「ただの男の子だし、毎日学校も行ってるわ。三時間も」

「どこのだ？」

「ここ。あたしたちが教えてるの」

スモールデインはにんまりと笑い、首を横に振った。「さぞいろいろ学んでるんだろうな、役に立つことばかり」

私はその会話をわくわくしながら聞いていた。二人が話しているのはまぎれもなく、私のことだったからだ。

「この子はね、掛け算を十二の段までできるのよ」タンテ・カテリンの怒りがつのるにつれ、英語のまちがいが増えてきた。「聞いてみたい？　十二掛ける十一はなに、ルシファー？」

「百三十二」鼻持ちならないませガキが言った。

「ほうら！」彼女が勝ち誇って言う。「どう？　あなたが六つのときはできなかったでしょう」

「いまもだめだな」とスモールデイン。「十一より上はできたためしがない」

「それに六カ国語話すのよ。七つだったかも。あなたはこの子の歳《とし》にいくつ話せたの、ミスター知りたかぶりさん？」

「〝知ったかぶり〟だよ。それに英語もあやしいもんだが、少なくとも母親の口紅や白粉はつけずにいたし、ちゃんとズボンを穿《は》いてたぞ、こんなバスローブじゃなくて」

「この子の服装が気に入らないっていうのね」声がさらに高くなる。「この子の着てるものを馬鹿にしてるんだわ。この旗袍《チイパオ》がいくらしたか知ってる？ あたしがいくら払ったと思ってるの？ 十五ドルよ、アメリカのドルでね、そんなに出したんだから」

「それでも馬鹿みたいだ」

「それだけじゃないわ。同じくらい高価なのをあと四着持ってるのよ。あとアメリカの有名なファッションブランドの上等な服も」

「シアーズ・ローバックか？」

「バスター・ブラウンよ」

「何だそりゃ。もういい。なあケイティ、このオーストラリア人のぼうずを育てるつもりだか知らないが、俺はそんな話をしにここへ来たんじゃないんだ。もっと大事な――」

「オーストラリア人じゃありません、サー、アメリカ人です」と私は言って、自分にも多少の愛国精神があることを示してみせた。

「その訛りはピッツバーグのじゃないだろう、ぼうず」

私は測鉛線のようにぴんとまっすぐ立ち、目をきつくつぶって、暗誦《あんしょう》しはじめた。

「ぼくは六歳で名前はルシファー・クラレンス・ダイで一九三三年十二月五日にアメリカ合衆国のモンタナ州モンクリーフで生まれました、お父さんの名前はドクター・クラレンス・ダイで、二七番地に住んでいて――」

「わかった、ルシファー」スモールデインがさえぎった。「もういい。信じる。落ち着け」彼がひざまずいて私と目の高さを合わせると、またスコッチの匂いがした。

「よし、明日、俺と一緒に何をするか言うぞ。おまえはサボって――」

「サボ――なに？」

「学校は休んで、俺と一緒に出かけて、アメリカの服を買って、上海クラブでちょっと何か食うか」彼は目を上げてタンテ・カテリンを見た。「チー・フォー爺《じい》さんの仕立屋はまだやってるかな、ほら、フランス租界のアメリカンスクールの近くにあったろう？」

タンテ・カテリンはどうでもいいというように肩をすくめた。「アメリカンスクールは二年前に閉まったけど、チー・フォーの店はまだやってるわ」

「この子を連れていってもいいか」

「好きにしたらいいじゃない？　どうせあたしは貧乏なロシア人で、生まれた国からこんな戦争でばらばらになった土地まで流れてきて、友達もいなくてひとりぼっちで、それでもこの可哀想な子をちゃんとした家に住まわせてあげようとしてきたのに」

彼女がさらにまくしたてる前に、スモールデインがぴしゃりと言って止めた。「おいケイト、養子にしようなんて気はないぞ、冗談じゃない。ただコーデュロイのニッカーボッカーを買ってやって、歩くたびにキュッキュッって音がするのを聞かせてやりたいだけだ。生まれながらの権利ってやつだ。俺は十一くらいまで穿けなくて、それまでずっと半ズボンを穿いてなきゃならなかった。おかげでどんな心理的影響があったことか。まあよくはわからんが、もう手遅れかもしれない」

「手遅れってどういうことよ？」

「その子にとってだ。もっとも」思案げにこうつけ加える。「女装芸人になったら大人気かもな」

「連れていけばいいでしょ！」彼女が叫んだ。「何でも好きなものを買ってやれば！何でも、いっそ――外灘《バンド》ごと！」

「どう思う、ルシファー？」私の前にひざまずいたまま、スモールデインが言った。

「ニッカーボッカーはほしくないか？　コーデュロイのやつを」

私は中国風のおじぎをすると、ついでアメリカンボーイ全開のすきっ歯の笑顔を作ってみせた。「すごくほしいです、サー」

「ようし」彼は言って、タンテ・カテリンに向きなおった。「もうこの子を寝かせるか、夜番でも働かせるのか？」

「ゴーマン、このろくでなし――」彼女が言いかけたが、彼は手のひらで彼女のお尻《しり》をぴしゃりと叩《たた》いて笑った。私がそれまで聞いたなかでも最高に伝染しやすい笑い声だった。すると彼女も笑い出し、彼はその手を取ると、二人して駆け上がらんばかりの勢いで二階へ行ってしまった。どちらも私におやすみとも言わなかった。燕池がココアを持ってきてくれたので、私は応接ホールでそれを飲みながら、スモールデインとコーデュロイのニッカーボッカーとタンテ・カテリンのことを考えた。前にも彼女がごくたまに特別な〝古いお友達〟と一緒に二階へ上がっていくのを見たことはあるが、べつに何とも思わなかった。でもこのときはちがった。まだ六歳の私は気づかなかったが、私が出会ったのは初めてのライバルというだけでなく、初めての男の友達だったのだ。いや、私はオーストラリアから来たような英語をしゃべっていたから、相棒《コバー》というべきだったろうか。

ゴーマン・スモールデインは、UP通信社の記者をしていた一九三二年、二十七歳のときに奉天でタンテ・カテリンに出会った。日本軍の満州侵攻が始まったばかりで、タンテ・カテリンは奉天から逃げ出そうとしていた。スモールデインの助けを得て、なんとか上海にたどり着くと、そこで自らビジネスを立ち上げ、金持ちの中国人の庇《ひ》護《ご》者《しゃ》というかパトロンを見つけた。その男は実は上海版ラッキー・ルチアーノで、一九三三年に彼女が罪深い館を開業するのを後押ししたのだった。

そのスポンサーの名は杜月笙《とげつしょう》といった。もともと小作人でありながら、フランス租界で果物の行商を始め、ホレイショ・アルジャー的刻苦勉励の伝統にのっとってのし上がった。野心にあふれていてタフで、一切の容赦を知らない杜は、抗争のすえにアヘンの売買を自分個人の独占事業とした。賭《と》博《ばく》や売春にも手を広げ、みかじめ料も取り立てるようになり、やがてフランス租界にある高い壁をめぐらした豪華な屋敷から事業を差配するにいたった。

杜は自身も元アヘン中毒者で、何であれ一心不乱に突き進むところにそれがうかがえた。麻薬の独占がどれほどの富をもたらしうるかを彼は十分に理解していた。そして青幇《チンパン》、紅幇《ホンパン》という敵対するグループをひとつにまとめ上げた。青幇と紅幇はもともと政治的な秘密結社だったが、やがて上海ドルになるものなら何にでも手を出す犯罪者集団に堕し、もっぱら上海のウェスト・サイドで銃を撃ち合って過ごしていたのだ。杜はこの二つの結社を合併させたあと、アヘンの流通を完全に支配するようになった。

　アヘンの専売で得た財産をもとに、杜はさらに多角経営に乗り出し、合法的なビジネスを始めた。中国の紳士録には、製紙工場、四十の銀行、綿花工場、海運会社の社長として彼の名が載った。中国商工会議所の執行委員会の一員にもなり、上海の大手新聞で、いっときは上海一のアメリカ紙だった『チャイナ・プレス』の常務取締役の座も金で買った。

　杜は金儲《かねもう》けだけでなく、ＰＲ活動にも抜け目がなかったと見える。二軒の無料病院を支援してその院長に収まり、二、三の孤児院にも大天使のように寄付をはずみ、行き倒れたちを無料で埋葬し、模範となる農業コミュニティに資金を提供した。

　フランス租界の運営にも関わり、租界に暮らす二千人のフランス人も、杜が法と秩序らしきものを維持しているかぎり、後ろ暗い彼の副業については進んで見ないふりをした。それどころか感謝のしるしとして、租界を統治する議会の議員に杜を選出すらした。

　だが、杜月笙の最大の功績はおそらく、同じ青幇の仲間を最高の地位に押し上げたことだろう。その仲間は名を蔣介石といい、杜のことを長兄と呼んでいた。新たにメソジストに改宗した蔣は、理の当然というか、アヘン流通の増大に心を痛め、上海アヘン抑制局なるものを作った――国民党政府の六年におよぶアヘン抑制計画の派生物である。蔣がそのアヘン抑制局の局長に杜を任命したときも、よほど根っからうぶな人間以外、誰も驚かなかった。その名誉の見返りに、杜はときどき二、三十キロばかりのアヘンを押収しては、公《おおやけ》の場で燃やしてみせたりした。いい心掛けだと誰もがうなずいた。そのあいだも杜はアヘン売買を支配しつづけ、国民党がアメリカの戦闘機を買うための数百万ドルを差し出した。どこかの土地が疫病《えきびょう》や洪水に蹂躙《じゅうりん》されるたびに、杜は高額の義援金をあてにされる存在でもあった。

タンテ・カテリンは娼館の上がりの二割を杜の組織に収めていたので、警察の取締班に悩まされることもなかった。

ゴーマン・スモールデインがタンテ・カテリンの言うような有名なラジオ特派員でないことは、私にもすぐにわかった。満州のあとはＵＰの南京《ナンキン》支局で働き、やがて香《ホン》港《コン》へ異動になった。そこから一九三五年にエチオピアへ行ってムッソリーニの動向についての記事を書き、さらにスペインへ行ってフランコ側から内戦の模様を取材した。スペインで彼は、Ｈ・Ｖ・カルテンボーンに出会った。カルテンボーンは当時ＣＢＳで週二回、一回あたり五十ドルを取って、経費は自分持ちでラジオ放送をしていた。

ところが一九三七年の十月に重い喉頭炎《こうとうえん》にかかり、放送ができなくなった。それでスモールデインに、フランスとの国境の町まで来て、二十五ドルで自分の代役を務めてくれないかと声をかけた。当時ＣＢＳのヨーロッパ部長だったエドワード・Ｒ・マローはその放送を聞いて、スモールデインの声も、彼がニュースを伝えるスタイルやその内容も気に入り、彼を通信員として雇った。

スモールデインはおそらく、どのアメリカ人通信員にも勝る中国通だった。一九〇五年に広東でメソジスト派の宣教師の下に生まれたが、いまはもう両親ともになく、奨学金を得てノースウェスタン――メソジスト派の名門大学だ――へ進学し、一九二六年に卒業した。一九二七年に上海へ戻り、中国語が堪能《たんのう》なのを買われて、当時アメリカ人が経営者だった『チャイナ・プレス』に就職し、その後ＵＰに移った。私と会ったとき三十四歳だったが、スモールデインはまだ自分のことを孤児だと思っていて、そのことが私との絆《きずな》を形づくり、彼の人格にもなにがしかの影響を与えていたのだと思う。

彼の失脚――といっていいのか、一九三九年末には少なくとも一時的にそういうことがあった。スモールデインは自ら「忌《い》まわしくもすばらしい街」と呼ぶ上海の特集記事を連載し、アメリカでは異例の注目を浴びた。ついで彼は、アヘン王の杜月笙と蔣介石との関係を暴露する記事を書こうと思い立った。七週間かけて徹底的に調べ上げ、三回シリーズにまとめてアメリカへ送った。第一回は掲載されたが、つぎの二回はボツとなり、ＵＰはスモールデインを首にした。これは蔣介石じきじきの要請だったと思われ、彼は国民政府の首都だった重慶への立ち入りも拒否された。

タンテ・カテリンの勧めもあって、スモールデインはアメリカン・クラブの部屋を引き払い（彼女がかなりの費用を負担した）、二七番地に越してきた。ＣＢＳで月に二、三度ラジオ放送をして、フリーランスで無害な記事を北米新聞同盟に売り、一度だけ『リバティ・マガジン』にも書いた。そして闇《やみ》市場でちょっとした取引をしてかなりの儲けを得た。杜月笙は自分の息のかかった娼館にスモールデインが家賃と食費タダで転がりこんだのを知っていたとしても、とくに気にもかけなかった。それでこのアメリカ人は日本のナンバーワンボーイ、犬の糞《ドッグシット》少佐と仲よくつきあった。だがスモールデインは誰とでもだいたいどんなときもうまくやれる男で、とくに私とはうまが合った。

一種の英雄崇拝だったのだと思う。彼は私を金襴《きんらん》のローブから解放してコーデュロイのニッカーボッカーを着せてくれた。女の子投げでなく男の子らしい野球のボールの投げ方を教えてくれた。アメフトの細かな要点や複雑なプレイを、一度も試合を見たことのない私に何時間もかけて講義した。正しいマティーニの作り方を（しょっちゅう）実演した。フランクリン・D・ルーズヴェルトの長所とウェンデル・ウィルキーの短所を並べあげた。アドルフ・ヒトラーの性的倒錯を説明し、地球はほんとうに丸いんだと解説し、太平洋を挟んで日米開戦のときが来ると予言した。そうなるという確信があったのだ。

犬の糞少佐は英語を話せず、スモールデインは日本語を話せなかったが、二人はフランス語に中国語、身振り言語をまぜこぜにして十分に意思の疎通《そつう》ができた。そして一九四一年十一月の初旬、しこたま酒の入った少佐が、史上最大のニュースとなりそうな情報をスモールデインに伝えた。少佐は、二七番地に来られるのもこれが最後だと言ってめそめそ泣いていた。大の仲よしの〝スマーデン〟や小さな友達の〝ルシファー〟と別れるのがつらくてならない。でも何よりつらいのは、月々の決まった上がりと二七番地の〝無料の見本〟を手放さなくてはならないことだった。自分はここで人生でいちばん幸せな日々を過ごした、と訴えた。アメリカ人は好きだし、アメリカ人とは戦いたくないのだとも。少なくとも私たちにはそう言っていると思えた。

中国のどのあたりへ異動になるのかとスモールデインが訊《き》いたが、犬の糞少佐は人差し指を左右に揺らし、首を横に振った。中国じゃない、と言った。もう中国にはいない。南へ行く――ずっと、ずっと南へ。特殊部隊に配属され、集中訓練を受ける。そしてくつくつと笑い、フランス語で、海からじゃない、陸からだといった意味のことをつぶやいた。そのあと少佐は酔い潰《つぶ》れてしまい、スモールデインは下働きの若いのを呼んで彼を家へ送らせた。

タンテ・カテリンが二七番地の〝接待室〟と呼んでいた、実際にはお客が商品をざっと品定めする中サイズのカクテルラウンジに座って、スモールデインはことの次第を突き止めようとした。部屋から地図を持ち出してきて、テーブルの上に広げた。

「犬の糞《ドッグシット》は南と言った」

「それはどっちのこと？」私は訊いた。

「まっすぐ下だよ、この物知らずの土くれ小僧め」スモールデインが広東語で言う。

「ぼくらがいまここにいるのに、どうして地図のなかでこっちがどうだなんていえるの？」私は地図の左を指差しながら訊いたが、これはとても論理的な質問だったので、フランス語を使った。

「ここにあるこれは何を示してる？」スモールデインが地図の上の方位記号を指でさした。

「わかるわけないだろ。まだ八歳で読み書きもできないのに」

「おっと、つい忘れちまうな」

「掛け算ならもう十五の段までできるよ。十五掛ける十四は何だか知りたい？　二百十」

「ケイト！」スモールデインが大声でタンテ・カテリンを呼んだ。彼女はラウンジの向こうのほうで、フランス人の下《した》っ端《ぱ》官吏から結婚生活の愚痴を聞かされているところだった。中座をわびると、こちらのテーブルまでやってくる。

「いつになったらこいつに読み書きを教えるんだ？」彼は言って、私をぐいと親指で指した。

彼女は肩をすくめた。「時間ならたっぷりあるわ。来年にでも教えるわよ。そのつぎの年にでも。あなたは書くのが専門でしょ。教えてあげたらいいじゃない？」

「ちくしょう。よし、いまから始めるぞ！」

タンテ・カテリンはまた肩をすくめ、さっきのフランス人のところへ、彼が妻ともめているという話を聞きに戻っていった。このフランス人は二七番地の常連で、セックスより相談相手を求めてくることのほうが多かった。

「いいか」スモールデインがきびしい声音で私に言った。「この単語は何だ？」そして人差し指で地図の上の点を指した。

私はじっと目をこらした。「点が丸で囲んであるけど」

「記号じゃない、この鼻垂れ小僧、単語だ！　まさかアルファベットひとつ知らないのか？」

「ぼくはまだ八つの子どもで――」

「いまから覚えるんだ。これがＳ、これがＩ、これがＮ、これがＧ。ほら、リピートしてみろ」

「Ｓ‐Ｉ‐Ｎ‐Ｇ」私は早口で言ったあと、わざとらしくあくびをした。「こんなの意味ないよね？」

「これは何の綴《つづ》りだ、間抜けぼうず」

「全然わからない」

「シングの綴りだ。Ｓ‐Ｉ‐Ｎ‐Ｇ、清《シング》だ」

「歌《ソング》みたいだね」

「シンガポールみたいにな、このポン引き蛙《がえる》」そして家庭教師としての意気込みも忘れ、インドシナのほうへ指を動かしていった。「いいか」ほかに聞き役もいなかったので、私に言った。「ジャップはもうインドシナを手に入れて、マレー半島から始まって背後からシンガポールを攻撃できる。南だ、と犬の糞は言ってた。それはつまり、シンガポールは海から落とすってことだ、十七ドル三十八セント賭《か》けてもいい」スモールデインはいつも何かに十七ドル三十八セント賭けていた。理由はわからない。

それから四週間、彼は一日じゅう外に出て深夜まで帰らずに、自分の説の裏づけに回っていた。タンテ・カテリンから金を借り、日本人の将校を酔わせたり兵卒や下士官に賄賂《わいろ》を渡したりして、部隊の動きについて何かしら聞き出そうとした。上海クラブで何時間も過ごし、イギリス人の会員とマラヤとシンガポールの防衛について話しこんだ。「難攻不落だよ、君」彼はイギリス人のアクセントをまねてそう言ったものだ。「まったくもって難攻不落だとも」

彼がいつ、どこでジグソーパズルの最後のピースだと判断したものを手に入れたのかは知らないが、それから三日かけて、二千語の記事を書きあげた。導入の文がどんなものだったか、いまでも覚えている。スモールデインが六回は読んで聞かせた。

本日、絶対的な信頼筋があきらかにしたが、日本帝国軍は十二月初旬にマラヤ東海岸へ侵攻し、ジャングルを通って無防備な後方からシンガポールを攻撃する。

「ちょっと言葉が足りなくない？」私はまだ、シンガポールがどこにあるのかまるであやふやだった。

「ニューヨークの連中が直してくれるさ」スモールデインは言った。「一緒に行くか？」

「うん」

タンテ・カテリンのエアフロー・クライスラーを借りて、私たちはプレス・ワイヤレスの事務所へ向かった。そして一九四一年十二月八日朝、事務所にたどり着く前に、二人そろって日本軍に逮捕された。

11

全員ファーストクラスで、サンフランシスコの空港からスワンカートンまで飛んだが、空の旅のご多分にもれず、短くて退屈な時間だった。いまのジェット機は一万メートル以上の上空を飛ぶのだから、何も見えないのは当たり前だ。

前夜の夕食後にオーカットから、ちょっと僕の部屋に寄ってくれないかと声がかかった。彼が滞在しているのは、カリフォルニア通りとメイソン通りの角にあるフェアモント・ホテルの一泊百二十五ドルを優に超えるスイートだった。彼はキャロル・サッカティに、自分用のホットチョコレートとみんなの好きなものを注文するよう言った。ネセサリーと私はブランデーを頼んだ。キャロル・サッカティは何も要らないと答えた。

飲み物を待つあいだもオーカットはおしゃべりを続けたが、話題はもっぱらアーニーのレストランのことだった。飲み物が来ると、ホットチョコレートをひと口飲んで言った。「早めに飲むのが好きなんだ、表面にぬるっとした膜ができてしまわないうちにね」あとの三人が無言で待つあいだに、オーカットは少量ずつ立て続けにすすった。鳥が水を飲むのにそっくりだったが、チョコレートが喉を下りていくためにいちいち頭を上げる必要はなかった。そして飲み終わると、「ふう」と声を出したので、表面のぬるりとした膜に当たらずにすんだのだろうと思った。

「さてと」私に向かって言った。「あんたが加わってくれるのを見越して、用意したものがいくつかある」

「よほど自信があったんだな」

「それほどじゃないよ。ただ、何でも準備しておくのが好きでね。普通のペースでやれたはずのことで、間《ま》際《ぎわ》になってばたばたするのが嫌いなだけさ。キャロル、ミスター・ダイの封筒をこっちに渡してくれるかい？」

彼女がブリーフケース並みに大きなハンドバッグに手を差し入れ、マニラ封筒を取り出して渡した。オーカットは中身をちらとのぞき、私にカウチまで一緒に来るよう合図した。自分のブランデーを持って移動する。

「まずこれが、あんたの社会保障カード。忘れてるといけないから言っておくけど、正しい番号だ」カードを見ると、そのとおりだった。覚えのある番号だ。「社会保障カードっていうのは妙なもんだね。身元証明にはまず役に立たないのに、番号自体はどんどん重要になっている。軍なんかだと、これが個人識別番号の代わりになってるくらいだ。そう考えると近いうちに——ほんとにいつでもおかしくない——この番号はこの国の市民ぜんぶの情報をまとめて保存するのに使われるようになるんじゃないかな。どう思う、ミスター・ダイ？」

「逆に張ろうとは思わない」私は言った。

「そうそう。つぎに、これが運転免許証。バージニアで、写真の添付が義務づけられる直前に発行されたやつ。コロンビアＤＣのも用意しようと思ったんだけど、あそこは免許証にカラー写真が要るっていうんでね、ちょっとどうにもならなかった」

免許証を渡され、書いてある情報を読んだ。六ヵ月で失効するが、住所がアレクサンドリアになっている点をのぞけば、すべて正確だった。

「それからクレジットカードが三枚。アメリカン・エキスプレス、ガルフ・オイル、カルトブランシュ。どれも正規のやつだから、賢く使うように」オーカットは言ってから、冗談だよというように笑ってみせたが、やはり例のあの笑みで、いまひとつ信じられなかった。

「これは」と言いながら、別のカードを渡してよこす。「ブルークロス・ブルーシールドのＩＤカード。これも正規のやつ。保険料はもう支払い済み。で、これがワシントンのシブリー病院のカードで、あんたの血液型はＡＢとなってる。なかなか珍しい型だね」

「そうかな」

「それは手に入れるのにものすごく苦労したよ、あんたの血液型を調べるのが大変だった。僕らは——いや、ホーマーが、だな——国務省の医療部門からやっとこさ手に入れた。ホーマーはそういうのが大の得意でね。ものすごくはしっこい」

「どうして国務省にそんなものが？」私は訊いた。

「十一年前に検診を受けてる」ネセサリーが言った。「覚えてるか？」

「いま思い出した」

オーカットがまた封筒の中身をまさぐった。「そしてこれ。アレクサンドリアの図書館カードに、選挙人登録証、ワシントンのガスライト・クラブの会員証。これで身分証明の問題はバッチリだ」

「なぜワシントンなんだ？」

「それはね、こういう身分証明書を提供する専門家があそこにいるからさ。もし誰かがまったく新しい身元と、軍の名誉除隊の証明も一緒にほしいと思ったら、社会保障番号に運転免許証、名誉除隊証書、図書館カード、有権者登録証明書の一揃《ひとそろ》いを百五十ドルで売ってもらえる。クレジットカードは一枚五十ドルだが、使わないようにと強く勧めてくる。誘惑が多すぎるからといってね。ちなみにあんたのクレジットカードは、ヴィクター・オーカット・アソシエイツの名義で発行されてる」

「えらく周到だな」

「ああ、そりゃそうだろう？　で、ここにあるのが五千ドルの送金小切手、これでスワンカートンのファースト・ナショナルに専用の当座預金口座を開くことができる。それでこっちが、僕の取引先のセントルイス銀行の信用状だ。確か——そう——二万ドルあったと思う。あんたがぜんぶ使うはめにならないといいけれど、そうなってもおかしくないかな。で、こういうものをぜんぶ入れて持ち運ぶものがないだろうから、これが財布だ、現金も五百ドルばかり入ってる」と言ってなかをのぞき、素早く数えた。「よし、あるな」それからキャロル・サッカティのほうを向いて、顔をしかめた。

「アザラシ革と指定したはずだぞ」

「店に置いてなかったのよ」

オーカットはさもいやそうに財布を見た。「これで間に合うとは思うけど、断じて僕の趣味とはちがうからね、ミスター・ダイ」

「問題ない」私は言って、カード類を財布のポケットに収めはじめた。

「最後にとっておいたのが、いちばん大事なこれ」オーカットが言った。「この僕とミス・サッカテイ、ホーマーの三人が一ヵ月以上も集中して取り組んだ成果だよ」そして手渡してきたのは折りたたんだ五枚の紙で、普通のタイプ用紙のように見えた。広げてみると、タイプされた名前がずらりと並んでいた。名前は二つのセクションに分かれ、それぞれに〈味方〉〈敵方〉という、いささか大仰に思える見出しがついている。敵方のほうは四ページにわたり、味方は一ページだけだった。それぞれの名前の下には四、五行にわたって行間を空けずにその当人の個人情報が記してあった。性的な傾向および嗜好《しこう》、飲酒習慣、金銭問題、感情面の問題、社会的・政治的立場、持病、精神異常、家庭環境、学歴、職歴や事業、推定純資産、ローンや借金、若いころの過《あやま》ち、そしてもしあれば、過去の逮捕歴。

名士録ですらまわりくどく思えるほど、凝縮され、省略された情報だった。申し分なく読みやすい。私はすぐに目を通してから、また折りたたんでコートの内ポケットにしまった。

「二人がかりの仕事だな」

「なぜ二人なんだい？　六人か九人か、二十人でもおかしくないだろう？」オーカットはまた例の中身のない笑みを向けた。

「理由の一。この情報が役に立つのは二つのことだけ。強要か恐喝だ。委員会だったらこうはならない。その二。二人のうちひとりは医者。医学用語でそれがわかる。個人的な細かい身体特性でも。もうひとりは調査の専門家、たぶん新聞屋かな。どこを探すべきかの心得と、何をどう結びつけるかの鋭い嗅覚《きゅうかく》を持っている」

ホーマー・ネセサリーが空いたブランデーのグラスを置き、椅子《いす》の上で身をもぞつかせた。もう黙っていられないとばかり、両ひじを膝《ひざ》の上に乗せて、こちらに身を乗り出してきた。「俺たちだけでぜんぶ調べ出したのかもしれんぞ、ダイ。ただあちこち見て回って、いろいろ聞きこんで、紙に書き出したってこともありうる」

「かもしれない。二年も時間があれば。だが二ヵ月でこれは無理だ」

「まったく図星だよ、ミスター・ダイ」オーカットが言った。「この情報をまとめた人間は二人だ。ひとりはドクター・ワーナー・コルファックス。かなり大きなクリニック——正確にいうなら、コルファックス・クリニックを持ってる。六十床の病院で、普通の医療サービスのほかに、アルコール依存者や麻薬依存者の治療もやってる——まあ、そんな金が出せる患者に限ってだけど。あとは、年寄りが黄金時代の残りを快適に過ごせる場所で——それも当人かその子どもが月あたり千五百ドルを工面できればの話。それに軽度の精神障害者の慰安および療養の場でもある」

「だったら、まず漏れはないな」私は言った。「アルコール依存や麻薬依存の連中は、ボトルや注射と引き換えに何でも漏らすだろうし、年寄りは聞き役さえいればいくらでも思い出話をしゃべる。精神障害者が何を口走るかはわからないが。ドクター・コルファックスがどの記録も入手できるのはまちがいない」

「まちがいないね」オーカットが言った。「新聞屋のほうは――もっといい呼び方があると思うけど――『スワンカートン・アドボケート』と『スワンカートン・ニューズ・カリオペ』の編集者兼発行人だ。新聞にしてはおかしな名前だね、そう思わないか？」

「まったくだ。本人の名は？」

「チャニング・ダーシー・フェトウィック三世。フェトウィックの綴りはｆじゃなくｐｈで始まる。チャニング・ダーシー・フェトウィック四世もいるけど、金遣いの荒い出来損ないだった。父親のほうのフェトウィックはテレビ局も持っていて、ＮＢＣ系列の地元局だ。やっぱりＮＢＣ系列の五万ワットのラジオ局に、アラバマ州のクーサ川沿いに膨大な量の森林（もちろん新聞用のパルプに使う）、新聞を輸送する全国規模のトラック輸送サービス、これで部数が大幅に伸びた。ダウンタウンと郊外の値の張る不動産多数、そして利益の上がるプランテーション、と言うべきかな、それも二つ三つ所有してる」

「君の報酬の出どころは、フェトウィックとコルファックスなんだな？」

「ご明察」

「この簡潔きわまりない伝記集は二つに区分されてる。味方と敵方に」

「かなりの傑作じゃない？」キャロル・サッカティが言った。

「ただ便利だってだけだよ、キャロル」とオーカット。

「街のことをもう少しくわしく聞かせてもらったほうがいいな」私は言った。

「スワンカートンはこの十年間でものすごく様変わりしてね。以前は北部にあった製造業の会社がどんどん移ってきた。理由はよくある——税金が有利だとか、物価が安いとか、労働力が未組織だとか、住宅が足りてるとか、そういうやつだ。六年ほど前には、国防総省が空軍の補給基地も造った。たしか国内第二か第三の規模で、一万五千人が雇用されてる。以前は十万人ほどの静かないい街だった。ちゃんと秩序ができあがっていたし、一九一五年のスワンカートンと一九六〇年のスワンカートンの社会学的な差異を述べよと言われても難しかっただろうね。もちろん、その四十五年で少しは発展もしたが、とにかくちゃんとした秩序があった。しかるべき人間がしかるべきことをやる。こいつは賭場を、あいつは商工会議所を牛耳る。別の誰かは売春の元締めをやって、また別の誰かは市議会を尻ポケットに突っこむというぐあいに。じつに見事な癒着ぶりさ。ホーマーはそういうものを徹底的に研究して、仲間うちでの権威になったと思う」

オーカットがネセサリーに、まるでピアノの先生が毎年恒例の発表会で、優秀なのに恥ずかしがり屋の生徒を励ますようにうなずいてみせた。

「ヴィクターの言ったとおりで」ネセサリーが話し出した。「何もかもとにかくぼろいもんだった。みんながあらゆるものの分け前をあさろうとしてた――それこそコカ・コーラから密造酒まで。ある男はＡＢＣを抑えてて――ＡＢＣってのはバーや酒類販売の許可を出す事務所のことだ。バーの許可証を取るには二千ドルから五千ドルかかる。酒屋はもうちょっと安い――千五百ドルくらいだ。賭場でやってるのはだいたいブラックジャックで、郡の保安官とスワンカートンの警察署長で上がりを折半してた。テラ銭を一割取って、毎晩の儲けを端数の一セントまで見逃さないやつらを配置してな。それにちょっとした強盗グループまで抱えこんで、仕事のときは制服連中に見張りをさせてた。取り分は六対四。もちろん警察が六を取る。娼婦《しょうふ》はみんな地元の女たちで、山出しばかりだ。まるでぐっとこない」

そこでひと息つくと、オーカットを見た。「残りも話させようってのなら、何か喉を湿すものをもらいたいな」

オーカットがキャロル・サッカティを見る。「寝室にまあまあ上等なスコッチのボトルがあるんだが――頼んでもいいかな？」

彼女が立ち上がり、部屋を半分横切ったところで、私のほうを振り向いた。「あなたも？」

「いや、けっこう」

「続けてくれ、ホーマー」オーカットが言う。

「それで、新しいプラントやら工場やらが一九六四年か六五年ごろから移転しはじめ、上流や中流やらの人間たちがやたら大勢やってくる。その家族もくっついてくるが、そういう連中はニュージャージーやらコネチカット、ニューヨーク、ペンシルベニアで通っていたような学校に慣れてた。まあ要するに、頭のいいユダヤ人《カイク》が多くなったってことだ」

「反ユダヤ的差別語はやめてくれるかな、ホーマー？」とオーカットが、あまり期待してはいないような口調で言った。

「俺はべつに反ユダヤでも何でもない」とネセサリー。「カイクと呼んでるだけだ。

ずっとそうしてきたし、これからもたぶんそうする」

「じゃあいい」オーカットがため息をついた。

「でだ、連中は何かしら運動を始めるし、そのころには黒人たちもいきりたって声を上げ出す。ほら、人種差別撤廃とかってやつだ。改革運動が起こって、一九六五年ごろに改革派が候補者を立てる。で、どうやってかは知らないが、勝って役職に就くやつも出てくる――たとえば教育委員会とか、郡の検死官とかだが、ほかには大していない。それでも守旧派の連中はびびり上がる。

そうこうするうちに、ニューオーリンズの大物たちがスワンカートンの情勢を耳にはさんで、探りを入れはじめる。政府がスワンカートンに空軍の補給基地を造ると発表すると、ニューオーリンズの一味はすぐに乗りこんでくる」

「どうやって？」私は言った。

「こういうぐあいだ。街にはしばらく、浮動人口が増える――熟練工の建設労働者五千人ほどで、みんなたっぷり金を落とす。そのあとに兵隊や民間の雇用人が加わる。そうなると市場が――需要が生まれる。ニューオーリンズの組織がその市場を一手に握ろうと決める」

キャロル・サッカティがスコッチの水割りを手に戻ってきて、ネセサリーに渡した。

「氷はないけど」

「全然かまわん」ネセサリーは酒をひと口あおり、手の甲でぐいと口もとをぬぐった。

「続けて、ホーマー」オーカットが言った。「それと、なるべくかいつまんで話すようにしてくれ」

「俺が何をやってると思ってるんだ？」ネセサリーが言う。「おまえが話せと言ったから話してるんだぞ、それが長ったらしすぎると思うんなら、自分でしゃべりゃいい」

「よくわかる説明だよ」私は言った。

「まあいい、わかった。あったとおりのことだけ話そう。つまりだ、ニューオーリンズの一味が乗りこんできて、がつんとやらかす。まず〝黒人街〟に移り住んで乗っ取る。それから白人の娼婦をそっくり街から追い出して自分のところのを連れてきて、一回十五から二十ドルだった料金を三十五から四十ドルまで引き上げる。黒人の娼婦には手を出さない。ブラックジャックの賭場を二つ三つ乗っ取って、つぎの日にはみかじめ料をたんまりせしめる。それで美味《うま》い汁をあちこちに広めて回る——市議会に市長に警察署長、その仲間にまでたっぷりと。どういうことかわかるだろう」

わかるともと私は答えて、ホーマー・ネセサリーの話に聞き入った。この男にとってはいま起きている、いつまでも現在時制の出来事らしかった。

「それで仕上げは、ナイトクラブやらバーやらだ。二、三軒ぶち壊してから、またみかじめ料を払うよう持ちかける。相手に金がなかったら、週の利息が二割か——よっぽど気に入った相手なら一割で貸す。それでも払えなかったら、ドルあたり四十セントで店を買い取る。そうやってぜんぶ合法でことを進めるんだ。つぎには市議会を取りこんで、バーの二十四時間営業を認める新しい条例を通させる。これはだ、新しい補給基地を造るのに三交代制で働く軍の連中がいて、それが終わったあとも三交代制で働く民間人がいるからってことだ」

ネセサリーがまたひと休みして、生ぬるいスコッチの水割りをぐびぐびあおった。

「まあそれで、やっと補給基地ができあがると、そこで働く民間人を雇いはじめる。だが、黒人たちはなかなか雇われないってことで気分を害する。少なくとも口ではそう言いはじめる。それで北のほうから闘士とかいわれる連中が乗りこんできて、有色人種を扇動し出す。それから労組が、空軍の補給基地は政府の金でうまく回っているのに、北部から移転してきた工場はまだ組織化できていないのは何でだと腹を立てる。そこでとうとう、最大手の繊維工場六つにストを呼びかけ、補給基地の組合員たちも足並みをそろえる。聞くところ法律違反らしいが、知ったことかってもんで、とにかくストに入る」

そのあと、市の当局者がニューオーリンズの一派に泣きついてスト破りをさせ、ずっと強まっていた黒人住民からの圧力も終わらせた、とネセサリーは言った。

「それだけやるのに一週間だ」ネセサリーの声にはどこか感心したような響きがあった。「たったの一週間だ。黒人と労働者がぐるになって——いや、つまり協力しはじめると、ニューオーリンズの連中はどこかから、たぶん北のほうだが、強面《こわもて》のやつらを何人か連れてくる。そいつらが黒人の親玉を二人ばかり殺し、地元の労組の貧乏白人二人がやったように見せようと、あちこちに証拠を、その白人のひとりが持ってるライフルとかを残していく。それで警察署長はその白人二人を連行するしかなくなる。というか、保護しようとする。ところがその途中で黒人四人が車を停めて白人二人を引きずり出し、さんざんぶちのめして殺す。まあ、それで何もかもおじゃんだ」

「想像がつくな」私は言った。

「街は最悪の雰囲気になる」またひと口ぐいと飲んでから、ネセサリーは言った。

「白人は黒人を怖がり、黒人は白人を怖がる。ストは尻すぼみになって、北部のほうから新しい黒人の扇動家が車一台分乗りこんできても、公衆便所いっぱいぐらいの人間も集められない。それで何もかも以前と同じように落ち着き、万事がニューオーリンズの一派のおかげでうまくなめらかに回るようになるってわけだ」

「さて、ミスター・ダイ、いまの時点で、訊いておきたいことがあるんじゃないか」

オーカットが言った。

「いろいろあるが、とりあえず先延ばしにできないのは二つだけだ。ひとつめは、十一月の第一火曜日が期限だというのは、選挙が近づいているからだな？」

「そのとおり」

「今年は大きな選挙のない年だから、地元の選挙ということになる」

「そうだね」

「君に報酬を払おうというドクター・コルファックスとフェトウィック三世だが。街のごろつきどもを追い出して、自分たちの意向どおりにしたいんだろうな？」

「まさしく」

「それで私に、二ヵ月でこの街を徹底的に腐らせて、ポン引きやペテン師まで改革派に投票したくなるようにさせろと？」

「生々しい表現だね、ダイ」オーカットは言った。「じつに生々しいよ」

「基本的に運まかせで、ことを運ぼうとしてるわけじゃないだろうな？」

オーカットがまた笑った。「僕は若いかもしれないけどね、ミスター・ダイ、決してうぶじゃない」

「そうは思ってない。ただ、君はきっと、今回の報酬を前金で受け取っていないだろう」

「たしかに」

「この手の取引の話は聞いたことがある。頭に浮かんでくるのは、昔のドイツの話だ」

「ハーメルンの？」とオーカット。

「そうだ」

「街の連中は男にネズミを始末させておきながら、金を払おうとしなかった」

「ああ。払わなかった」

「それで男は笛を吹いて、子どもたちを街から連れ去った」

「子ども全員を。君にもその笛のようなものが入り用になるかもしれない」

「何がいいと思う？」

私は胸ポケットのなかの、コピーされたリストの紙をたたいた。「このリストに欠けている名前が二つある」

オーカットはいつもそんなふうだった。日曜大工のキットを前にして、同封された単純な図解はまったく見る必要がない。ただもう一度笑みを浮かべ、それ以上の意味合いをそこに込めることもできた。

「ドクター・コルファックスと、ミスター・フェトウィックかな？」

「そうだ」

「指摘してくれてうれしいよ。すごくありがたい。あんたの知性のレベルがよくわかる。でも僕らは契約の交渉をするかたわら、話題の紳士お二人の個人的背景や来歴も調べてみた。それでじつに興味深い情報をいくらか入手できた」

「なるほど」私は言った。「ひとつめの質問の答えはわかった。味方というのはつまり、ドクター・コルファックスとフェトウィック三世、それにこの二人は同情やら恐喝やら強要やらでコントロールできる人間たちだ。そうだろう？」

「まさしく」とオーカット。

「最後の質問は――ひとまず今夜はこれだけだ。ニューオーリンズの敵方だか一派だか一味のことだが。誰が仕切っている？」

「敵方のリストに載ってるよ」

「ざっとしか見てない」

「ラムゼイ・リンチだ」

私はカウチに深く身を沈め、豊かな緑色の布張りに頭をもたせかけた。しばらくのあいだ、かなり長く、天井をじっと見ていた。バニラアイスの色に塗ってある。ようやく言った。「ミドルネームはモンゴメリーか？」

「リンチのかい？」オーカットが訊いた。

「そうだ」

「僕には何とも言えない。この男の情報はだいたいホーマーが調べてきたものだし」

「だったら調べ方が足りなかったな」

「何と言った？」

「もっと調べるべきだった。ラムゼイ・リンチだ。それはやつの本名じゃない」

ネセサリーが鼻を鳴らした。「アトランタで十八ヵ月、その名前で食らいこんでる。連邦の世話になってるんだ」

「知ってる。だからといって、本名だということにはならない」

「ミスター・ダイ」オーカットが言った。「メロドラマはあまり好みじゃないんだ。何か言うことがあるなら……」と始めたが、そのセリフがわれながらつまらなすぎるというように途切れさせた。

オーカットを見た。濃い青色の目がいつにもまして冷たかった。表情も同じだった。

少しのあいだ注意深く観察しても、好ましいところは何ひとつなかった。

「それで？」彼が独特の、冷たい傍点つきのセリフ回しで言う。

「それで」と、まねをして言った。相手が二十六のくせに少し偉そうだと感じた以外、とくに理由はなかった。「やつの名はラムゼイ・リンチじゃない。本名はモンゴメリー・ヴィッカー。ジェラルド・ヴィッカーの弟だ。あのジェラルドだよ。香港から君に連絡をとって、私を推した男だ。まちがった相手を殺したせいで、私が首にしたやつだ」

12

私はジェラルド・ヴィッカーを引き継いだ。ヴィッカーはデスクとファイルキャビネットと文房具、そして三十六歳のメンフィス生まれの秘書（私の最初の秘書）を連れてやってきた。秘書はやがて極東でロマンスを見つけ、マレーシア出身のジンの飲みすぎでピンク色の顔をしたフォルクスワーゲンのディーラーと結ばれることになる。そのディーラーは男やもめで、あるとき何杯か飲んだあと、あんたの元秘書は歳《とし》はいってるがベッドのなかじゃすごいぞ、と打ち明けてきた。保険証書の書き方を教えてくれたのも彼女だった。

引き継ぎの件を伝えてきたのはもちろんカーミングラーで、あと三時間か四時間でサンフランシスコ行きの便に乗り、飛行機を乗り継いで香港へ向かうという段になってからだった。まるで共通の友人が転職したか、結婚したか、刑務所に入ったかというように、さりげなくヴィッカーの名前を出した。このとき私たちがいたのは、カーミングラーがいつも好んで使うような何もないオフィスだった。カンザスシティの郵便局のなかの一室だったのだが、いくら思い返してみても、わざわざカンザスシティで顔を合わせた理由はいまだに思い出せない。

　部屋は狭く、窓はひとつきりだった。面白くもない緑色のデスクとそれに見合った椅子が二脚、黒電話、大統領の写真があった。アイゼンハワー政権末期のもので、写真の大統領はまるでその職務を楽しんでいるように見えた。

「もちろん、君がすべて取り仕切ることになる」カーミングラーが言った。

「ヴィッカーはグライムズの下の、ナンバー2じゃなかったですか」

「たしかにそうだった。仕事ぶりもよかった」

「なのに私の下で、新入りとしてナンバー2になると？」

「何が言いたいのかはわかるが、心配には及ばない。だいじょうぶだ」

「もしそうなら、まともな人間とは思えない」私は言った。

　カーミングラーはパイプを二、三度ふかしてから、強調のためか安心させようというのか、それをこちらに振ってみせた。「ヴィッカーは問題ない。大戦中からのわれわれの古い仲間のひとりで、しばらく離れて、また戻ってきた。堅い男だ」

　カーミングラーは第二次世界大戦が終わったころは十四か十五のはずだったが、いつもCIAの前身の戦略事務局《OSS》のことを「古い仲間」とか「われわれ」と呼んでいた。彼のささいな欠点のひとつだが、時間がたつと、まあ許してもいいという気分になった。

「そのヴィッカーには、保険の知識があるんですか？」

「君とどっこいどっこいだが、秘書はちゃんと心得ている。名前はたしか、クレットだ」小さなレザースミスの手帳を取り出して確かめた。「フランシーン・クレット。ミス」

「ほかに驚きの知らせは？」私は訊いた。

カーミングラーがパイプの灰を落とせる灰皿はないかと見回したが、どこにも見つからず、紙くずだらけの金属製のゴミ箱に落ち着いた。この郵便局を燃やそうとしているのか、と一瞬ぎょっとした。

「君にとっては大変な抜擢《ばってき》だ」

「それはいやというほど念押しされてます」

「ヴィッカーはまちがいなく役に立つ。長年向こうにいて、顔も広いし、頭も切れる」

「だったら彼がこの仕事に就けばいいのでは？」

カーミングラーはパイプの火皿で、そばかすの散った大きなピンク色の鼻筋をこすった。以前にある人物が思慮深く、じつに際立っていると形容した鼻だ。ひと目見るとなかなか忘れられない鼻という意味なら、まさにそのとおりだった。「それも考えた」と、ようやくどこまで話したものかという内心での議論を終えて言った。

「で？」

「君のほうがこの仕事には適役だと判断した」

「やっぱり納得がいかない。ヴィッカーの何が問題なんです？　酒か博打《ばくち》か女か、口が軽すぎるのか、それとも経費をごまかして夜中まで遊び歩いているとか」

カーミングラーが笑い、長くて幅広で丈夫な、いかにも馬に似ていると思わせる歯を見せた。「いや、どれもちがう。ただ、われわれの見るところ――つまり――いささか野心がありすぎるというだけだ」

「それはそれは」私は言った。「きっと見た目もやせてて、飢えた顔をしてるんでしょう」

ファイ・ベータ・カッパの鍵《かぎ》を持ってはいても、カーミングラーの教育にはいろいろ穴があった。一瞬、驚いたような顔をしたあと、思案げにうなずいた。「ふむ、たしかにそうだ、言われてみれば。ちょっとそんなふうにも見えるな」

はなから順調にはいかなかったし、ヴィッカーも私ももうわかっていた。歳の差も関係していただろうが、それだけではない。向こうは四十で、私はまだ二十七だった。向こうは恩着せがましく、私は敬意が足りなかった。向こうはよくしゃべり、すばらしく弁舌巧みなこともあったが、私はほとんど耳を貸さなかった。向こうは細部に驚くべきこだわりがあり、私の無作法な態度が癇《かん》に障《さわ》るようだった。中国語は苦労して身につけたもので、私が苦もなく流暢《りゅうちょう》にしゃべるのに苛立《いらだ》った。向こうはこの世界のあらゆることに一家言持っていて、私が共感を示さないと不機嫌になった。なぜパテック・フィリップがロレックス・オイスターより優れているのか、なぜニコンがライカより優れていて、キヤノンがその両方に匹敵するのか、なぜ毛沢東の死から一年足らずでその記憶が消えてしまうのか。そういったことを一時間かけて私に聞かせた。抜け目がなく口が達者で、何ひとつ忘れなかった。見事に嘘《うそ》をつき、いつも何かしらやきもきしていて、OSS時代の勤務でいかに悲劇的な経験をしたかを漠然と口にした。度を越した野心の定義そのものの男で、私は危険を感じ取ってはいたが、やっと逃れられたのが三年と八ヵ月たった八月のある日のことだった。

八月の中旬、十五日ごろだった。午前中に当時の新しいオフィスへ出向くと、ヴィッカーはもうデスクに着いていた。畢打街《ペダーストリート》にあるミネアポリス・ミューチュアルの、そのころとしては高級な中心街の新社屋だった。ヴィッカーを黙らせるためだけに借りたのだが、移転したのは当社が記録的な急成長を遂げたからだというプレスリリースを彼が出したがったときには辟易《へきえき》した。

そのヴィッカーが私の部屋へ入ってきた。手に持ったコーヒーカップには、漢字で注意深く書かれた〈ヴィッカー〉の文字がつやつや光っている。彼は持ち物に自分の名を入れるのが好きで、シャツもネクタイもライターもシガレットケースもモノグラムだった。椅子の一脚に腰を下ろし、私のデスクに足を乗せる。そうするとこちらが苛立つのを知っているのだろう。

「今朝は幸運だった」と、こちらが理由を訊《き》くしかないような言い方をした。実際この種の、私が知らなくて質問せざるを得なくなるような朝一番のフレーズを、前の晩に夜中まで起きて考えていたこともあったのじゃないだろうか。

「それはよかった」

「私が早く出てこなかったら、やつの電話を受けそこなうところだった」

「それほどいつも早かったら、人生の大レースでも幸先《さいさき》いいスタートが切れるわけだ」そうすれば、自分と私の両方に宛《あ》てて届いた郵便物を先に読むチャンスも生まれる。

「やつは五千ほしがってる」

「なかなかお買い得では？」

ヴィッカーは足を下ろし、濃いオレンジ色のローシルクのジャケットの襟からついてもいない糸くずを払った。コーヒーカップを私のデスクの上の、確実に円い染みのできそうなところに置いて、銀のライターと煙草《たばこ》入れに手を伸ばす。身長と体重は私とほぼ同じだが、私はいつもこの男がやせぎすで、自分のことは骨と皮のタイプだと思っていた。ヴィッカーはなめらかな楕円形《だえんけい》のきれいに日に焼けた顔をしていて、黒い髪は濃い直毛だった。あの時代にしては長めに伸ばした髪を秀《ひい》でたひたいの上にくるりと巻いたように垂らす、何年もあとに流行するスタイルにしていた。深くくぼんだ目は濃い褐色で、大嘘をついている最中でもまったく動かさずにいられる。それに眼鏡が要らない人間特有の冷たい光があった。航空会社の五十代のパイロットがよくこういう目をしている。鼻は直角三角形で、薄い唇の上にはよく整えられた口ひげをたくわえ、昼食のときにはたまになめたりしている。あごだけはどこから見ても目立ったところはない。

ヴィッカーは煙草に火をつけると、ケースとライターを元あった場所へ戻し、茶と緑のフーラードのネクタイに煙を吹きかけた。「やつは君の担当だろう」

「そうだったかな」

「敵側がやつを狙《ねら》っている」

「なるほど。で、やつというのは？」

「白俊良《パイ・チュンリャン》だ」

「五千の価値はないな」

「香港ドルでだ、米ドルじゃなく」

「それでも同じだ」

「シンガポールへ行きたいらしい。シンガポールに親戚《しんせき》がいると言ってな」

白俊良は中国銀行《バンク・オブ・チャイナ》に勤める中年男で、真偽の程度はピンキリの新しい細切れの情報をこちらへ流していた。たとえば、彼の勤める銀行は北京《ペキン》政府の金融部門というほかに、香港における外交と諜報《ちょうほう》と文化活動の本部でもあり、六千百二十九挺のライフルとカービン銃、十万発の弾薬、百九十七個の手榴弾《しゅりゅうだん》、四ヵ月の籠城《ろうじょう》に耐えられるだけの食糧が備蓄されている。そんな包囲戦を誰が仕掛けるというのか、白は言わなかったし、当てずっぽうも言わなかった。とはいえ、彼がもたらす北京の金融取引関連の情報は、重要とはいえなくても興味深いものだったので、私たちはその労に報いるだけの報酬を払っていた。

「白はいつ電話を？」私は訊いた。

「八時十五分ごろだ」

「どんな様子で？」

ヴィッカーは少し考えた。「必死な声だったな。パニックじみてすらいた」

「狙われてるとどうしてわかったんだろう？」

「それは言わなかった。ただ狙われているとしか」

白は気の小さい、百五十センチそこそこと中国の基準でも小柄な、花や彫刻が好きな男だった。私たちにあの銀行の内通者が必要になったとき、ベストだと思えたのが白だった。妻が病気に冒され、白にはとても治療費を払えない名医の執刀が必要だと知って、私は彼に近づいた。きっかけは、あるカクテルパーティーの会場でぼんやりしていたら、医者が珍しい患者のことを話しているのが耳に入ってくる、というあれだ。白の夫人もそうした珍しい患者のひとりで、その夫が中国銀行に勤めていると聞いたとたん、私は耳をそばだてはじめた。そしていつものように作り話を並べて、白に連絡をとった。彼と取引をした。妻の命と引き換えに、興味深そうな情報を提供させる。白は彫刻よりも花よりも、夫人を心から愛していたと思う。そしてこちらが戸惑うほどありがたがり、金のかかる外科医の手術のかいもなく妻が死んだあともそれは変わらず、どうすればこの恩を返せるでしょうかとたずねてきた。私が話すと、彼は快諾した。そこには感謝の念と、銀行が妻の病気に対してほとんど何もしてくれなかったことへの憤《いきどお》り、そして何よりも、ひと月あたり五百香港ドルを支払うと私が約束したことが理由にあった。

というわけで白俊良も、公僕を籠絡する私の手ぎわを示す生きた実例だった。彼の上役たちはどうして突き止められたのか。そもそもほんとうにわかっているのだろうか。白はただ香港にあきあきして、八月末のシンガポールはさぞ快適だろうと思ったのかもしれない。そして私から五千ドルをせしめられれば、想像していたよりもさらに快適に過ごせると考えたのかもしれない。

もちろん、白が事実を言っている可能性はある。だとしたら、彼はじきに、私たちのことをあちら側に告げることになるだろう。向こうがまだ知らないことは大してないとはいうものの、こちらとしてはあれこれ手を尽くしてボロボロになった偽装を維持する必要がある。

「彼に金を払おう」私はヴィッカーに言った。

「その価値はないと、いま言ったばかりだぞ」

「ないが、それでも払う」

「もちろん」ヴィッカーが思案げに言った。「罠《わな》ということもありうる」

「たしかに」

「以前から思ってたが、あの小男は信用ならない」

「疑うとしたら、長いリストの一番下だな」

電話が鳴り出し、出てみると白だった。「ミスター・ダイ？」と穏やかな、内気そうな声が問いかけ、私はそうだと答えた。

「今朝早く電話したのですが」

「いま使っているのは安全な電話か？」

「ええ。とても安全です。今朝は仕事にも出ていません」

「なるほど」

「いくつか重要な情報があります」

「銀行の件で？」

「イエスとも、ノーとも。ただ向こうはもう疑っているし、私のこの情報はあなたにはとても大事なものです。あなた個人にとって」

「それで五千ドルほしいと？」

「ええ。どうしても必要でなかったら、こんなことは頼みません。シンガポールまで行かなくては。シンガポールに親戚がいます」

「そう聞いている」

「ああ、はい。今朝ミスター・ヴィッカーと話しましたから。あなたの信頼できるお仲間なのでしょう？」

「そのとおりだ」

「そうですか」

「いいだろう、ミスター白《パイ》、いつどこで会う？」

白は摩羅上街《キャットストリート》にある店の名を出した。以前に二度、その安物骨董《こっとう》の店で会ったことがあった。価値の疑わしい彫刻や漆器や陶磁器、中国の野生馬をかたどった明《みん》代の置物のひどく粗悪な写し、大小とりどりの銅鑼《どら》、それにお決まりの巻物でいっぱいの場所だ。そこの主人である老人は私たちが来ると、必ずドアに錠を下ろして自分は出ていった。彼に一時間店を空けさせるのにかかる額は、百香港ドルだった。

「ほかに何か？」私は訊いた。

「ひとつだけ、ミスター・ダイ。くれぐれもひとりで来てほしいのです」

「わかった」

電話を切って、ヴィッカーを見た。「私ひとりで来るようにと言ってる」

ヴィッカーは薄く笑ったが、ほとんど表情は変わらなかった。「なら、私も行ったほうがいいな」

「かもしれない」

「どんな声だった？」ヴィッカーが訊く。

「あんたが言ったとおりだ。必死で、パニックじみていた」

私たちが店に着いたのは、約束の十時より少し前だった。老店主に百ドルを渡すと、彼はドアを施錠しないまま、白が来たら錠を下ろすよう私に約束させて、帰っていった。

「白が怖気《おじけ》づくようなら、私は奥にいたほうがいいかもしれん」ヴィッカーが言った。

店の奥に狭くて息苦しい、老店主がときどき昼寝に使っている部屋があった。壁に十五センチほどののぞき穴があり、竹を薄く割ったぺらぺらの覆《おお》いで隠されていた。

店の主人が机がわりに使っている六百年前のテーブルのそばに立ち、いつものように混雑している摩羅上街を眺めた。鼻をすすると、ふっとアヘンの匂《にお》いがした。気のせいかもしれないが、摩羅上街ではそうともいいきれない。白俊良が人ごみをぬって歩いてくるのが見えた。白いリネンのスーツを着て、プラスティック製のブリーフケースを小《こ》脇《わき》に抱えている。店の入り口の前で立ち止まり、左右を注意深く見回すと、体をすべりこませた。工場で配る週給の現金を持ち逃げしてきたようにしか見えなかった。この仕事に生まれついた人間ではないのだ。

「ミスター・ダイ」白が言った。「お変わりないですか？」

「もちろん」

「こんな急な呼び出しで来てもらって、恐縮です」

「時間が最も貴重なのは、それが急に足りなくなった人間だ」私は適当に思いついたセリフを言った。

白はうなずき、こわごわとまわりを見回すと、何か言おうとしかけた。金のことだと思ったので、ばつの悪い思いをさせないうちに、封筒を手渡した。相手はなかを見ようともせず、急いでブリーフケースにしまった。おたがいの信頼関係を物語る行為だ。

「こちらの情報はきわめてデリケートな性質のもので」白が言った。「どこから話せばいいか——」

白に話すチャンスはなかった。私が施錠し忘れたドアが勢いよく開き、ずんぐりした中国人二人が店に飛びこんできた。何事かつぶやいていたが、私には聞き取れなかった。白俊良にも聞き取れなかったにちがいない。その前にヴィッカーが白を、胸に抱えていたブリーフケースごと撃ち抜いたからだ。ずんぐりした中国人たちが私を見て、拳銃《けんじゅう》を持っていないとわかると、白に目を向けた。彼は床の上に倒れ、まだ胸にブリーフケースを強く押しつけていた。二人とも短銃身のリボルバーを取り出した。ひとりが銃を振りかざし、白を足でつついてから、もういいと片割れに言った。片割れはうなずいて白の上に屈《かが》み、ブリーフケースを取り上げた。二人とも、白が死にさえすれば誰が撃ったかはどうでもいいというようだった。二人はドアまであとずさり、人ごみのなかへ消えた。

私は白の上に屈みこんだ。まだ死んではいなかった。目を開いて、一度咳《せ》きこむと、たまらない痛みが走ったようだった。それからかすかな声で言った。「ミスター・ダイ、あいつらは知らないはずだ……たぶんそっちの、ミスター・ヴィッカーが――」彼は最後まで言い終えられなかった。ヴィッカーが何を言ったのか、何をしたのかを察していたとしても。一度咳きこみ、そのままこと切れた。

立ち上がったとき、ヴィッカーが店の奥から出てきた。私は彼を見た。ことが自分の予測どおりに運んだときに見せる、あの悦に入った調子で軽くうなずいていた。

「やはり罠だ」彼は言った。「言ったとおり——」

「撃つ必要はなかった」

「おい、やつは君を罠にかけたんだぞ。あの二人の前で、君の正体をタレこもうとしていた。私が撃たなかったら、君はいまごろ広東へ連れ去られてるところだ」

「あの二人は私を放っていった」

「それは白が死んだからだ、やつが君の正体を明かしていたら、そうはならなかった」

へたな嘘だが、堂々たるものだった。暗い褐色の目は小揺るぎもせず、その声からは誠意がぼたぼたとあふれ落ちていた。「おい、いいか、ダイ、やつが何を企《たくら》んでたかは子どもにだってわかるぞ」

「あんたは白が何を言ったか聞いてない。死ぬ直前に」

「何と言った？」

「三つのことを言った」こちらも嘘をつこうと決めた。「ひとつめは、あんたが裏切ったということ。二つめは、あんたが今日のことを敵方に漏らしたということ。三つめは、あんたはもう終わりだということ。すべてそのとおりだと思う」

「こいつを信じるのか?」ヴィッカーが言った。マルシアーノならクレイを三ラウンドで片づけられるというお得意の主張に私が異を唱えたときと同じ、気分を害した口調だった。

「彼はもう死にかけていた。どうして嘘をつく?」

「君もそこまでナイーブじゃないだろう」

「どうだろうか。だがそのあと、彼は別のことも言った」私は言いながら、自分も嘘をつくことにかけてはまんざらでないと感じていた。

「何だ?」

「あんたはミスをしたと言った。私もそう思う」

ヴィッカーは動じなかった。ただ眉《まゆ》をひそめただけだった。左の眉を。「どんなミスを?」

ヴィッカーは実際に多くのミスを犯していたし、そのうちいくつかは本人にもどうしようもないものだった。私が彼をあまり好きでないというのもひとつだが、まだほかにもあった。ひとつは、私たちが白に会いに出かける直前に、彼がオフィスから電話をかけたことだ。するとあのずんぐりした中国人二人が現れた。あれはたまたまのミスだったといえるかもしれない。それからヴィッカーは白に責めを負わせた——中国のコミュニストたちがすでに私の正体を知って、彼らに捕らえさせようとしたのだと。これは馬鹿《ばか》げたミスといっていい——まったくヴィッカーらしくない間抜けなミスだ。最後のひとつ前のミスは、白が考えていたことを私に話す前に、彼を射殺してしまったことだ。これは区分するなら、腹立たしいミスといえるだろうか。それでも私はこの時点で、そうしたミスすべてについて彼に話すつもりはなかった——ただ、彼が犯した最後の、そして最悪のミスのことだけを伝えた。

「あんたは撃つ相手をまちがえた、白はそう言ったよ、ジェラルド。それがあんたの大きなミスだ。かわりに私を撃てばよかったんだ」

13

日本軍が接収し、刑務所に転用していたブリッジハウス・アパートメントで、私はアルファベットの読み方と、ある名前の書き方を覚えた。アルファベットは普通どおりだが、名前のほうは私に新しくつけられたもので、ウィリアム・スモールデインといった。著名なアメリカ人通信記者、ゴーマン・スモールデインの長男である。

十二月八日に私たちを逮捕した日本人は、スモールデインにタンテ・カテリンのクライスラーの運転をまかせ、四川路《シェズワンロード》橋を渡ってブリッジハウスの敷地内に入らせた。虹口《ホンキュウ》区の中央郵便局から二ブロックほどのところだった。運転しながらスモールデインは隙《すき》を見て、送信できなかった二千語の原稿を渡してよこした。私はそれを床に落とし、前の座席の下に蹴《け》りこんだ。見つかりはしなかったはずだ。もし見つかっていたら、スモールデインは一流のスパイか、預言者もどきのペテン師として処刑されていただろう。

その朝のブリッジハウスには、外国人の一団がいた。着の身着のままの者もいて、みんな少し戸惑い顔だった。ずっと〝パール・ハーバー〟のことが話題になっていたが、私には何のことかわからなかった。それよりも全員がポケットの中身を、日本人の将校二人、大尉《たいい》と少佐が座っている机の上に空けていくのを眺めているほうが面白かった。

「よく聞け、ルシファー」スモールデインが私にささやいた。「おまえはいまからウィリアム・スモールデインだ。俺の一人息子だ。わかったか？　ウィリアム・スモールデインだぞ」

「ウィリアム・スモールデイン」口にしてみて、その響きに少し気分が浮き立った。当時ですらルシファーという名はあまり好きでなかったのだ。将校二人の前まで来ると、大尉がスモールデインに、ポケットの中身を出せと言った。二人は細々した品を茶色の封筒に入れていき、最後にベルトを外せと命じた。

「その子どもは」大尉が訊いた。「息子か？」

「はい」スモールデインが言った。

「子どものポケットも空けさせろ」

中身は私の自慢のコレクションだった。ラッキーストライクのハーフパック、セインチの刃の飛び出しナイフ、糸巻きの芯《しん》、いかがわしい写真四枚、糸くずのこびりついた生姜《しょうが》の砂糖漬け、浴槽の栓の鎖、蠟《ろう》マッチの箱、インディアン頭像のついた一九〇二年製ペニー硬貨、紫色のクレヨン、三匹の子豚と悪い狼《おおかみ》をかたどった動かない懐中時計。

日本人の大尉はいちいちリストにして、生姜の切れ端まで書きこみ、官製封筒に入れて封をした。写真だけは別で、それを見てにやりと笑うと、二枚は自分用にとっておき、残り二枚を少佐に渡した。

上海の冬は寒く、私はずっと大事なコーデュロイのニッカーボッカーを穿《は》いていた。それに厚い毛糸の靴下、茶色のくるぶし丈の靴、フランネルのシャツ、毛糸のセーター、チェックの毛糸のランバージャックコート、赤いニット帽、長袖《ながそで》の下着。それだけ着込んだいちばん下に、手作りの胴巻を着けていた。古いピローケースから苦労して自分で作ったものだ。中身は米英の通貨で千ドルほど。すべて酔っ払いたちからくすねた稼ぎで、ずっと肌身離さず、寝るときでも腰に巻いていた。

日本人将校たちが別の用紙を取り出して、スモールデインに質問を始めた。出身地に国籍、職業、年齢、上海に住んでいる年数。スモールデインは素直にぜんぶ答え、自分からありもしない情報をしゃべった。前妻だという女性のことも、私に新しくできた母親のことも。その後妻は一九三四年、サンフランシスコで起きたコレラの大流行だかで死んだらしい。日本人たちはその話を信じたようだった。

ひととおり質問が終わり、書類にサインをさせた。ついで私にペンを渡してよこしたが、スモールデインはそれを取り上げると、日本人将校たちに向かって悲しげに首を振り、自分のひたいをとんとんとたたいてみせた。ここがあまりよくない、という万国共通のジェスチャーだ。日本人たちは同情していると見えなくもない表情でうなずき、かわりにスモールデインにサインさせた。それでも二人分の指紋は採るように言った。

日本人の看守二人に引き渡されると、ドアをひとつ抜け、旧ブリッジハウス・アパートメントの一階の奥へ向かった。その階はもともと小さな店が入る作りだったが、どの区画も監房に転用され、分厚い扉には鎖と錠と閂《かんぬき》の棒が掛けられていた。看守に連れられていった先に、日本人の軍曹がいた。看守長らしく、簡素な木の机の向こうに座っている。背後の壁には、いろんな人間の名前だろうと思えるものが中国語やその他の言語で書かれたリストが貼《は》ってあった。というか、あとでスモールデインからそう教わった。

「なんてこった。何ヵ月も前からここを用意してたのか。あれだけ時間をかけて探り回ったのに、誰ひとりこの場所のことは嗅《か》ぎつけてなかった」スモールデインは根っからの記者だった。看守長が静かにしろと言った。

ブリッジハウスのなかは冷え冷えとして、薄暗かった。看守長はこちらをじっと見たあとで、重さ三キロはありそうな鍵の束から何本か選び出した。看守たちについてくるよう合図すると、私たちは背中を小突かれながら廊下を進み、監房のひとつの前まで来た。看守が二つの錠に鍵を差しこんでひねり、閂を奥にずらして鎖を外すと、身振りでなかに入れと言った。やがて後ろで扉がガタンと閉まった。私たちだけではなかった。縦五・五メートル、横三・七メートルの監房のなかには、ほかに三十人くらいの人たちがいた。スモールデインは私の手をつかんで引っぱっていき、なんとか壁ぎわに寄りかかれそうな場所を見つけた。

監房のなかの人数を数えてみた。合わせて三十三人で、女が十一人いた。国際色豊かな取り合わせだった。イギリス人とアメリカ人と中国人、韓国人が一人、カナダ人が四人。メキシコ人だと名乗る赤毛の男もいたが、私はタンテ・カテリンの忠告を思い出し、信じないことにした。日本人たちも信じていなかった。

「どなたか、パール・ハーバーでいったい何があったのか教えてくれませんか？」スモールデインが言った。

　すると何人か、その日の朝に上海でラジオを聴いていた人たちが話してくれた。一九四一年十二月八日――パール・ハーバーの現地では、国際日付変更線の関係でまだ十二月七日だった。日本軍がマレー半島の東海岸に上陸したと聞いた人もいて、スモールデインは落ちこむと同時に高揚していた。「ちきしょう。先週中に送ってさえいりゃ、いまごろ記事の依頼が十五件は入ってきて、こっちの言い値でやれたのに」

「刑務所から戦争のレポートを送ったりしたら、すごい問題になるんじゃないの？」

私はいちばん論理的になれるフランス語で言った。

「昼寝したらどうだ。しばらく起きなくていいぞ」

　食事は一日二回で、監房の扉に開いた三十センチほどの穴から押しこまれてきた。最初のは椀《わん》いっぱいの米に身欠きニシンの頭三つが乗ったもので、これは温かかった。二度目も同じもので、ただし冷たかった。三度目はなし。これよりずっと上等な食事で育ってきた私は、一日目はひと口も食べようとしなかった。スモールデインは肩をすくめ、私の椀に手を伸ばし、魚の頭もろとも平らげた。二日目以降は私も、食べられるものもそうでないものも残らず食べつくした。

　ブリッジハウスに来て一週間たったころ、日本人がスモールデインを呼びにくるようになった。連れていかれて戻ってきた彼は、あざができていたり、目のまわりを黒くしたりしていた。歯が一本欠けていたこともあった。左側の下の歯が。

「あいつら、俺を上海版紅はこべ《スカーレット・ピンパーネル》とでも思ってるらしい」スモールデインが言った。スカーレット・ピンパーネルが誰だか知らないと私が言うと、それから三、四日かけてその物語を話して聞かせながら、セリフに改良を加えていった。まわりの囚人たちも熱心に聞いていた。どのみちほかにやることもなかった。

ブリッジハウスの刑務所には十五か十六の監房があり、どの房も三方は窓のない頑丈な壁だった。前面には直径十五センチほどの太い木の棒が数センチ間隔で縦に並んでいた。扉は木製で厚さ十センチはあり、開けられるたびに鎖と木の棒がぶつかってガチャガチャとやかましい音をたてる。その音は何年も耳について離れなかった。

隅に置かれた木箱が便器だった。女が使うときには、男たちが必ず背を向けるか、そっぽを向くかした。夜になると中国人の囚人たちがそれを空けにいく。少しでも監房の外に出られる機会なので、自分がやるとよく言い争いになっていた。

上海の虹口区は一九三七年から日本軍の支配下にあったため、ブリッジハウスの刑務所の存在を秘密にするのにさほど苦労はなかった。私の知ったところでは、パール・ハーバー以前、フランス租界や共同租界から急に姿を消した中国人を収容するのに使われていたらしい。同じ房にいた中国人のうち二人は、あまり長いあいだいるせいで、もともと何の罪で入れられたのかも忘れてしまった、とスモールデインに言っていた。

　私の見るかぎり、日本人が外国人のなかで殴ったのはスモールデインだけだったが、看守たちは中国人には定期的に手を出し、よく好んで一×四インチの厚板を中国人の頭に叩《たた》きつけていた。中国人なら誰でも。それがお気に入りの訓練だったようだ。初めの一ヵ月は、スモールデインを別にすると、私たち外国人は無頓着《むとんちゃく》に扱われていたが、その後何かお達しがあったらしく、当たりがきびしくなった。ブリッジハウスの監房には暖房は一切なく、暖をとるにはシラミだらけの薄い毛布の下で、たがいにぴったり身を寄せ合うしかなかった。スモールデインがシラミを爪《つめ》と爪のあいだで割って殺す方法を教えてくれた。ただ押し潰《つぶ》そうとしても死なないのだ。日本人の看守はシラミのことで笑っていた。それを笑いのタネにしていないときは、右脚を銃剣で刺されたある中国人の囚人のことでげらげら笑っていた。傷口は壊疽《えそ》を起こし、その中国人はうめき声や悲鳴をあげつづけて死んだ。

　新しい規制が敷かれ、囚人どうしの私語も禁じられたが、日本人たちもよほど暇なときでもなければ、そう残酷な接し方はしてこなかった。だが毎日のように新しい囚人が大勢、監房に押しこまれるので、私たちは列を作って座るしかなくなった。そのほうが四時間ごとの人数調べも楽になる。みんな膝《ひざ》を胸に引き寄せて座り、大まかに東京の方角、おそらくヒロヒトのいるほうに頭を下げた。罰を加えるというときは日本式の正座をさせられた。私はそれほど大変ではなかったが、年かさの囚人たちは血行がひどく阻害され、六、七時間もそうしているとあとで何日か歩けなくなることもあった。

囚人は一人ずつ、二日に一度は調べられた。私をのぞいて全員が。看守たちはなぜか、子どもが何か隠しているとは思わなかったらしい。刑務所に入れられて一ヵ月後、初めて胴巻のことをスモールデインに話した。

「何を持ってるだって？」彼は言った。ほかにも信じられないとかなんとか小声でささやいたはずだが、もう覚えていない。

「胴巻だよ。お金が入ってる」

「いくらだ？」

「ポンドの価値って、いまどれくらいだっけ？」悪ガキの両替屋は言った。

「ああくそ、知るか、一ポンド五ドルで数えろ」

「じゃあ千二百と七十五米ドル」

「まさか」スモールデインがつぶやくと、姿勢を崩して多少ともくつろいだ姿勢をとり、この棚ぼたの資金をどう活用したものか考えをめぐらしはじめた。

一九四一年のクリスマスには、タンテ・カテリンが食べ物を詰めたバスケットを差し入れてくれた。中身はローストチキン三羽に、煙草、ブランデー、缶詰、どこかで調達してきたプラムプディング、キャンディ、ナッツ、それにフォアグラのパテを挟んだ上品なサンドイッチが五十個ほど。日本人の看守のひとりが監房の扉の小さな窓を叩き、大声でスモールデインを呼んだ。彼が扉の前まで行くと、看守はバスケットのなかの品をひとつずつ見せた。それから自分でチキンの脚をちぎり取り、くちゃくちゃと噛《か》んだ。つぎにはキャンディを試してみた。それも気に入ったらしかった。最後にサンドイッチのひとつをかじったが、パテが気に入らず、ペッと吐き出した。「そら」と言って、サンドイッチをぜんぶスモールデインに押しつけた。スモールデインはそれを持って私のところへ戻ってきた。

スモールデインはサンドイッチを食べるのには興味を示さず、ただパンに挟んである具を調べていった。十何個目かのサンドイッチを開けたとき、目当てのものを見つけた。タンテ・カテリンからの手紙だった。

「ねえルシファー、結局、クリスマスディナーになってしまったみたいね」私は頭を左右に振って、監房全体を示すような身振りをした。みんなそのころにはすっかりみすぼらしくなり、薄汚れて寒く、ありえないほど空腹だった。ほとんどの囚人は汚れた毛布のなかに座るか、ひざまずいて身を寄せ合い、落ちくぼんだ目でサンドイッチの山を眺めていた。とくに目も当てられないのは中国人の囚人だった。自分たちがこの幸運を分け合えるとはかけらも思っていなかったのだ。こちらを見ては目をそらし、また見るのを繰り返していた。見ずにはいられないのだった。

「ああ、くそっ」スモールデインが言った。サンドイッチを四個取って、残りを私によこした。「ほら、タイニー・ティム。スクルージごっこができる最後のチャンスだ」

「それって誰のこと？」

「まずサンドイッチを配ってこい、そしたら話してやる」

私は汚れた床の上を這《は》っていって、どれもパンの耳をていねいに切り落としたフォアグラのパテのサンドイッチを配って回った。ありがとうと言うひと、メリー・クリスマスとか神のお恵みをと言うひとがいた。ただ黙って私の手からひったくり、自分の口に押しこむひともいた。

「タンテ・カテリンはなんて書いてきたの？」自分のいる列まで這って戻ってから、スモールデインに訊いた。

「自分で読め。いや、読めないんだったな。アメリカに向けて出るある船に、外国の民間人が日本の民間人と交換で乗りこめるらしい。わかったか？」

私はうなずいた。

「ケイトは俺たちがその船に乗れるように掛け合ってくれてる。スイス大使館にも、杜のところにも、思いつくかぎりのところへ行って。金もかなりかかった。もちろん、金額も言ってきた」

私はまたうなずいた。「だよね。いくら？」

「これまでで、六千米ドルだ」

私は胸をゆさぶられた。その金額にというよりも、タンテ・カテリンが半年ごとに複利八パーセントで、早いうちに返済される保証もないドルを進んで手放してくれたということに対して。私は泣き出した。刑務所に入れられてから泣いたのは初めてだった。

「何だ、何がどうしたっていうんだ？」

「家《うち》へ帰りたい」

「おまえの家はもうアメリカだぞ、ぼうず」

「知ってるひとなんて誰もいないよ」しゃくり上げながら言った。「二七番地へ、タンテ・カテリンのところへ帰りたい」

スモールデインはため息をつき、私の肩をたたいた。「もう無理なんだ」

「どうして？」

「あそこは今日、閉鎖された。ケイトがそう書いてきた。あの娼館《しょうかん》はもう、おまえの家じゃない」

八歳で刑務所送りになって、ちゃんと覚えているひとつきりの家がなくなったと聞かされるのは、実際ショックなものだ。私はしばらく呆然《ぼうぜん》としていたと思うが、そのうちめそめそするのをやめ、盛大に泣きはじめた。スモールデインは私の肩をぽんぽんとたたきながら、少しきまり悪そうな顔をしていた。申し訳ないと同房の人間たちにうなずいてみせ、何人かはうなずき返した。同情するように、もしくは迷惑そうに。それでも誰も文句を言わなかった。しまいにはスモールデインが私の感情表現にあきあきし、身を乗り出してくると、広東語で耳もとにささやいた。「おい、タマなしの鈍亀《どんがめ》チビ、いい加減に黙らないと、あのデブの日本人看守に一晩おまえを売るぞ。けっこうな額で買うと言ってきてるんだ」

私は黙った。

「それでいい。じゃあ勉強の時間だ。まずアルファベットからな」

アルファベットを暗記するのに一時間、床の土や泥の上に指でウィリアム・スモールデインと綴《つづ》る方法を覚えるのにまた一時間かかった。どの文字がどれだかわからなかったが、一時間後にはかなり上手《うま》く書けるようになった。

「これがぼくの新しい名前？」

「そうだ」

「ねえゴーマン、別のものも教えてくれるかな？」

「何だ？」

「ルシファー・クラレンス・ダイってどう書くか教えてくれる？」

彼がふっと笑いかけた。どこか悲しげな笑みだった気がする。それからうなずいて言った。「いいとも、ぼうず。いずれまた入り用になるかもしれないしな」

14

向こうは時間を無駄にはしていなかった。シカモア・ホテル（スワンカートン随一の歴史と高級感を誇る）の私の部屋で、ベルボーイにカラーテレビの使い方を教えられもしないうちに電話が鳴った。私は一ドルに笑みを添えてもういいと会釈してみせ、緑色の受話器を取った。

「ミスター・ダイでいらっしゃいますね？」女の声が言った。

「ああ」

「少々お待ちください、ミスター・ラムゼイ・リンチにおつなぎします」

わかったと言ってから少しすると、リンチがしゃべり出した。声は兄と同じようになめらかで柔らかかったが、より深みと自信があり、つっかかるような感じは少なかった。嘘つきには向いた声だし、きっとその筋の達人なのだろうと反射的に感じた。

「ようこそスワンカートンへ、ミスター・ダイ」

「どうも」

「あんたがうわさの人物だと聞いてるよ」

「誰から?」

「それは、あちこちからね」

「あちこちというのは場所で、人間ではないな」

「つまり、兄のジェラルドがあんたのことを知らせてきたんだ」

「やはりそうか」

「知るかぎりあんたが最高だと言ってね」

「何が最高なんだろうか?」

リンチはくつくつ笑った。豊かで温かみがあってくつろいだ、太っていてもうそのことを気にしなくなった男の笑い声だった。「もちろん、本人からもよろしくとのことだ。ジェリーはあんたを強力に推したと言っていた」

「そう聞いている」

「驚いたかな?」

「そこまでじゃないだろうが、ジェラルドはいつも驚かせてくれる」

リンチがまた楽しげにくつくつ笑った。「ガキのころからだよ。つぎに何をするか予想できない。だが、電話した本当の理由は、われわれのほうで今日の午後にちょっとした方針説明会があるので、あんたにも参加してもらえるとありがたいということでね」

「方針とはどういう？」

「街の運営方針だよ、ミスター・ダイ。これから何ヵ月か、何かと面倒なことがありそうなので、われわれでローカルルールを決めておこうと思うんだ」

「地元《ローカル》の、あんたたちのルールということだな」

リンチはそれも面白いと思ったようだが、さっきほどではないのか、笑い声は三、四度の鋭い、喉《のど》の奥から吠《ほ》えるような声になっただけだった。

「で、返事はどうだろうか？」

「わかった。何時から？」

「いまから一時間ほどあと、五時ごろだ」

「場所は？」

「私の住み家だが、心配ない。こっちから迎えをやろう。八一九号室でよかったかな？」

電話の表示を見て確かめた。「八一九だ」

「楽しみにしてるよ」リンチは別れのあいさつをすると、電話を切った。

しばらく電話のそばに立っていたが、また受話器を取って、ヴィクター・オーカットにつないでくれと言った。するとキャロル・サッカティが出た。彼の部屋はどんな理由があってか、第一次世界大戦の撃墜王にちなんでエディ・リッケンバッカー・スイートと呼ばれていた。もしかするとその本人が、まだセオドア・ビルボ・スイートと呼ばれていたのと同じ部屋に泊まったりするのだろうか。

「そっちの部屋は快適かい？」電話口に出るなり、オーカットが言った。

「なかなかいい。敵方の親玉がさっき電話をよこした」

「リンチか」それは質問ではなかった。そう言ったのはただ事実を確認し、自分の頭を回転させてあらゆる情報の意味を選り分ける猶予《ゆうよ》を持たせるためだった。

「今日の午後、五時に会いたいと言ってきた。こっちのほうでは夕方と言うのかもしれないが」

「夕方だよ」とオーカット。

「了解だと答えた」

「いいね」

「ここでのローカルルールとやらを決めたいらしい」

「そんなものはないさ」

「だろうな。ただおたがいに値踏みをする顔合わせというところか。ほかにも何人か来ると言っていた」

「ほかには何か？」

「ジェラルド・ヴィッカーは自分の恨みを弟に晴らさせたがっていて、弟のほうはどのくらいの面倒が持ち上がりそうか見きわめたいんだろう」

「それがひとつ」オーカットが言う。「もうひとつは、あんたを金で買えるかやってみようってことじゃないかな。いくらだったら乗る？」

「私の古巣への忠誠心を忘れてるぞ」

「またからかってるのかい。そういうのは好きだよ。こっちはあんたが帰ってくるのを待ってるから、そのあとでみんな一緒にディナーに行こう、とにかく美味《うま》い店を知ってるんだ」

「片づいたら電話する」私は言って受話器を戻し、オーカットの言うとにかく美味い店にも気をつけなければと思った。舌の味蕾《みらい》は豊かな風味を味わえるが、胃のほうはまだ臭い魚とべちゃべちゃの飯を待ちかまえている。その期待が裏切られると、胃が反乱を起こすのだ。ゆうべもサンフランシスコで二度ばかりそうなったように。

シカモア・ホテルの八一九号室は角部屋で、マルセイユ大通りとスノウ通りを見晴らすことができた。スノウはダウンタウンの目抜き通りだとのことだが、天気ではなくスノウという名の人間にちなんだ命名だろう。ホテルは築後六十年か七十年はたっていそうな、どことなくヨーロッパ風の建物で、中央が垂直に空いた正方形の空間を作っていた。どの階の廊下もその四角い空洞の周りを取り巻いていて、酔っ払いがロビーまで転落するのを防ぐものは腰丈の鉄の手すりしかない。ロビーから九階上に位置するホテルの天井はすりガラスで覆われ、昼間はフィルターがかかったような柔らかい光がなかなかに差しこみ、大量にある鉢植えをいっそう緑豊かに見せていた。なかなかよくデザインされたホテルで、家具調度も快適だし、広々した部屋の高い天井にはセントラル方式の空調を補うための立派な扇風機があった。これを両方とも最大で稼働させたら、よほど厚着をしていないかぎり肺炎になる見込みはかなりのものになりそうだ。八一九号室のバスルームは、その辺にあるモーテルのシングルの部屋に見合った広さで、備品もかなり新しく、ビデまでついていた。シカモアの高齢者への配慮については誰かが相当な金額と思い入れをかけたらしい。

カーミングラーから渡されたスーツとトップコートを吊《つ》るしたが、残念ながらここの気温に合った新しい服を買うしかなさそうだった。いま着ているスーツの、青色の地にかすかなグレイの縞《しま》が入ったベストのボタンを外し、クロゼットに掛けた。

それがすむと窓辺に立って、冷たい水で割ったスコッチを飲みながら、仕事に勤《いそ》しんでいるスワンカートンの市民を眺めた。通りの向かいにファースト・ナショナル銀行があった。その隣にはエリーンズ・ブティック、美味い料理を出すという触れ込みのオスターマンズ・バー＆グリル。そして薬局のレクソール、安物雑貨のチェーン店クレス、ミッチェル＆ファーンズという五階建てのデパート、さらにイージー・アリバイというバー＆グリル。こちらは目抜き通りにあるにしてはいささかこぢんまりした印象だ。

マルセイユ大通りのほうには、まずリバティ・ナショナル銀行——二十四階建てで、この街で唯一《ゆいいつ》の高層ビル。ビーンドーファーというデパート、パンケーキとワッフルの店、それに地元のチェーン店らしいムートンという薬局。

道行く市民たちは、どこの街とも同じに見えた。服装や足取りや彩《いろど》りに変わったところはなく、ピッツバーグともアトランタとも、サウスダコタのピエールとも区別はつかなかった。元気なく歩いている者、この暑さのなかで足早に歩く者もいれば、ただぶらぶらとどこへ行こうというあてもなく、着いた先でも大してやることもないというように歩いている者もいる。八階の部屋から見下ろしても、市民は活気に乏しく見えた。香港のような喧騒《けんそう》や刺激は一切なく、どこか寂しさを感じた。もっともアメリカには、私がほんとうに好きな、かつて愛した上海のような場所は多くはないし、スワンカートンが例外だと考えられる理由があるわけでもない。

窓から部屋のほうを向き、いちばん快適そうな椅子《いす》を試してみると、見た目以上にすばらしい座り心地だった。その上に身を沈めて、天井でゆっくり回りながら、三回転ごとに一度カチリと油の利《き》いた音をたてるファンを見つめる。自分はこんな街でいったい何をしているのか。そんな思いにふけるまでもなく、理由はもうわかっていた。ほかにすることもないし、なぜそれで五万ドルも出そうという人間がいるのかを知りたくてここにいるのだ。もちろん、報酬としては法外な額だ。二ヵ月の仕事にしては高すぎる。人を何人か殺すのなら別だが、もともと殺しは得意ではない。ジェラルド・ヴィッカーが私を推薦して何かしらの仕事をさせようとしている――それもやつの弟があきらかに、タンテ・カテリンならそう言ったであろう〝セニョール・ナンバーワン・ギャルソン〟になっている街で。これが偶然の一致だとしたら、オカルト好きな人間ならいろいろ理由をつけようとするだろう。だがどう見ても偶然のはずがないし、どのみち私はそんな現象はほとんど、いや一切信じていない。だからディールされた手札に役ができているとき以上に、何も頭を悩ませる必要はないのだ。こうなったからにはあれこれ考えず、勝負に出るしかない。

電話が鳴って、男の声が、ミスター・ダイですかと訊いてきた。そうだと答えると、男はロビノーと名乗った。ミスター・リンチからロビーで待つように言われまして。すぐに下りてみると、ミスター・ロビノーは背の高い、クエスチョンマークのような姿勢の若者で、顔にはミシンで縫われたような興味深い傷痕《きずあと》があった。そのあとについてリンカーン・コンチネンタルまで行くと、若者が後部座席のドアを開けてくれた。車内は冷房が利いていた。ミスター・ロビノーには大して話すこともないらしく、二十分ほど行くと、ある住宅街の一軒家に着いた。若者が「ここです」と言い、外に降りてドアを開けてくれた。

そこはスワンカートンの古い住宅地だった。高く伸びた松の木々のあいだを風が吹き過ぎ、ため息にも似た、天気のことを延々とつぶやき合うのにあきあきしたというような音が響いた。家は大きな二階建ての木造で、片方の端から小塔がさらに一階分突き出し、できの悪い生徒にかぶせる馬鹿帽子《ダンスキャップ》のようなこけら葺《ぶ》きの円錐形《えんすいけい》の屋根がついていた。一階にも二階にも網戸つきのポーチがめぐらされ、その部材ぜんぶに丁寧に彫ったビクトリア朝風の渦巻き模様が打ちつけてある。おそらく四分の三世紀ほど前の、現代の一家族には大きすぎる家だった。どこかに控えめな看板が掛けられ、そこにおずおずと書かれた〝貸し部屋あります〟の、もちろんしかるべき筋からの紹介を前提にした表示が見つかりそうな気がした。

けれどもそんな看板はなく、私はロビノーと彼の興味深い傷痕の後ろから、網戸のあるポーチへ続く五段の階段を上った。スイカズラがたくさん這っていて、その香りが刈ったばかりの芝生のバミューダグラスと競い合っていた。モクレンの木やアザレアもあったが、花は咲いていなかった。花盛りのころにはさぞ目を楽しませてくれるだろう。もしそんなことを気にする人間がいるのなら。

ラムゼイ・リンチがドアを開け、握手の手を差し出してきた。「会えてうれしいよ」と向こうが言い、こちらも同じように意味のない返事をした。リンチだとわかったのは、この男がジェラルド・ヴィッカーに似ていたからだった。リンチのほうがやや若いが、大して差はない。暗めの灰色の髪の毛は長くて太く、兄が好んでいたのと同じように、前髪を軽くくるりと巻いたようにひたいの上に垂らしている。目は落ち着いて濁りもなく、四十五年から五十年近くも使っているはずなのに、まだ眼鏡も要らないようだった。ヴィッカーと同じ直角三角形の鼻に、同じ薄い唇をしているが、口ひげはない。頭をどこまで高く持ち上げるかによって、あごの先が三つも四つもできる。ラムゼイ・リンチはとても太った男で、それをごまかそうともしていなかった。化繊の薄い青のスーツと白のシャツに、濃紺のネクタイ。その何もかもが粋《いき》で、ゆったりくつろいだ感じだが、安っぽかった。

家のなかは冷房が利いていて、ほっとした気分でリンチのあとから、リビングか応接間らしい部屋に入っていった。リンチが振り向くと、どこを指すでもなく小さな身振りをしてみせた。「ここは応接間だった。まだそう言ってもいいかな。元の持ち主は行かず後家の姉妹だったが、しまいにはここを維持できなくなって、老人ホームへ行った。それでわれわれが買い取った。何もかも残されたときのままだ——空調のほかはね」

きちんと型にはまったような部屋で、黒っぽい木に籐《とう》を編んで作ったきゃしゃな椅子がいっぱいあった。紫色のソファに二人掛けのカウチ、それにグランドピアノ。四方の壁からは、死んだ親族や友人たちが楕円形《だえんけい》のガラスで覆《おお》われた額に閉じこめられ、下を見下ろしていた。

「みんなダイニングに集まっている」リンチが言って、二枚の引き戸を開けた。男が五人、凝った彫刻を施したテーブルを囲んでいた。右側にはテーブルと揃《そろ》いのサイドボード、左側には背の高い前面がガラスの戸棚があり、なかの陶磁器や着色ガラスの器のコレクションはバイエルン製のようだ。

男たちは上着を脱いで、ワイシャツ姿だった。三人が煙草を吸っていて、前に置かれた灰皿の中身を見るに、二時間以上前からここにいるらしい。

「こちらがルシファー・ダイだ」リンチが男たちに言った。「誰の下で動いている人物か、なぜここにいるのかはもう知ってるな。とりあえず私から紹介をして、それから話に入ろう」と言って、テーブルの左側から時計回りに始めた。

「まずフレッド・メリウェザー。フレッドは市議会議員で、黒人街にかなりの土地を持っている。スノウ通りの、君のホテルの向かいにあるイージー・アリバイというレストランもだ。つぎの選挙で再選を目指している」私はうなずいてみせた。あごの目立つ顔に間抜けそうな青い目をしたメリウェザーが、黄色い歯を見せて笑った。

「その隣がアンセル・カープ、市の租税査定人だ。やはり選挙で選ばれて、今回も出馬する。不動産鑑定士でもある」歳《とし》は四十五ぐらいか。屋外で過ごす時間が長いようだった。手がやたらと大きく、体のほかの部分とも釣り合っていた。私を見たとき、そのグレイの目でこちらの純資産を計算しているように見えたし、その見積もりは二セントも外れていないだろうという気がした。

「そしてテーブルの遠い端にいるのが、この街の市長閣下だ。ピエール・ロビノー。われわれはピートと呼んでいる。君をここまで乗せてきたのは、彼の息子だ」

「お目にかかれてうれしいよ、ミスター・ダイ」ロビノーが頭をひょいと下げてみせた。ひたいが秀《ひい》でていてあごが長く、どちらも団子鼻や小さな目、すぼまった口とはひどくアンバランスに見えた。

「市長の隣が、警察署長のカル・ローンボー。任命された身分なので、選挙の心配はしなくてすむ。あまりしなくていい、という程度だが」署長は想像していたより若く、せいぜい三十五ほどだろう。茶色のスーツをこざっぱりと着こなし、酒を三日断ったアルコール依存者が差し出された一杯を断ろうとするような張りつめた顔をしていた。笑いかけもせず、会釈《えしゃく》もしない。ただこちらを見ただけで、その目つきに私が気に入るものは一切なかった。

「で、最後に、こちらがアレックス・クチュリエ。商工会議所の事務局長で、ライオンズクラブやらキワニスクラブ、在郷軍人会、海外戦争復員兵協会やらとにかくいろんな団体に属している。市の広報マンみたいなものだ」

　クチュリエはよくいるタイプの、仕事柄いかにも親しげな、締まりなくゆるんだ顔の男だった。口もとは笑っているのかどうか微妙なところで、いつもこんなふうなのだろうという気がした。身なりは上等だが、量販店のJ・C・ペニーでスーツを買っている男たちから反感を買うほどでもない。「ようこそ、ダイ、ようこそ」という声が高らかに響いたが、もし当人の目がそこに唱和していればもっとよかったかもしれない。

「さて、これで全員すんだと思う」リンチが言う。「どうぞ座ってくれ、ここへ、私の隣へ。それで市長がさっきの息子に冷たいものを持ってくるように言うから、そうしたらすぐに始めよう」

　市長が大声で「ブーブー」と呼び、ロビノーの息子がキッチンに通じているとおぼしきドアから頭を突き出した。

「なに？」息子が言い、父親がバーボンの水割りを全員分持ってくるよう指示した。

　酒が行き渡ると、みんなひと口飲み、誰かが口火を切るのを待った。リンチは椅子に深くもたれ、太鼓腹の前で手を組んでいた。薄い唇がうっすら笑みを浮かべ、自分自身にも、見るかぎりこの世界にも満足しきっているようだった。

「あのブロンドとはもう寝たのか、ダイ？」警察署長のローンボーの声がした。そう言いながら、こちらを見ようともしない。

「まだだ」私は言った。

「俺がどうしたいと思ってるかわかるか？」ローンボーが言う。私はその顔を見た。もっとましな床屋に行けば、ＦＢＩの新人募集ポスターのモデルになれたかもしれない。もしそんなものがあればだが。

「さあ？」

「あの女の股《また》ぐらに頭を突っこんで、その上から誰かに飛び乗ったり下りたりさせる。それがいま俺のやりたいことだよ」

市長が鼻を鳴らして笑い、「んふっ」というような音をたてた。あとの三人はにやりと笑みをかわし、リンチは太っちょらしい大きな笑い声を響かせた。警察署長がこの会合の空気を決めてくれた。前置きはおしまい。細かな気の遣い合いは抜きで。これからは本音の時間だ。こういう場面は何度も経験したことがある。だが、たいていはもっと上品でなめらかな導入だったので、ここまで露骨なのは珍しかった。

　商工会議所の太鼓持ち、アレックス・クチュリエがつぎの打者だった。「どうかねえ、署長」と大げさに引き延ばした口調で言う。「夏の暑い晩とかにちょっと憂《う》さ晴らしをかねて、あのオーカットって小僧に思い知らせてやってもいいんじゃないか。あんまり大汗かいて騒がない程度に。あいつはまったくの骨なしに見えるんだが。どうなのかね、ミスター・ダイ？　おたくのボスは口で言ってるほど腕が立つのかい？」

「たぶん、あんたがたほど練習を積む時間はなかっただろう」私は言って、さわやかな笑みを浮かべてみせた。私がこういう、飢饉《ききん》や洪水やたちの悪いカントリーボーイとの午後の顔合わせといった機会のためにとっておいてある笑顔だ。

市長がまた忍び笑いをもらし、ほかの連中も鼻をフガフガ鳴らしたりハッハッと言ったりした。どうやら笑い声らしかったが、どれにもユーモアの気配はなかった。この連中もほかの誰かが不快な目にあうときにだけ笑うような手合らしいが、実際たいていの笑いとはそんなものだ。ただしリンチはちがった。その深い笑い声は、まるで私の言葉を本気で面白がっているようだったが、この男はいつもこんなふうに笑うのだろうという気もした。

　つぎはフレッド・メリウェザーの打順だった。間抜けそうな青い目をぎょろつかせ、打席に入る前に素振りを二、三回とばかりに大きなあごを動かす。しゃべり出す前からもう、この男に一票入れる気は失《う》せていた。「そういえば、あのオーカットってやつを見てて思い出したんだがね」市議会議員は言葉を切り、またしばらくあごを動かして何やら反芻《はんすう》していた。「サンダーソンって男がいて、戦後すぐのころだが、ミッチェル&フェイムズで靴を売ってたと思う」

「たしかに、ミッチェル&フェイムズだ」市長が言った。「名前はサッド・サンダーソンで、ファースト・メソジストの日曜学校で教えてたな、まだあそこがジャスパー通りだったころに」

「そうそう、そうだったよ、ピート」メリウェザー議員が言い、こちらに向かって青い目をぎょろつかせた。「そいつがおたくらのミスター・オーカットにどこか似てるんだ、しゃべり方とか歩き方とかが。まあ、まわりの連中は誰もそうは思ってないんだが」

「俺のころよりだいぶ前の話だ」警察署長が言う。「それでも聞き覚えはある」

「あのころはケンボールドの爺《じい》さんが署長だった」と市長。

「でだ」市議が先を続け、またこちらに青い目をぎょろつかせた。「そのサンダーソンってやつが、若いの二人とよろしくやってるところを捕まった。相手はまだ子どもで、十一か十二ぐらいだった。どうなったと思う、ミスター・ダイ？」

「警察署長が釣りにいっていた」私は言った。

間抜けな青い目が軽く飛び出した。「どうしてわかった？」

「当てずっぽうだ」

「えらく勘のいい当てずっぽうだな」現警察署長が言った。

「ただのまぐれだ」私は言った。

「そのあとどうなったのかも当てられるんじゃないか」市議が言う。

「たぶん。だが、聞かせてもらおうかな」

メリウェザー市議がまたあごを上下に動かし、テーブル越しにこちらへ身を乗り出すと、苔《こけ》のような塊のついた黄色い舌で唇をなめた。肝臓の病気だろうか。「まあ、血の気の多いやつらがことの最中にそいつを捕まえて、古いなまくらなバーローナイフであそこを切り落としたんだが、出血多量で死なれるのもまずいってことで、ちょっと手当をした」そこでまた間をおいて、くすくす笑った。「何で手当したと思う？なんと熱いタールだよ。熱いタール。そいつは街から出ていった」

　こちらはうなずき、ただ待った。べつに言うこともなかった。

　租税査定人のアンセル・カープが、大きな手の指をぱきぱきと鳴らして天井を見上げ、やがて言った。「ミスター・ダイはわれわれの昔話にはあまり興味がないのじゃないか。おそらく現在の状況のほうに興味があるだろうから、こちらに何か話すことがあるのなら、話そうじゃないか」

「ふむ、アンセル、そのサーブはこっちのコートに向けてだろうな」リンチが言った。「ミスター・ダイ、あんたにここまでご足労いただいたのは、われわれがいささかあたふたしてるからだよ。ここはいい街だ。じつにすばらしい。私はここへ来てまだ七年か八年ほどだが、生まれ故郷に帰ったように受け入れてもらえていると思う」

「われわれもそう思ってるよ、ラムゼイ」市長が言う。街があたふたしなければ、われわれもあたふたすることはない。まあ街が便秘になったのなら、われわれも屁《へ》ぐらいは出る」言葉を切り、バーボンを長々とあおる。私は自分の酒には手も触れずにいた。

「それで」リンチが言う。「症状が始まったのは二ヵ月くらい前だ。ホーマー・ネセサリーという左右の目の色がちがう男が街へやってきて、何やら聞き込みを始めた。われわれのところへは来なかった。ちょっとしたプライベートな質問をしていただけで。こっちも調べてみると、北部のほうで警察署長をしていた男だとわかった。それもあまりまっとうなタイプじゃない、そうだろう、ローンボー署長？」

「悪徳だな」ＦＢＩのポスターが言った。「とんでもない悪徳署長だ」

「そうしてネセサリーの一週間か十日あとに、おたくのミスター・オーカットと、女友達のミス・サッカティも現れた。まあ、女はいいんだが、ここみたいな南部の田舎にいるわれわれは、どうもミスター・オーカットのようなタイプには慣れてなくてね。とくに、何やら良くない連中と関わっているとなると」

「その連中とは誰だろう？」私は言った。

「まあ、われわれとはちがう側にいる連中とだけ言っておこう」

「誰なんだ？」

「街の住人だよ、ミスター・ダイ」リンチの口調からはもう愛想のよさが消えていた。

「この街の住人はみんなわれわれの側だ」

「だったら、何を心配することがある？」

「人間というのは、おかしなことを吹きこまれれば馬鹿《ばか》になる。少し調べてみたところ、ミスター・オーカットはこの街の住人をそういう馬鹿どもに変えようとしてることがわかった」

「どうやって？」

「聞くところによると」リンチが穏やかな声で言った。「そこであんたの出番だという話だ」

　私は新しい腕時計に目をやった。「ここへ来て三十分ほどたつが、実のある話は何も出てこない。ずいぶんしゃべってはいるが、どこの玉突き場でも聞ける与《よ》太話《たばなし》ばかりだ。あと五分待とう。それだけだ」

「うちの兄が、あんたは少し短気だと言っていたよ、ミスター・ダイ」

「あんたの兄貴はよく嘘《うそ》をつく」

「まあいい。時間が限られているのなら、本題に入ろう。われわれには向こうの陣営にも、何というか、仲間がいてね、こっちにいろいろ教えてくれる。それで聞いたところだと、ミスター・オーカットはこのスワンカートンで使えそうな人間を、アジアのほうで探してるとのことだった。それで、ジェラルドはずっとあっちにいたもんだから、私が何百ドルか自腹を切って兄貴を呼び出し、事情を話して協力を頼んだ。じつによくやってくれたと思うよ」

「私をオーカットに推薦したことがか？」

「まあ実のところ、ジェラルドはまずわれわれにあんたを推してきた、どういうことかはわかると思うが。それであんたのいい評判をたっぷり聞いたので、あんたをミスター・オーカットに推薦してくれとジェラルドに言ったんだ。ところでミスター・ダイ、あんたはとても優秀だが、おそろしく運が悪いということだね。これはまじめな話だよ。どうしても不運がついて回る人間はいるものだし、あんたもそのひとりなんだろう。つまり、奥さんに起こったこととか」

「そのことには触れないでもらいたい」

向こうは同情するようにうなずいた。「よけいなことを言ってしまった。いや、申し訳ない、ほんとうに。しかし実際、あんたはずいぶん不運な目にあってる。その不運はたぶん続くとジェラルドも思ってるようだ。しかし兄貴は、ミスター・オーカットにあんたを推薦する前に、私にひとつだけ約束させた」

「何だ？」

「つまりだ、ジェラルドは口で言うほど、運だの何だのにこだわってるわけじゃない。腹の奥底では、誰がどうなろうと当人の蒔《ま》いた種だと思っている。だからこのスワンカートンにいるわれわれに、あんたのつぎの運を用意するように約束させたんだ。どういうことかわかるだろう。あんたは自分でそれを選ぶ。私が兄と何を約束したかとは関係なく、われわれはあんたを幸運にも不運にもできる。どっちを選ぶね？」

みんな軽く身を乗り出すようにして、こちらを見ていた。「幸運のほうなら、どのくらいの価値になる？」

「オーカットからいくらもらうのか知らないが、その二割五分増しだ」

「不運のほうなら、いくらにつく？」

リンチが悲しげに首を振り、深刻な場面でそのあごだけがぶるぶる揺れた。「いや、ミスター・ダイ、不運はただ不運というだけだ。あんたにめぐってくる運は起こりうるかぎり一番の不運になると言っておこう」

私は立ち上がると、一度に一人ずつ、じっくり顔を見た。「考えてから連絡する」と言ってドアへ向かいかけたとき、リンチの声だけがして、足を止めた。振り返ってみると、彼は椅子の上で体をひねっていた。

「あまり長いこと考えていられるのは困るよ、ミスター・ダイ。幸運でも不運でも、こっちはずっと待ってられない」

「もうひとつ忘れてるな」

「何のことだ、ミスター・ダイ？」

「悪運《ダム・ラック》だよ――あんたたちに入り用になるやつだ」

15

当然ながらカーミングラーが、ジェラルド・ヴィッカーと私の後始末のために香港まで飛んできた。空港で会った彼は、与えられた任務のせいで不機嫌そのものだった。

「休暇中だったんだ」やあでも元気かでもなく、いきなりそう言った。「三年ぶりの」

「私が望んだわけじゃないので」

彼は唸《うな》り声を出したが、黙って荷物を手に取り、私がレンタルしてきたフォルクスワーゲンに乗るまで何も言わなかった。「ヴィッカーは？」

「待ってますよ」

「オフィスでか？」

「誰が迎えにいくかでコイントスをしたんです。私が負けた」

「君の報告書は読んだ。ヴィッカーのも」

「それは重畳です」

カーミングラーがくるりとこちらを向いた。「君の減らず口を聞きにわざわざ飛んできたわけじゃない。ヴィッカーのほうがよく書けていた」

「才能ですね」

「君はまずい立場なんだぞ」

「ヴィッカーは？」

カーミングラーは何も言わず、パイプに火をつけるのに三、四本のマッチを無駄にしてからやっと口を開いた。「彼もまずい立場だ」

「どっちがよりまずいんです？」

カーミングラーは答える前に、パイプを何度もふかした。ちらと見ると、普段より自信なさげな顔だった。沈んだ様子に見える。「わからない」ようやく言った。「だから私が来たんだ」

「判定はいつ？」

カーミングラーは車の窓から新しく建築中のビルを見た。「あの足場の上で働いているのは、香港で一番の高給を取ってる熟練労働者たちらしい。知ってたかね？」

「ここに住んでますから。で、どうするんですか？」

カーミングラーが座席にだらしなくもたれ、骨ばった膝《ひざ》をダッシュボードに押しつけた。あまり快適そうには見えないが、どうせ私の膝ではない。「星室庁裁判というものを知っているか？」

「ええ」

「それで、君らはその即決裁判を受けることになる。君とヴィッカーが。私が判事で陪審だ」

「老カーミングラー判事ですか。首吊り判事だ」

「私が望んだわけじゃない」

「じゃあ誰が？」

カーミングラーが初めてこちらを見て、微笑《ほほえ》んだ。「ヴィッカーだ。彼が私を指名した」

「ほう」

カーミングラーがまた笑った。満足げな顔だった。「そう聞けば活が入ると思ったよ」

裁判、といえなくもなかったと思う。とにかくその裁判もどきが、その日の午後遅くに秘書を帰らせたあと、私の執務室で開かれた。カーミングラーは私のデスクの後ろに、ヴィッカーと私がデスクの前に座った。星室庁裁判の判事はデスクの上に新しい黄色のリーガルパッドを出し、その横に削りたての鉛筆を六本、きれいに並べた。ついでパイプと煙草《たばこ》入れ、マッチを出すと、すぐ手の届くところに置いた。それからとっておきの、すばらしく馬に似ていると自分でも思っていそうな表情を作ってみせた。できるかぎり顔を長くして、私たち二人ともに分けへだてなく歯を見せつけ、頭につけた目に見えない端綱《はづな》を調節するように何度か首を縦に振る。このあといななき声で命令を発するのではと思ったほどだ。

「盗聴器がないかどうか確かめたか？」カーミングラーは訊《き》いた。

「今朝のうちに」ヴィッカーが言う。「領事館の人間に来させました」

「けっこう」カーミングラーが言って何やらメモを取ったが、私のところから逆さに読むには遠すぎた。鉛筆をリーガルパッドの上に置き、椅子に寄りかかり、両手を頭の後ろで組む。「まずは事実から始めよう——誰にも異論のないところから。君ら二人は中国銀行《バンク・オブ・チャイナ》の行員の白俊良《パイ・チュンリャン》と待ち合わせた。ヴィッカーは奥の部屋に隠れ、ダイは店に残った。白は店に入ってきて、ダイに何かを言い、ダイは白に封筒を渡した。そのあと白はダイにまた何かを、ダイにしか聞こえないことを言った。そのとき中国人の二人組が入ってきた。ヴィッカーが白を撃った。中国人二人は白のブリーフケースを手に取って逃げた。ダイが白の上に身を屈《かが》め、白は死ぬ前に何か言ったか、もしくは言わなかった」そこまで言って私たちを見る。「公平な要約だったかな？」

私はうなずいた。続いてヴィッカーも。

カーミングラーが床からブリーフケースを取り上げ、膝の上に載せた。何かタイプされた一枚の紙を引っぱり出し、前のデスクに置いた。ブリーフケースを床に戻す。

「君には携帯用の武器が支給されている」私に向かって言う。「スミス&ウェッソンの三八口径だったな？」

「ええ」

「いまも持っているか？」

「ええ」

「白が死んだ日には、持っていたか？」

「いえ」

「いまどこにある？」

「家に」

「ホテルの部屋か？」

「ええ」

「いつもそこに置いているのか？」

「ええ」

「部屋のどこにという意味ですか？」

「そうだ」

「錠をかけたスーツケースのなかに。スーツケースはクロゼットのなか。クロゼットも錠がかかっている。特別製の錠です。鍵《かぎ》は私しか持っていない」

「なぜ？」

「なぜそこに置いているのか、という意味ですか？」

「そうだ」

肩をすくめる。「安全だと思いますが」

「携帯してはいないのか？」

「ええ」

「なぜ？」

「使いみちがありません」

「いままで一度も？」

「一度も」

カーミングラーは紙をとんとんとたたいた。「これによると、君は銃の名手だそうだ。以前はそうだった。私にもそんな記憶がある。なぜ銃を携行しない？」

「ただ、そうしないとしか。必要ないので」

「白が撃たれた日も、やはり必要ないと思っていたのか？」

「ええ」

「自分が白を撃つことにはならないと思っていたのだな？」

「ええ」

「なぜだ？」

「私の報告書は読んだんでしょう」

「ヴィッカーは読んでいない」

「わかりました。向こうの連中は白を狙《ねら》っていたと思います。ヴィッカーがその手間を省かなかったら、あの日の朝に白を撃っていたでしょう」

「君が白と会うことを、誰が向こう側に知らせたのだろうか？」

私はヴィッカーを見た。「彼に訊いてください」

カーミングラーはうなずき、またメモを取った。やはりこちらからは読めなかった。

ヴィッカーに向きなおる。しばらく彼を見ていたが、たぶんヴィッカーのスーツに見とれていたのだろう。新品のスーツだった。

「君は武器を携帯しているのだな？」カーミングラーが訊いた。

ヴィッカーはうなずいた。「いつでも」

「なぜ？」

「ここは荒っぽい街です」

「ほかに理由は？」

「荒っぽい稼業《かぎょう》ですし」

「それも荒っぽい街での」カーミングラーが言う。

「たしかに」

カーミングラーがまた紙に目を落とした。「それでだ。ミスター白《パイ》は三十九歳だった。花が好きだった。彫刻と、妻のことも好きだった。銀行員だった。身長はたった百五十五センチ、体重は五十八キロ。銃は持っていなかった。それなのに彼を撃ったのだな？」

「そのとおりです」ヴィッカーが言った。

「どのタイミングで？」

「銃を持った二人組が入ってきてすぐに」

「その二人は店に入ったときから銃を持っていたのか？　それともあとから銃を振り回したのか――君が白を撃ったあとで？」

　ヴィッカーはその質問に考えこんでいた。「入ってきたときには銃を抜いていました」

「確かか？」

「はい」

　カーミングラーはうなずいた。「いいだろう。その点はまたあとで話そう」今度はこちらを向く。「君の記憶はどうだ？　二人は入ってきたときに銃を出していたか、あとで出したか？」

「銃を出したのはあとです。白が撃たれたあとに」

「確かか？」

「ええ」

　カーミングラーはまたヴィッカーを向いた。「君が言っているのは正反対のことだ――二人組は銃を出した状態で店に入ってきたのだな？」

「ええ」

「それで君は、二人が敵だとわかったのか？」

「明白でした」

「それで白を撃った」

「ええ」

「彼が何をするのを止めようとして？」

「ダイのことをタレこむのを」

「それはどういう意味だね？」

ヴィッカーは憮然《ぶぜん》とした顔になった。「まさか、タレこみの意味はわかるでしょう。やつらは白に目をつけていた。白はダイを告発するつもりだった」

「何について？」とても興味深いとでもいうような声音で、カーミングラーが言った。

「自分がダイに買収されて、銀行の情報を流していたことです」

「なるほど」カーミングラーはまたメモを取った。

「白が店に来る前に、どれくらい奥の部屋にいた？」

「二、三分です」

「白は遅れなかったのだな？」

「ええ」

「君は彼が入ってきた時点で銃を手にしていたのか、それとも二人組が入ってくるまで待ったのか？」

「二人が入ってくるまで、出しませんでした」

「それでやはり、二人が銃を抜いて入ってきたというのだな？」

「はい」

「二人は摩羅上街《キャットストリート》の路上でポケットから銃を出したのか？　いつもどおり混雑していたのじゃないか？」

ヴィッカーは足を組んだ。口以外のものを動かすのはそれが初めてだった。「混雑していました」

「混雑した路上で銃を抜くというのはおかしくないかね？」

「そのことは考えませんでした」

「二人がそんなまねをするとは考えづらい」

ヴィッカーは肩をすくめた。「店に入るのと同時に抜いたのかも」

「君はそれを見たのか？」

「いえ」

「だが、もし銃を出していなければ、ただの二人連れの客だと思っただろうな？」

「でしょうね。おそらく」

「もし二人が銃を出さず、君が二人連れをただの客だと思っていたら、君は白を撃たなかったのだな？　白がダイに伝えにきたことを話させていたのだな？」

ヴィッカーはその問いに答えるのに時間をかけた。そして、はいと言った。

「いいだろう」カーミングラーが言って、またメモを取った。「仮に、まったくの仮定としてだ、ダイの証言が正しいとしよう。二人組は君が白を撃ったあとまで、リボルバーかオートマティックか何かを出さなかった。もしそれが本当なら、君は彼らが敵方なのを知ることができなかったのではないか？」

「はい」

「君が白を撃つ理由もなかったということだな？　つまり、彼が知らない二人組にダイの正体をタレこむこともできなかったと？」

「そのとおりです」

カーミングラーはまたブリーフケースに手を伸ばし、書類の束を出した。「これは香港警察公安部《スペシャルブランチ》の、白俊良《パイ・チュンリャン》殺しに関する報告書だ。なかなか面白い。じつに徹底した連中だな。二十三人にインタビューして信頼できる目撃者ひとりを見つけ、それからさらに五十二人にインタビューして彼の話を裏づけられる人間をまたひとり見つけた。さて、君のために嚙《か》みくだいて聞かせようか」カーミングラーは右手の人差し指を一枚目に走らせ、それを裏返し、二枚目に半分ほど走らせた。「そう、ここにある。問題の午前十時ごろ、これこれの服装をした外国人男性二人（君たちのことだ）が摩羅上街《キャットストリート》の店に入り……そのあとで店主が出ていき……つぎにブリーフケースを持った白いスーツの中国人が入り……さらに中国人二人が入ってきて……そう、ここに書いてある、銃は見えなかったと。二分ほどして一発の銃声が響き、二人の中国人がブリーフケースを持って店から走り去るのが見えた。そして姿を消した。これは最初の目撃者の話だ。もうひとりの目撃者、十二歳の少年は、実際にその一部始終を見ていた。店のウィンドウ越しに。最初の目撃者の証言をすべて裏づけ、宣誓して――ここではどういうのか知らないが、とにかく問題の中国人二人は白が撃たれるまで銃を抜いていなかったと証言している。ということは……」カーミングラーは報告書をブリーフケースに戻した。ブリーフケースを床に置き、ヴィッカーに微笑みかける。

「ということはだ」カーミングラーがまた言った。「いまの時点で二人の証人が宣誓だか確約だかをして、二人組が銃を出したのは君が白を撃ったあとだと言っているわけだ」

「十二歳の子どもと、もうひとりの証人とは誰です？」ヴィッカーが訊いた。

「ダイだ、もちろん」

「くだらない」ヴィッカーが吐き捨てた。

「つまり、君は二人の紳士が銃を取り出す前から、その正体を知っていたということになる。さらに君が白を撃ったのには、それ相応の理由があったようだ。どんな理由だったかを話す気はないのだろうな」

「さっき言った理由です」

「ふむ」カーミングラーは言った。「さて、これですっきり片がついたと思う。君の仕事は終わりだ、ヴィッカー。オフィスから何も持ち出さないように。私物はぜんぶあとで送らせる。未払いの給料に有給のぶんもだ。ところで、どんな形であれ、この件でことを荒立てようとはしないでくれ。ここのスペシャルブランチはまだ君と話したくてうずうずしているし、われわれは事態を収拾するのに大変な苦労をした」

ヴィッカーは私を見て、またカーミングラーに目を戻した。「この件は審査委員会行きになるぞ」

「いや、それはない」カーミングラーは言った。「よく考えてみたら、そうなるはずがないとわかる。あの中国人紳士の二人組、われわれの好む言い方では〝敵方〟だな。彼らが銃を手にして入ってこないかぎり、何者かはわからないはずだ。だが彼らはそうしなかった。それはつまり、君がその二人が誰かを知っていたということだ。そうすると、君にもわかると思うが、われわれはかなり危険な状況に追いこまれることになる。それはこちらも望まないし、ヴィッカー、君にとっても幸運なことだ。たいへんな幸運だ。だからへたなまねはしないでもらいたい」

ヴィッカーはしかめ面《つら》を、まずカーミングラーに、ついで私に向けた。それからまたカーミングラーに。見事に裏表のないしかめ面だった。口を開いたときも声は低く平坦《へいたん》で、茶色の目はゆるがなかった。そして嘘がつぎつぎ淀《よど》みなく出てきた。「白を撃ったときは、たしかに罠《わな》だと思った。いまでもそう思っている。俺の考えは報告書に書いたし、スペシャルブランチがどれだけいわゆる目撃者を探し出してこようがどうでもいい。誰かがスケープゴートにならなきゃならなかった。それで誰かが俺を選んで、そのニュースを知らせるのにあんたを送りこんだ。あんたを責めようとは思わない、カーミングラー。しょせんただの小間使いだ」つぎに首を回して私を見た。

「だがおまえは別だ、ダイ。まったく話がちがう。まったく大したやつだ。おまえにはたっぷり借りができた。いやというほどな。絶対忘れないし、いつかこの借りは返させてもらう」そう言って立ち上がると、ドアのほうへ向かった。そしてあと少しのところで立ち止まり、右腕がさっとコートの下に伸びると、手に持った三八口径のリボルバーが現れた。私がスーツケースにしまってあるスミス&ウェッソンの双子の兄弟だ。素早い動作だった。歳のわりにはおそろしく速い。彼は銃を見てうっすらと笑い、こちらへ歩いてくると、机の上の削った鉛筆の横に注意深く置いた。「これは事務用品の部類に入るだろう」と言い、カーミングラーにうなずいてみせた。だが私には目もくれず、出ていった。

カーミングラーが鉛筆を一本手に取り、ぼんやりとそのリボルバーをつついた。

「いやな代物《しろもの》だ、まったく」

「十二歳の子どものくだりはよかったですね」私は言った。

「ああ」

「そんな子どもはいなかった」

「ほう？」

「そうです。あれは星室庁裁判じゃない。裁判ですらない。あんたがここへ来る前にぜんぶ仕組まれていた。もう決まっていたんだ」

「審判に異論があるのか？」

「やり方にはあります。審判にはありません」

「やり方か」カーミングラーは言った。「やり方が気に入らない、か」パイプを手に取ると、また火をつけた。「われわれがこんなことを偶然や気まぐれにまかせると本気で思ってはいないだろう?」

「そうしたらいいんだ」私は言った。「ほかのことすべてによく見合ってる。ちゃんと調和します」

カーミングラーはうなずいて、窓の外を見た。また新しいビルが建とうとしている。香港は活気にあふれていた。「ヴィッカーのやつには、気に入っているところが二つある」

「何です?」

「そう、まず何よりも、君よりずっと嘘がうまい」

「誰よりもうまいでしょう」

「もうひとつは、彼の報告書だ」

「それが何か?」

「じつによく書けている。実際、おそろしく読みやすい。惜しむらくは、そのなかにほとんど真実がなかったことだ」

「なぜ銃のことを訊いたんです? 必要なかったでしょう」

「君の銃のことか?」

「ええ?」

「そうするよう指示された」

「もう知ってたわけですか」

カーミングラーはうなずき、また鉛筆を手に取ると、ヴィッカーのリボルバーの短い銃身をつついて前後にゆすった。「やはりこういうものがあまり好きではないんだな？」

「ええ」

「君の奥さんにあったことのせいか」それは質問ではなかった。

「大きな関係はありますが、それも知ってるはずでしょう」

「訊く必要があった」

「なぜ？」

「君がもう吹っ切れたのではないかと思ったらしいが、まだそうではないようだ」

「ええ」

二人ともしばらく座ったまま、何も言わずにいた。やがてカーミングラーがヴィッカーの銃を、鉛筆と一緒にこちらへ押しやった。「ほら、これも君のと一緒にしまっておくといい。二度と使うこともないだろう」

「ええ。たぶん」

16

豊福大尉《とよふくたいい》がゴーマン・スモールデインと私を呼び出したその日、ブリッジハウスの刑務所は凍りつきそうに寒かった。実のところ私は用なしだったのだが、三ヵ月ぶりだから息子も監房から出してやってくれとスモールデインが頼みこんだ。豊福はただうなずき、何も言わなかった。日本人が何か真っ当なまねをするのを見たのは初めてで、日付を書き留めておけばよかったのだが、思い出せるのは一九四二年三月のいつかということだけだった。

着ぶくれした看守二人に付き添われ、ブリッジハウスの二階にある小部屋まで連れていかれた。そこはだいぶ暖かく、豊福は私たちを手招きして椅子《いす》に座らせた。自分はテーブルの後ろに腰を下ろして手袋を脱ぎ、煙草のパックを取り出すと、スモールデインに一本差し出した。

「この子にもどうかな?」煙草をひと口吸って、スモールデインが言った。「ここ三ヵ月、一服もしていないので」

豊福は私を見て、悲しげに首を振ると、煙草を差し出してきた。私はありがたくそれを受け取り、平伏するようなおじぎをした。

三人とも人心地ついたあと、豊福がスモールデインをじっと見て、口を開いた。

「おまえはアメリカに大物の友達が大勢いるようだな？」豊福の訛《なま》りはまぎれもないカリフォルニアのもので、冷たいオートミールの朝食並みにあの場所の性格を物語っていた。

スモールデインがその訛りを聞きつけた。「二つ当て推量をさせてもらおう。ひとつめはＵＣＬＡ。二つめは南カリフォルニア」

「バークレーだ」豊福は言った。「三八年卒業だ。そっちの息子は、煙草を吸うには若すぎるな」

「私も言い聞かせてるんだが」

「二、三度ぶちのめせば、やめるだろう。日本的なやり方ではないが、効き目はある」

「覚えておこう」

豊福はふむとうなずいた。「さて、戦争が始まったときに私が日本で捕まって、強制的に軍に入れられたとかいう話はやめておこう。事実ではないからな。入隊は一九四〇年だ。来月には少佐になる。自分でも満足しているし、多少の足踏みはあれ、わが国もすでに占領したところはだいたい持ちつづけられると思う。フィリピンはどうなるかわからないが、インドシナとマラヤ、東インド、島嶼《とうしょ》部の一部は残るだろう」

「中国は？」スモールデインが訊いた。

「中国はどの国も奪《と》れない」

「不敬だな」

「最大限の敬意だ」豊福はそう言って、初めて笑顔を見せた。「しかしさっき言ったように、おまえはアメリカに大物の友達が大勢いる。だからリストに載せた。でなければ銃殺にするつもりだった」

「なぜ？」スモールデインが訊く。

「おまえは一九三二年、満州に進出したわが国について悪意のある記事を書いた。三九年に戻ってきたときも、また不快なことを書いた。こちらには長年の恨みがあるが、おまえには大物の友達がいる。こちらがおまえをリストに載せなければ、そちらの国はわが同胞の銀行家ひとりを始末するということだ。いまニューヨークにいる人物だが、わが国としてはぜひとも帰国させたい」

「これが送還者のリストか？」スモールディンが訊いた。

「そうだ。五つに分類されている。外交官および領事館員、通信員、宣教師、カナダ人、ラテンアメリカ人。実業家も多少いる」

「出航はいつだ？」

「そこで問題がひとつある」豊福は言った。「私はバークレーで経営学を学んだ。株式市場に夢中になった。商品取引市場にも。ヘッジのこともあらかた学んだ」

スモールディンはふうむと唸り、煙草を灰皿でもみ消した。私はまだ二回吸う余裕があった。「いくらだ？」

「おまえが三千。息子が二千」

「無理だと言ったら、そのニューヨークの銀行家はどうなる？」

「おまえはいつでも肺炎で死んだことにできる。別の誰かを交換相手にするだけだ」

「五千の持ち合わせはない」

「手に入るだろう。手紙を書けばいい」豊福はポケットからメモパッドを取り出し、太い万年筆と一緒にスモールディンに渡した。「彼女はいまも健康で、羽振りよくしている。知ってるだろうが、結婚した」

スモールディンが顔を上げた。「知らなかった」

「相手はフランス人だ。いまはヴィシー政府の市民になった。わが国の同盟国のようなものだな」

スモールデインが手紙を書き終えて渡し、豊福はそれを読んで言った。「なかなか琴線に触れる文章だ」

「思いの丈を綴《つづ》った」

「二、三ヵ月したら、〈コンテ・ヴェルデ号〉という船で出発することになる。イタリアの船だ。ニューヨークからは〈グリプスホルム号〉がわれわれの同胞を乗せて出航する。二隻《せき》がポルトガル領東アフリカのロレンソ・マルケスで落ち合い、そこで船を乗り換える。グリプスホルム号はおまえたちをニューヨークまで、コンテ・ヴェルデ号はわが同胞を日本まで運んでいく。たぶん神戸だ」スモールデインの書いた手紙をとんとんとたたいた。「もしこれの効果があったら、彼女が見送れるように手配しよう」

「あんたは賭《か》けをいくらヘッジする気だ？」スモールデインが訊いた。

「二十ぐらいだな。大東亜共栄圏における私個人の取り分だ」

「あんたの国は負けると思う」

豊福は肩をすくめた。サンフランシスコで覚えたしぐさにちがいない。イタリア人の恋人からだろうか。「そうなっても、また立ち直る。それに私は十万ドルあれば、はなから優位に立って進められる」

「言いにくいんだが、大尉」

「何だ？」

「あんたがその送還者リストからひとり減らせるかどうか、実はあまり自信がない」

豊福はテーブルの上の手紙をつかみ上げ、またスモールデインに差し出した。「これに命を賭けたくはないと？」

スモールデインはかぶりを振った。「まあそうだ。それにあんたとはポーカーもしたくないな」

豊福は二度目の笑みを浮かべた。「それはこちらも期待していなかった」

横行している賄賂《わいろ》を別にすれば、ジュネーブの国際赤十字が一切を取りしきっていた。五月下旬にブリッジハウスの監房から出られたのは、三人だけだった。スモールデイン、私、それにメキシコ人だという赤毛の男。総合病院まで連れていかれ、イギリス人医師の診察を受けた。みんなシラミ以外は健康だと褒められ、何種類か予防接種を受けさせられたせいで、私はぐあいが悪くなった。新しい服もくれたが、私がひとりだけで着替えをさせてほしいと言い張ると、スモールデインがにやりと笑った。

「とても内気な子でして」と看護師に言った。

そんなわけはない。シラミだらけの胴巻からドルとポンドの貯《たくわ》えを新しい服のポケットに移すために、ひとりになる必要があったのだ。ふくらんで人目につかないように均等に振り分けた。

十日ほど病院にいたあとで、私たちをコンテ・ヴェルデ号まで送り届けるトラックがやってきた。スモールデインは自分と私の予防接種の証明書、付帯費用として船のパーサーからひとり百ドルずつ引き出すことのできる認可証書を持っていた。港へ出発する前に、スモールデインは私から十ドル借りて、病棟のがめつい小間使いに渡した。一時間して戻ってきた小間使いは、頼まれていた品物を持っていた。六組のサイコロを。

コンテ・ヴェルデ号は、東洋行きの太平洋航路に就航していたイタリア船としてはましな部類の船で、十二月八日に上海で接収された。乗組員のイタリア人が三百人ほどいて、日本の外務省の代表団を乗せ、東アフリカに向けて出航することになった。日本の新しい同盟国の人間たちが直接サンフランシスコへ向かわないようにするためだったが、イタリア人乗組員はそれほど愛国心に富んでいるようには見えなかった。

タンテ・カテリンが桟橋で私たちを出迎えた。果物と酒、煙草を詰めたバスケットを持って、新しい夫を連れていた。六十五歳くらいの吹けば飛ぶような男で、彼女はフランス語でムッシュー・ゴヴロー、英語でミスターふにゃちん《ソフト・スティック》と紹介し、このひとは英語は一言もわからないのと請け合った。

「ヴィシー政府の下でいろいろやってるんだけど」タンテ・カテリンは私の手を両手で包みこんだ。「でもベッドのなかじゃからきし」そう言って肩をすくめ、私の手を離すと、新しい夫の頰を軽くたたいた。夫は注意を向けられたのがうれしく、にっこりと笑った。

「ルシファーったらこんなにやせて、あなたはあたしに一万一千ドルの借りがあるのよ」スモールデインに向かって言う。「あの豊福大尉はとてもいいひとだけど、欲深だったわ」

「赤毛のメキシコ人が船に乗ってるよ」私は言った。

「信用してはだめよ」タンテ・カテリンが反射的に言った。「いつ返してくれるつもりなの、ゴーム？」

「戦争が終わったら」

「そうね」悲しげに微笑んだ。「戦争が終わったら」

「君はどうするつもりだ、ケイト？」スモールデインが訊いた。

「ルシファーをもっと太らせて。ひょろひょろすぎるわ」

「ずっと刑務所にいたからな。君はどうするつもりなんだ?」

彼女は夫に微笑みかけると、フランス語で言った。だから言ったでしょ、長い下着を着てきたら震えずにすんだのに。暖かすぎると体がかゆくなるんだ、と夫は答えた。未亡人になるのはいやよと彼女が言い、これからはかゆくなっても着るよと夫は言った。まったく何でもない、ただの家庭的な会話なのに、なぜか私の記憶にからみついて消えずに残った。実際にムッシュー・ゴヴローが言ったなかで、私が覚えているのはそれだけだ。

「あたしはどうもしないわ、ゴーム」夫から向きなおると、タンテ・カテリンが言った。「このひとはフランスに帰ると言ってるけど、ただの夢物語よ。フランスへ帰っても使いみちがないもの。あたしはただ生きていくだけ。このひとが生きてるかぎり、日本人も放っておいてくれる。ひとつだけ約束して」

「何だ?」スモールデインは言った。

「ルシファーの面倒を見て。無事にアメリカまで連れて帰って」

「わかった」

「ちゃんと歯磨きをさせてね」

「わかった」

「下着も替えるようにさせて」

「わかったよ」

「ルシファー」

「はい、タンテ・カテリン」

「ゴーマンをお願い」

「はい、マアム」

「あまり飲みすぎないようにさせて」

「はい、マアム」

「娼婦《しょうふ》には近づけないで。少なくともたちの悪いのには」

「はい、マアム」

彼女が身を屈めてキスをし、それから私の着ているものをばたばたといじり、あちこちをまっすぐ伸ばした。「あなたと離れるのはつらいわ、ルシファー。赤毛のメキシコ人を信用しちゃだめよ。近づかないようにして」

「はい、マアム」

またスモールデインのほうを向く。「船には乗りたくないの、ゴーム。あたしには無理よ、きっと」

「わかってる」

それから彼にキスをした。その長くて心のこもった、暖かく情熱的な、いつまでも記憶に残るキスを、私はうれしい気持ちで見守った。ムッシュー・ゴヴローが顔をそむけ、えへんと咳払《せきばら》いをしたが、誰も注意を払わなかった。

スイス領事館から来たせわしない職員が立ち止まり、船に乗るよう声をかけてきた。タンテ・カテリンはまだスモールデインの手を握ったまま、ゆっくりあとずさった。このときはジンジャー・ロジャースになりきっていたと思う。「戻ってきてね、ゴーム」彼女は言った。「また上海へ、あたしのところへ」

スモールデインは片目をつぶってみせ、また彼女を両腕に強くかき抱いてから、ぴしゃりとお尻《しり》を叩《たた》いた。ムッシュー・ゴヴローがひっと息を飲んだ。

「二人で戻ってくるよ、ケイト」

彼女はうなずいて、右の拳《こぶし》を口に当てた。涙がぽろぽろ頬を伝って落ちたけれど、化粧が崩れるほど多くはなかった。彼女が小さく左手を振り、私たちは歩み板を上りはじめた。その中ほどで、スモールデインがそっとささやいた。「せっかくの場面を台なしにするなよ。振り返って手を振って、泣いてるみたいに拳で目をこすってみせろ」

私は振り返って手を大きく振り、左目に拳を当てた。

「ゴーム！」タンテ・カテリンが叫んだ。

スモールデインがそちらを向いた。「何だ？」と叫び返す。

「その子の下着を替えさせて」

それが彼女の言った最後の言葉、私が見た最後の姿だった。

船は一九四二年六月八日に上海を出航した。乗客は千三十六人で、教会の宣教師と医療宣教師の両方がいたほか、看護師や国務省の役人たち、ほぼスモールデインの知り合いばかりの通信員とその子どもや妻たち、影響力の程度はピンキリのいろいろな実業家、一握りのカナダ人、スパイ二人（スモールデインに言わせれば）、こっそり持ちこまれた子猫一匹、そして赤毛のメキシコ人も一人いた。

六月十日にシンガポールに着き、そこで日本の定期船〈浅間丸〉と一緒になった。この船は朝鮮と日本、満州から引き揚げる南米人と北米人を乗せていて、少し前に香港でアメリカとカナダの市民を拾ったところだった。シンガポールを出て南のオランダ領東インドと珊瑚《さんご》海《かい》へ向かいはじめると、まもなくスモールデインがビジネスを持ちかけてきた。それから二日かけてあれこれ数字を検討したあと、私はそのベンチャーに出資しようと決め、ついにスモールデイン・コミュニケーションズ社として出発することになった。

事業内容はもちろんサイコロ賭博《クラップス》で、スモールデインは確率について私にひととおり説明し、それから収益がどのくらいになるかを予想した。

「この船には千人ばかり乗ってる。そのなかに博打《ばくち》好きが三百人いるとしよう。ロレンソ・マルケスに着いたら、浅間丸に乗ってる乗客と俺たちが合わさって、倍近い人数がグリプスホルム号に乗りこむ。そうすると乗客は合計で千六百人。そのうち本気の博打好きは五百人ぐらいだろう——最後の一セントまで賭けるようなやつは。それに連中がパーサーから百ドル引き出せるのもわかってる。で、百掛ける五百はいくつだ？」

「五万だね」私は言った。

「やったぞ。大金持ちになれる」

「でも、賭けは賭けだよ」

「もちろん賭けだ」

「そういう場合、一方が勝ったら、もう一方が負けるわけだろ」自分の考えを論理的に説明するためにフランス語に切り替えて言った。

「ウイ、ムッシューくそチビ野郎《プチ・メルド》」

「そしたらぼくがお金をなくして、あんたは面子《メンツ》をなくす見込みもある。その逆になるなら最高だけど」

「オッズだ。オッズを覚えておけ。俺たちはサイコロにだけ賭ける。俺たちがゲームの胴元なんだ。時間が味方をしてくれる。六十日から七十五日ある。三ヵ月あってもおかしくない」

「リスクが大きいよ」

「リターンはもっとでかい」

「そうは言うけど――」

「あの赤毛のメキシコ人と話しこんだんだが」スモールデインが広東語に切り替えた。「大金持ちなのに、妙な趣味があってな。おまえがほしくてならないんだが、内気でなかなか言い出せない。俺にけっこうな額をつけて頼んできてる――」

「ゲームはいつ始める？」

「今夜からだ。ちなみにメキシコ人の話は嘘《うそ》だぞ、ぼうず」

「知ってるよ。あいつは香港からこっち、看護師二人と寝てたから」

　最初にダウンしたのは通信員たちだった。ＡＰは三百ドル弱すった。ＵＰは二百七十五ドル、ＩＮＳはたった百ドル。スモールデインはそれだけの金をぜんぶ借用書《マーカー》にして、残りの旅が終わるまで利子十パーセントで貸し付けた。三人まとめると、負けは二千ドル近くになった。つぎには医者と実業家たちがダウンした。私の仕事はサイコロを投げ手に戻し、オッズを告げることだった。

「ノー4《フォー》で二対一」とニューヨークの太った外科医に声をかけた。

「ゾロ目よ、来い」太った医師は膝立《ひざだ》ちになり、隔壁にサイコロをぶつけたが、出目は7でおしまいになった。スモールデインが金をかき集め、私はサイコロをつぎの投げ手に渡した。ロレンソ・マルケスに到着する一九四二年七月二十三日には、コンテ・ヴェルデ号のクラップスの投げ手たちはそろって破産し、私たちは二万一千七百九十五ドルの黒字となり、浅間丸に乗っている新しいカモを待ちわびていた。

　ロレンソ・マルケスにはスウェーデンの客船グリプスホルム号がすでに入港していて、そのあとに到着したコンテ・ヴェルデ号と浅間丸が両脇《りょうわき》に停泊した。新たに供給される博打好きたちがグリプスホルム号に集まるまで、クラップスは中断となった。

ほかの乗客が荷造りや下船の準備をしているあいだ、私はぶらぶらとデッキまで上がってみた。私と同じ年頃の日本人の少年がひとり、グリプスホルム号の手すりに身を乗り出して、水面につばを吐いていた。彼が顔を上げ、私たちは見つめ合った。

「そっちの船の食い物はどう？」少年が言った。

「まずいよ」私は言った。「そっちのは？」

「まずい」

彼がまた水面につばを吐いた。私も手すり越しに同じことをした。

「どこから来た？」

「上海。そっちは？」

「ニューヨーク」

また海に向かってつばの吐きっこをする。

「おまえ、アメリカ人？」

「よくわからない。そうかも。そっちは日本人？」

少年はゆっくりうなずき、またつばを吐いた。「そういうことになるってさ」

ロレンソ・マルケスからリオに向けて出港した二日後、クラップスが再開し、喜望峰を回ったころには、非公式なゲーム会社スモールデイン＆ダイは三万九千七百九十二ドルの黒字を計上していた。スモールデインが上がりを数えるのを手伝った。それが終わると、彼は私を見た。「ここいらで勝ち逃げするか、ルシファー」

「あんたの言うとおりでいいよ」

「もう十分稼いだ」

「それで何するの？」

「おまえは教育を受けるんだ」

「教育ならもう受けてる」

「読み書きもできないだろうが」

「世界の仕組みならようくわかってるさ」

「どこでそいつを学んだ？」

肩をすくめる。「いろんなところで」

スモールデインは首を横に振った。「まあいい、おまえが頭がいいのは認めよう。クラップスのさくらや娼館の客引きをして、六つか七つの言葉を話して、酔っ払いの懐《ふところ》からくすねて、カモから巻き上げたりもできる。だが読んだり書いたりはできないんだからとにかく四の五の言わずに学校へ行って勉強しろ」

「あんたも行く、ゴーマン？」

「いいや」

「どうして？」

「俺は歳《とし》を食ってる」

「じゃあ何するの？」

「まだわからないんだよ、ぼうず。でも、ひとつアイデアがある」

　リオでＦＢＩの局員が船に乗ってくると、スモールデインに向かってたずねた。結婚したことがないのに、なぜ息子がいるのか。

「何が問題なんです？　この子はアメリカ人だ」

「あなたの記録を確認しました、ミスター・スモールデイン。あなたは一度も女性と籍を入れたことがない」

「私生児なんですよ」

　ＦＢＩは二人組だった。ひとりはとても若くて二十代。もうひとりはかなり年上で、三十五ぐらいか。どちらも疑っている様子だった。

「ミスター・スモールデイン、もしこの少年がアメリカ市民でないなら、入国は許可できない――」

「言ってやれ、ルシファー」

「ぼくの名はウィリアム・スモールデインです。サンフランシスコで生まれて――」

「ちがうちがう、本当のやつだ」とスモールデイン。

「えっと」私は言った。「ぼくは八歳で、名前はルシファー・クラレンス・ダイで、一九三三年十二月五日にアメリカ合衆国モンタナ州モンクリーフで生まれました、父の名はドクター・クラレンス・ダイで、住所は――住所は――」そこで口ごもった。

「私と一緒に住んでます」スモールデインが言った。「この子の後見人なので」

「彼の両親は？」

「死にました」

「きわめて異例だ」年上のほうが言った。その言い回しを聞いたのはそのときが初めてで、残念ながら最後でもなかった。

「モンタナのモンクリーフに電信で問い合わせたら、この子の言うように、一九三三年十二月五日生まれのルシファー・クラレンス・ダイがいたとわかりますよ」

「まあ、あなたが彼の責任を引き受けるなら――」

「引き受けますとも。どこにサインを？」

「それはニューヨークでやってもらう」年上のほうが言った。「しかし、どういうものかな」

「そんな、馬鹿《ばか》すぎてスパイなんて無理ですよ」スモールデインが言った。「読み書きもできないのに」

私が学校へ行こうと決めたのはそのときだった。

リオからニューヨークへの船旅では、乗客の二人がナチの潜水艦を見たと言って大騒ぎになったが、べつに何も起こらず、私たちは一九四二年八月二十六日にマンハッタンに入港した。出迎えは誰もいなかった。気が遠くなるような入国管理の手続きを終え、タクシーに乗って、スモールデインが取っておいたゴッサム・ホテルへ向かった。もう賭けるものがなくなった通信員からその予約を取り上げていたのだ。部屋に落ち着いて、現金をホテルの金庫に預けたあと、スモールデインが赤い紙でくるんだ包みを取り出した。

「ケイトからだ。果物とウィスキーを詰めたバスケットの底にあった。ニューヨークに着いたらおまえに渡してくれと言われてな」

「これはなに？」

「おまえの父さんの日記だ。おまえに読んでほしいと言ってた」

「だって読めないよ」
「ケイトが言ってたろう、勉強しろって」

17

スワンカートンの街の父祖とでも呼べそうな連中との顔合わせのあと、ブーブー・ロビノーが車で私をホテルまで送り届けた。その途中に、私は訊《き》いてみた。「なぜブーブーと呼ばれてるんだ？」

「友達はそうは呼びません。親父《おやじ》だけです」

「友達からは何と呼ばれてる？」

「ブーと」

その顔はずいぶんきれいに縫ってあるが何があった、と訊こうかと思ったが、聞きたくもない長話になりそうなのでやめておいた。代わりに、送ってくれてすまないとだけ言った。

シカモア・ホテルの部屋の鍵《かぎ》を外し、なかに入った。ベネチアンブラインドが下ろされ、カーテンが引いてあった。出たときとちがっている。暗い。ドアが右側に開いていたので、壁に向けて叩きつけたが、壁には当たらなかった。人間にぶつかり、うめき声がした。私は素早く廊下に戻ろうとしたが、速さが足りなかった。フッとかすかなため息のような、後悔のため息の始まりのような音が聞こえ、左肩に硬いものがぶち当たった。そのまま後ずさりで廊下に出た瞬間誰かとぶつかり、振り向くとホーマー・ネセサリーの、愛想のいい笑顔があった。

「厄介ごとか？」

右手で肩をもんだ。「厄介ごとだ」と言った。「二人いた」

「ふん。さてと」ネセサリーがまた微笑《ほほえ》んだ。「明かりのスイッチはドアのどっち側だ？」

一瞬考えた。「左側、入ってすぐだ。二つある」

ネセサリーが右の尻ポケットに手を伸ばし、編んだ革でできたブラックジャックを取り出した。左の手のひらにぴしゃりと叩きつける。「さてと」また言ってドアまで移動し、脇柱の向こうへ腕を伸ばして入り口の照明をつけた。体格に似合わず素早い動きだった。低い体勢で入ると身をひるがえし、足首あたりからブラックジャックを振り上げた。当たったところは見えなかったが、音が聞こえた。湿った音だった。ネセサリーは左側を向き、やはり素早くしなやかに、ふくらんだ蛇のように動いた。そして止まるとまっすぐ立ち、こちらににやりと笑いかけた。

「こいつはドアの陰から出たくないらしい」ネセサリーが言う。「もう入ってもいいぞ」

私は部屋に入った。左側の床に、ぐったりした男の体があった。黄色いベロアの半《はん》袖《そで》シャツに、日焼けしたカーキのスラックス。せいぜい二十二歳か二十三歳ぐらいで、口の左の端から血の筋を垂らしている。黒い粘着テープを巻いたパイプが、右手から数センチのところに落ちていた。

「ちょっと気をつけながら手を伸ばして、ドアを閉めろ」ネセサリーが言った。「叩きつけてもいいかな」

勢いよくドアを閉めた。その陰にいたのも、見たところ〝大人は判《わか》ってくれない〟世代の一員だった。二十歳そこそこで、タートルネックの半袖シャツを着て、似合わないもみあげを伸ばし、恐怖にすくんでいた。右手に長さ二十センチほどのテープを巻いたパイプがあるが、それも忘れているようだ。

ネセサリーがブラックジャックを左の手のひらに二度、叩きつけた。「そいつを捨てな、坊や」と言った。「床の上に捨てるんだ」若造は自分の持ったパイプを見て、気弱な、少し間の抜けた笑みを浮かべ、パイプをカーペットの上に落とした。

「よし、あそこの椅子に座れ」若造はネセサリーに指示された椅子のほうへ行き、腰を下ろした。まだ恐怖のあまりぎくしゃくしていた。

私は床に伸びている男の上に屈《かが》みこんだ。「大した怪我《けが》じゃない」ネセサリーが言った。「あごを砕いちゃいないが、歯は二、三本ゆるんだかもな。このあたりをやった」私が顔を上げると、彼は右手の人差し指を自分のあごに沿って、左耳のすぐ下まで移動させてみせた。

「いい腕だ」立ち上がりながら、ネセサリーに言った。

「まあな」と言って、椅子の若い男に向きなおる。「名前は？」

「フランク。フランク・スミス。神かけて本当だ。スミスだ」

ネセサリーはブラックジャックを尻ポケットに戻し、フランク・スミスの顔を張った。強い、小気味いい平手だった。「これは本当のことを言ったからだぞ、フランク。嘘をついたときにどうなるか、頭を働かせてから答えろ」

〝もし〟じゃなく〝ときに〟なのか、と気づいた。私は煙草《たばこ》に火をつけ、元警察署長の手ぎわを見守った。以前の仕事はきっと楽しんでやっていたのだろうと思った。

「いくらだ？」ネセサリーが訊いた。

「何が？」

また張り飛ばした。「五十ドル。一人ずつだ」

「誰だ？　誰から受け取った？」

「わからない。どこかの男だ」

また一発、平手をくれる。

フランク・スミスの顔は、怒りと平手打ちで真っ赤になっていた。「どこかの男だって言ったろ。エメッツで会って――」

「エメッツってのは？」

「そこで二人とも玉突きをやって、うだうだしてたんだ」

ネセサリーが首を横に振った。「始まりはいつも玉突き場か。それに、どこかの男だ。どんな見てくれの男だった、フランク？」

フランク・スミスは軽く肩を上げて落とした。「わからねえ。いやちがう、どこにでもいるような男だった」

ネセサリーがポケットに手をやり、またブラックジャックを取り出した。煙草のパックでも出すような、何気ない動作で。フランク・スミスは無視しようとしたが、だめだった。魅入られたように目が動かなかった。

「これをおまえのその腕に使いたくはないんだがな、フランク。肩のすぐ下あたりだ。

とんでもなく痛い。ずっと何週間もな。そんなまねはしたくない。おまえもいやだろう？」

「いやだ」ほんのかすかなつぶやき声だった。

ネセサリーがまたブラックジャックで左の手のひらを叩く。何かコツでもあるのか、パキッ、パキッと、まるで手の骨が砕けでもするような乾いた音をたてた。どんな古株の警官から教わったのだろうか。

「背丈は中ぐらいで――百七十五か、もうちょっとぐらいだ。体重は七十とちょっと。髪は黒い。たしかスーツを着てた。タン色のスーツだ」

「目の色は？」

「わからねえ」とフランク・スミス。「いや待てって、くそっ、覚えてねえんだ、目の色は」

「もし覚えてたらまずいことになるぞ」とネセサリー。「そいつは自分のことを何と言ってた？」

「何とも」

「名前もか？」

フランク・スミスは首を横に振った。

「前に会ったことは？」

「ない」

「そいつは何を言ったんだ？　思い出せることをぜんぶ話せ」

「ええと、言ったのは、シカモアの八一九号に男が泊まってて、そいつが博打で借りを作って払おうとしないんだって。それで一人あたり五十ドル出すからちょっとその男を痛めつけてくれって。そうして部屋の鍵と封筒をよこして、終わったら封筒をそいつのところへ置いていけって」

「それだけか、フランク？」

「それで、その男はいまホテルを出てるから、そいつの部屋のなかで待ってろって。そのあと五十ドルずつ渡されて、ここまで来て待ってた」

「なんでおまえに？」

「あ？」

　その「あ？」でまた顔を張られた。「なんでおまえに声をかけたんだ、フランク？」

　ネセサリーの声は妙に優しかった。

　その声音に、フランク・スミスはますます震え上がった。「わからねえ——だから殴らないでくれ！　向こうは俺たちを知ってるみたいだった。まっすぐこっちへ寄ってきて、名前で呼んだんだ」

「おまえは何度パクられたことがある、フランク？」

「三回。四回だったかも」

「車泥棒か？」

「一回だけだ」

「暴行は？」

「二回あったかも」

「公然酩酊《めいてい》は？」

「一回」

「ほかには？」

「もうない」

「ほかにないのか、フランク？」

「ないって。誓うよ」

「ムショにはどれだけいた？」

「六ヵ月」フランク・スミスはぼそぼそと答えた。

「車泥棒でか？」

「ああ」

「州立か？」

「マンダーズフィールド」

「いまいくつだ？」

「三十一」

「相棒の名は？」

「ジョー・カーソン」

「どこで会った、マンダーズフィールドでか？」

「そうだよ」

「こいつは何で入ってた？」

「家宅侵入。一年食らった」

「出所してどれだけだ？」

「二ヵ月くらい」

ジョー・カーソンがうめき声をもらし、ごろりと転がった。ネセサリーは反応しない。カーソンは少し動いたが、ただぴくりとしただけだった。

「保護観察中か？」

「いや。どっちももう明けてる」

「運がよかったな」

ジョー・カーソンがまたうめき声をあげ、今度はネセサリーもそちらを向いた。腕の時計を見て、満足げにうなずく。「ちょうどいい」誰にともなく、自分に言うように言った。フランク・スミスに向きなおる。「封筒があるんだったな？」

「ジョーが持ってる」とフランク・スミス。

「ふん、じゃ、ジョーのところへ行ってその封筒を取ってきて、ミスター・ダイに渡すんだ。元から渡すはずだった相手にな。それから、〝どこかの男〟がおまえによこした五十ドルと、そこのジョーによこした五十ドルもほしい。わかったか？」

フランク・スミスはうなずき、カーソンの前まで行った。カーソンのポケットから封筒を引っぱり出し、五十ドルも見つけて、ネセサリーの立っているところに戻ってくる。「この金が要るのか？」とネセサリーに訊いた。

「そういうことだ」

「ジョーのぶんの五十」と言って渡した。それから自分のポケットをごそごそやり、もうひとつ札束を取り出した。「こっちが俺のぶん」ネセサリーは両方とも自分のポケットに収めた。

「封筒はこっち?」フランク・スミスが訊いた。何もかも正確を期してやろうと決めたようだった。

「そのとおり」とネセサリー。

「ほら」フランク・スミスがこちらに封筒を渡してよこす。

「じゃ、そいつをここから引きずり出せ、目を覚ましてそこいらじゅうにゲロを吐きまくらないうちに」

「もういいのか?」

「もういいぞ、フランク」

「イエッサー」

フランク・スミスはカーソンの上に身を屈めて脇の下をつかみ、ドアのほうへ引きずりはじめた。カーソンがまたうめき声をあげた。「ドアを開けてくれないかな、だんな?」フランク・スミスが言ったので、私はドアを開けて支えてやり、彼はカーソンを廊下へ引きずり出した。「こいつをどうしよう?」と言う。

「そっちの問題だな」私は言ってドアを閉めた。

「会合はどうだったんだ?」ネセサリーが訊いた。

封筒を開けながら、うなずいた。「提案をしてきた」

「そこには何が書いてある？」

封筒のなかにあった紙一枚を手渡す。鉛筆で、ブロック体で書かれていた。ネセサリーが声に出して読み上げた。音読に慣れていない人間がよくするように、一語一語を同じように強調しながら。「これはただの見本だ。つぎは本物だ」首を横に振った。「素人《しろうと》だ」

「だろうな」

「プロはつぎのチャンスなんぞやらない」

「たしかに」

「またやってくるかもな。つぎはチンピラ二人じゃすまないだろう」

「おそらく」

「気になるか？」

「たしかに気になる」

「そいつはよかった。でなきゃ、ちょっと心配になってたところだ」深いため息をつく。「もう少し俺が近くにいたほうがいいかな」

「さっきは助かった。ありがとう」

「オーカットに言われてきたんだ」

「何か用があったのか？」

ネセサリーがかぶりを振る。「ただ勘が働いただけだ。あいつはときどきそういうことがある。俺がこの部屋まで下りてったほうがいいって勘が働いた。それがドンピシャだった」しばらく間を置いた。「よくあることだ」

「彼にも礼を言わないとな」

「これから会いにいくか」

「上の部屋に酒は置いてあるか？」

「もちろん」

「それはいい。行こう」

ネセサリーがドアに向かいかけて、足を止めた。「さっきの百ドルを分けるか？」

「取っておいてくれ」

「半分取っていいぞ」

「あんたの稼ぎだ」

彼はまたドアへ向かいかけ、また足を止めた。「やつらは実際、その会合とやらで何を言ってきたんだ？」

「こっちがキャロル・サッカティと寝てるかどうか知りたがった」

「何て答えた？」

「本当のことだ。まだだと言った」

18

一九五三年四月十七日、アルバート・シラー少佐と私は、朝鮮半島にある丘を半分ほど登った――もしくは下った――ところで、三十秒と間をおかずに相次いで撃たれた。そこはポークチョップ・ヒルと呼ばれた場所で、何年かあとには映画の題材にもなった。主演はグレゴリー・ペックだったと思う。少佐の役でも私の役でもできただろう。私はそのとき十九歳で、アメリカ陸軍最年少の曹長だった。もしくはそうだと聞かされた。シラー少佐は三十六歳で、自分は陸軍最年長の少佐だと、いかにも適当なことを言っていた。彼が中佐になったのはやっと一九六一年、退役する直前のことだ。

私たちは、第三十一歩兵連隊のＥ中隊が持っているはずの前哨地《ぜんしょうち》に機材を設置するため、ポークチョップ・ヒルの頂上へ向かって半分ほど登ったところだった。機材というのは、野球場や大学の体育館やフットボール場で使うＰＡシステムに似たりよったりのスピーカー群である。私はそのスピーカーで、E中隊の前哨地からCCFに向けて語りかけることになっていた。CCFを侮辱し、罵《ののし》り、嘲笑《あざわら》うのが目的だ。

「やつらの腸《はらわた》をえぐってやれ、君」大将からはそう言われていた。「うちの女房が誰かと寝てるんじゃないかと思わせてやれ。里心がつくように。要するに、士気を下げるんだ」

士気を下げる相手のCCFとは、いうまでもなく中国人民志願軍《コミュニスト・チャイニーズ・フォーシズ》である。この部隊は当時、板門店で進められていた停戦交渉を大なり小なり無視していた。シラー少佐はこの計画を自分ひとりで思いつくと、中国語がしゃべれるアメリカ人を物色しはじめた。そして歩兵の補充所で、本国から着いたばかりの私を見つけ、すぐに〝小規模心理戦部隊〟へ異動させた。少佐はどうにかしてある州軍大将を説得し、大将は自らの人脈を通じてシラーの提案した編制表をあらかた承認させた。そのおかげで少佐の目論見《もくろみ》どおり、私は二週間で二等兵から曹長へ昇格となった。事務とタイピングの得意な伍長《ごちょう》を指揮下に置き、二人でシラー少佐の言う小規模心理戦の一切合切を組み立てた。

一九五三年四月十五日、少佐は大将から、中国兵の士気を徹底的に下げて武器を捨てさせ、急いで国へ帰っていくようしむけるという計画に着手する許可を得た。だがその前にまず、少佐と私は大将から呼び出しを受け、私の中国語がどこまで達者かをお目にかけることになった。「中国語で何か言ってみたまえ、曹長」大将が言うと、私はにっこり笑って、「梅毒病みの走狗《そうく》の捨て子」と呼んだ。

「いやじつに、大したものじゃないですか、サー」シラー少佐は言って、私に愛想よく微笑んだ。「もちろん本番では、このように丁重に話しかけたりはしません。下賤《げせん》な中国語で、敵方の痛いところをぐさりと突くでしょう」

「腸をえぐってやれよ、君」大将がまた言った。

「腸をえぐってやります、サー」灰色の髪と冷たい目をした若い曹長は答えた。

ポークチョップ・ヒル周辺のＣＣＦの大半はモンゴル人だろうから、私が言っていることの一割も理解できないだろう、と伝えるべき理由はなかった。向こうは少なくとも中国語であることは理解するだろうし、おそらく激励の言葉ではないともわかるはずだ。そしてさらに、小規模心理戦部隊の曹長でいるのは、歩兵部隊の補充小銃兵でいるよりずっといいと理屈づけた。どんなものでもあれよりはましだ。

第七師団第三十一歩兵連隊のＥ中隊から、ＣＣＦがモンゴルの歌を歌い音楽を鳴らして大騒ぎしているという知らせが届いた。少佐は「やつらに逆ねじを食わせてやるには絶好の場所」だと言って大将を説得した。シラー少佐は慣用句をずいぶんよく知っていて、しかもそれを惜しみなく使う癖があった。

それで私たちは、診療呼集を受けたのをいいことに怠けていた予備の小銃兵を一隊ぶんかき集め、彼らと一緒にスピーカーとアンプをジープに乗せて、ポークチョップ・ヒルへ向かった。ジープがもう進めなくなると、機材を小銃兵たちに背負わせた。そのときつくづく、歩兵部隊というのは三千年このかた、あまり変わっていないと思った。

シラー少佐はどこで見つけたのか、英国軍人の象徴たるスワッガー・スティックを持っていた。イングランドの二個旅団の将校たちが使っているのを別にすれば、おそらく韓国にあるのはこれ一本きりだったろう。少佐はそのスティックをびゅんびゅん振り回し、何分かごとに自分の四五口径のコルト自動小銃がホルスターから落ちていないか確かめながら、私たちをポークチョップ・ヒルへ案内していった。

Ｅ中隊の位置から半分のところまで来てみると、中隊はすでに中国軍に制圧され、ほとんどの隊員が死ぬか負傷するか、捕虜になっていた。もはやＣＣＦを侮辱するのにスピーカーやアンプは必要なかった。会話口調で語りかければすむ。シラー少佐は上位の下士官たち（要するに私と伍長）を呼び出して戦略会議を持った。私たちはすみやかな撤退が最善だろうと同意した。小銃兵たちも高価なアンプやスピーカーを捨て話し合いに加わった。そして全員一致で、少佐の判断を支持した。

実際には、撤退とはならなかった。退却ですらない。潰走《かいそう》だった。私は行軍の途中で見つけたトンプソン・四五サブマシンガンを持ち歩いていた。少佐はスワッガー・スティックを失《な》くし、いまは自分の四五口径を振り回していたが、その前に私が安全装置がかかっているかを確かめなくてはならなかった。私たちはまだ少佐を先頭に、深い涸《か》れ谷を下っていった。ある岩の露頭の陰から二人の中国兵が飛び出してきた。少佐がオートマティックで撃とうとしたが、安全装置を外すのを忘れていた。私は大声の中国語で「臭い亀《かめ》ども！」と叫んだ。中国兵二人に通じたかどうかはともかく、相手が驚いてためらうには十分だった。私は叫びながら少佐の左側にある岩陰へ飛びこみ、トンプソンを撃った。何にも当たらなかった。

中国兵は二人ともソ連製の七・六二ミリＰＰｓｈ四一サブマシンガンを持っていた。フルオートマティックにしていたのだろう、両方とも少佐と私に向けて長々と、少なくとも四十五秒のあいだ弾を撃ちつづけた。フル装塡《そうてん》なら百四十四発だったはずだ。下手な鉄砲そのものでも、数を撃てば何とやらだ。百四十四発のうち一発の跳弾が私の右腿《みぎもも》に当たった。もう一発は少佐の右腕をかすめ、まだ撃ってもいないオートマティックを取り落とさせた。岩の陰から顔を出してみると、中国兵たちがマガジンを交換しようとしていた。だがもたついていたので、私はトンプソンを撃って二人とも殺した。狙《ねら》いを低くして引き金を引くと、フォート・フッドの軍曹が請け合ったとおり、銃身は跳ね上がって左へずれた。

シラー少佐は私を銀星章に推し、自分には州軍の大将から殊勲十字章への推薦を取りつけたが、どちらも軍団司令部からの承認は下りなかった。それでも私たち二人はパープル・ハート勲章を授与され、療養のためにサンアントニオのフォート・サム・ヒューストンにあるブルック総合病院へ送還された。

シラー少佐はたちまち回復し、いつもどおりの気楽な仕事に就いた。今度はフォート・サムの広報室で、戦死した軍人の母親や妻に授与される勲章についてのプレスリリースを出すのが毎日の主な業務だった。リリースは地元の新聞や『サンアントニオ・ライト』、『エクスプレス』に送られたが、その出だしは判で押したようだった。「短いながらも感動的な式典において銀星章が授与され……」一九四二年から広報室がずっと使ってきた、誰もが見慣れた文面だ。『ライト』や『エクスプレス』のリライト担当も同じだった。

フォート・サムの南の端の安酒場が並ぶスネークヒル地区からそう遠くない場所に、シラーは大きな家を建てていた。妻のルビーとの二人暮らしで、優秀な法律秘書のルビーはシラーより稼ぎがよかったが、彼はまったく気にしなかった。

少佐は見た目だけはいかにも軍人らしかった。長身のやさ男で、制服を見事に着こなした。第二次世界大戦中はだいたい、本人の言う「秘密任務」とやらで、ロンドンとパリにいた。ペンシルベニア州の小さな大学で学士号を取ったあと、一九四一年に徴兵されたときには、ラジオ局の下働きをしていた。それ以前はウィリス自動車の販売員だった。従軍前の経験について訊かれると、シラーはいつも「ラジオＣＭ」に「関わり」、それ以前は「自動車産業の経営サイド」に「関わって」いたと言った。

わし鼻の一歩手前のような高い鼻筋、知的な感じに秀《ひい》でたひたい、濃い黒髪、薄い唇に人好きのする笑み、どこか困ったような青い目。すぐ手近にあるどんなプランにも無限の情熱を燃やし、過去の失敗を忘れることにかけては天才的で、重度のドンファン症候群でもあった。スカートを穿《は》いた相手なら誰彼かまわず寝ようとし、しかもたいてい成功した。

一九五三年五月の下旬、まだ点数が足りないというのに、軍は私を除隊させることに決めた。十九歳の曹長をどうしたものか途方に暮れたというのが理由の大半だった。

私は病院のなかをぶらぶらしつつ、決定が下るのを待っていたが、そこへシラーが見舞いに立ち寄った。たいてい週に一、二度やってきて、給料日まで十ドルか二十ドル借りていく。彼はいつも文なしだった。

「おい、俺が手配してやったぞ。おまえは来週の月曜の朝から仕事に就く」

「どこへ働きにいくんです？」

「広報《PIO》だ。おまえは俺の新しい民間人の助手になる。年俸は三千六百と五十ドル。どうだ？」

「安すぎます」

少佐はひるまなかった。「まあ、始めとしちゃすごいとはいえないが、二、三ヵ月もしたら一つか二つはクラスが上がるだろう」

「二、三ヵ月したらまた学校へ行くんです。前に話したでしょう」

シラーは新しいスワッガー・スティックを振っていつもの大ざっぱなジェスチャーをしてみせた。あのひと、あれを六本持ってたわ、とあとになって彼の奥さんから聞いた。「おいルー、夏のうちはほかにやることもないんだろう？」

「PIOで何をさせられるんです？」

「さっき言っただろう。俺の助手だ」

「あなたは何を？」

シラーは誰か聞いていないかと、病棟をきょろきょろ見回した。誰も聞いていなかった。みんないつものように『キャプテン・マーベル』を読んでいた。「俺とおまえと門柱だけの話だぞ、まあ大したもんじゃないが、楽しくやってる」

「だから何を？」また訊いた。

「そうだな、俺と一緒に決まった訪問先を回るんだ。九時ごろオフィスに着いて、十時にコーヒーを飲みに出て、十二時に将校クラブで昼メシを食って、二時にオフィスへ戻る。二時半にダウンタウンへ新聞を買いにいって、それからガンター・ホテルで冷たいパール・ビールを一杯やりながら、今日一日の活動を振り返る。どうだ？」

「疲れそうですね」

「社員用の車もつく」

「ほかには？」

「婦人部隊のドライバーもだ」

「その婦人とは寝たんですか？」

「もうやってない。おまえの好きにしていい」

「それはどうも」

「だがな、ひとつレジスタンスがある」パリにいたと言いながら、少佐のフランス語は壊滅的だった。

「何です？」

「俺の家に住みこんでもらう」

「あなたとルビーのところに？」

「あいつとはもう話をつけてある。家賃と賄《まかな》いつきでたったの月七十五ドル、酒代は自分持ちでな。それも大体でいい」

「あなたは家に八十五ドルしか入れてないでしょう」

「家庭のメシだぞ、ルー。ルビーの手料理だ」

「考えてみますよ」

「九月まで、ほかにやることがあるのか？」

「ニューヨークに知り合いがいて。一度会いにいかないと」

「九月に会えばいい。ちなみに、もうひとつお楽しみがある」

「もう腹いっぱいなんですが」と、どこかで聞いた文句を言ったが、シラー相手ではのれんに腕押しだった。

「軍のお偉いさんと、週に一度ポーカーをやる。大尉《たいい》や中尉や中佐が相手じゃない。

本物の高級将校だ。低くても大佐クラスだ」

「あなたはどうなんです」

「俺は広報担当だからな」それであらゆる社交の壁を通り抜けられる、と言わんばかりだった。よくわからないが、実際そうなのかもしれない。

「こっちは下士官《EM》ですよ」私は言った。「だからEMというのは、ペンタゴンがわざわざ腰にパッドを入れて肩幅が狭くなるようにデザインした制服を着せて、いつでも馬鹿みたいに見えさせられる階級なんです」

「金曜日一五〇〇時をもって、おまえは民間人となり、軍のどの人間より上に立つ」シラーはしごく真面目《まじめ》な顔で言った。そこがシラーの困ったところだった。何につけても大真面目なのだ。もうひとつ困った点は、憑《つ》かれたような博打《ばくち》好きだということだった。


一週間後にシラー家へ転がりこんだ私に、ルビーは二階の南東向きの部屋を提供してくれた。陸軍はまだ兵舎に冷房を備えつけていなかったので、夜に風が吹いてくるその部屋はありがたかった。五月のサンアントニオは、とにかく暑いのだ。

ルビーとは、夫の火遊びについて私が主たる情報源にはならないとはっきりさせたうえで、とても仲よくなった。彼女は三十代前半の小柄でスリムなブルネットで、茶目っ気のある魅力にあふれ、夫よりずっと知的で、料理も上手《うま》かった。一緒にいて楽しい女性だと気づき、ベッドの上でもすごいのだろうと想像し、そこいらの尻軽女《しりがるおんな》を追い回すシラーを馬鹿だと思った。夏のあいだ少なからぬ夜を、遊び歩いている少佐をとっちめようと夜番についているルビーと一緒に過ごした。二人で網戸のついたポーチに座り、蛍を眺めては酒を飲みながら、私は上海時代の話をした。彼女はその話が好きだったが、私はサザンコンフォートのコーク割りがいっこうに好きになれず、ルビーのほうはそれしか飲まなかった。

　シラーがふらふら出歩くたび、ルビーは真夜中ごろに最後の一杯を注いで、「あのどうしようもないクソ野郎、朝になったら別れてやるわ」と私に言うのだが、ちょうどそのころシラーが幌《ほろ》を下ろした一九四九年式フォードを車回しに入れ、子どもしか信じないようなありえない災難の話を持ち帰ってくる。ときにはしこたまアルコールが入ると、ピアノを弾いて「ディープ・パープル」や「アイル・ネバー・スマイル・アゲイン」、「ダンシング・イン・ザ・ダーク」、「トゥギャザー」など三〇年代か四〇年代の曲を歌った。彼は天性の音程の持ち主で、歌詞もぜんぶ覚えていて、ピアノの演奏は熱と感情がこもっていたと思う。ルビーの前で歌うのは、彼女をなだめるためもあったが、その場にいる女が彼女だけだからでもあった。一時ごろには二人で二階へ上がっていき、ときには激しく言い争ったりもしたが、一時十五分ごろにはベッドのきしむ音が聞こえ、私を眠りへ誘うか悶々《もんもん》とさせるかはそのとき次第だった。朝になってもルビーが彼と別れることはなかった。

　エルモア・ゲイ大佐と出会ったのは、私が週一度のポーカーに加わるようになって四度目のことだ。このときは私が前の週に百九十五ドル巻き上げた陸軍少将の家が会場だった。ルールはポットリミットで、レイズは四回。ワイルドカードはなし。チェックレイズは許されるだけでなく、期待されていた。かなりきわどい展開になることもあり、シラーは一度ならず借用書を書いたりもした。たいていは翌日の朝に貸金業者に駆けこみ、フォードのコンバーチブルをかたにいくら貸してくれるかと掛け合ってしのいでいた。フォードがすでに抵当に入っているときは、私から借りた。

　ゲイ大佐は退屈そうに、ごく冷静にプレイする人物だった。五人めのプレーヤーは准将《じゅんしょう》だった。みんななかなか手強《てごわ》かったが、当面の敵はゲイ大佐だとわかった。細身の長身で、肩幅だけがやけに広く、口もとは楽しげで、もの問いたげな濃いグレイの目をしている。たえずチップの数を勘定し、替えたときの額を数えているような目だ。自分の番が来て、彼はファイブカードドローをディールした。

「聞いた話だと、ミスター・ダイ、君は上海で育ったそうだな」

「そうです」カードのデッキをじっと見ながら言う。これはスモールデインの数ある教えのひとつだった——「大主教じきじきのディールだろうと関係ないぞ、ぼうず」彼は言った。「札が配られるときは、デッキから目を離さずにいろ」

「中国語は話せるか？」

「少しは」

ゲイ大佐が中国語に切り替えた。「では来週のゲームにはぜひともあなたに参加してほしい。ゲームは私の家で行われるので、あなたに来てもらうことは誉れとなる」

「それほどありがたいお誘いをお断りするなどありえません」私は答えた。

「そうか」彼は英語で言い、自分で配った手を見た。「たしかに少しは話せるな」

「カードに集中しよう」少将が葉巻をくゆらせながら言った。「オープンするか、ダイ？」

私は10のスリーカードで、十ドルから始めた。全員が降りず、私は残り二枚を5のペアで埋めた。ゲイ大佐が一枚ドローすると、私は二十五ドルをベットした。大佐が私に二十五レイズし、少将がコールした。彼は二枚ドローしていた。私が降りると、ゲイ大佐がこちらを見て微笑んだ。「6のフォーカードだ」と言って手を置いた。

「キングのスリーカードで負けるか」少将がぼやいた。

「最初の三枚は、ダイ?」

私はテーブルの中央のカードを裏返した。「10です」

「たいていの人間は、フルハウスなら降りないものだが」ゲイ大佐が言った。

「たいていの人間は、何もわかっていないんです」と言うと、少将からぎろりとにらまれた。

「これも聞いた話だが」ゲイ大佐が言う。「君は陸軍で最年少の曹長だった」

「そう聞きました」

「なぜ幹部候補生学校《OCS》へ行かなかった?」

「私も勧めたんですが」シラーが言った。

「あまり高望みはしないたちなので、大佐」

「ポットが空いてるぞ」少将が言う。

ゲイが一ドルチップを二枚すべらせた。「失敬」

「ファイブスタッドで」准将が言った。

「ディールしろ」少将が言う。

「軍の暮らしは好きだったか？」

「いえ、あまり」

「キングが最初のベットだ、ダイ」少将が言った。

「キングが五をベット」私は言った。

「今後のプランは？」ゲイが訊く。

「大学へ戻ろうかと」

「どこのだ？」

「キングとジャックがベット」少将が言う。

「さらに五」私は言った。「まだ決めてません。コロンビアあたりに」

ゲイ大佐は自分の手札に目をやった。さらしているのは7とクイーンだった。「五をレイズ」と言った。私はキングがそろったので、彼にレイズ返しをした。准将だけが降りた。

つぎのラウンドで、私はまたキングを引き、ゲイ大佐もまたクイーンを引いた。私は二十五ベットし、ゲイだけがコールした。残り三人は降りた。最後の札ではどちらの手も変化がなく、私はまた二十五ベットした。するとゲイは降りた。

「たいていの人は、こっちの手札を見ようとしますが」私は言った。

「たいていの人間は、何もわかっていない」大佐が言った。「ところで、これは私の住所なんだが」名刺を渡してよこす。「つぎの金曜の晩にでも寄ってみないか。夕食をごちそうしよう、七時ごろでは？」

将軍二人が目を見交わし、薄く笑った。「スカウトならひまな時間にやったらどうだ、大佐？」少将が言った。

「見つけたその場で取れるものは取る」と大佐。

「カードに集中しよう」准将が言う。

その晩ずっとゲームを続けたが、誰もずるはせず、私は二百六十五ドルせしめた。そのうち二百ドルは、自分の負け分を払えなくなったシラー少佐に貸した。

19

彼女の目の色は父親よりも明るい、紫味を帯びたグレイで、とても優しげだった。私のノックに応《こた》えてドアを開け、こう言った。「ルシファー・ダイね。わたしはベヴアリー・ゲイ、大佐の箱入り娘。どうぞ入って」

「ありがとう」

彼女はそのとき十八歳で、セーターにスカート、茶色のローファーという女子大生の定番のいでたちだったが、よく映えていた。二人でサンアントニオ近郊にある中流家庭のバンガローの廊下を歩きながら、私は彼女の歩き方、そのスカートの揺れ方に見とれていた。「あなたはどう呼ばれるのが好き？ ルーか、ルシファーか、ミスター・ダイか」

「サムだね」

「それがミドルネームなの？」

「いや。クラレンスだ」

「えっ」

「自分でもそう思うよ。イニシャルを使ってもいいんだけど……」

「たしかにエルシーっていうふうには見えないけど。どうしてサムなの？」

「どうしてかな。いま思いついたんだ」

　私たちはリビングにいたのだが、まるで世界中を旅して回る、現地のバザールで決して要らないと言わないコレクターの部屋のようだった。東アフリカの槍《やり》に中東の絨《じゅう》毯《たん》。アメリカ先住民の陶器に寄り添うフィリピンの籐《とう》椅《い》子《す》。イラクのタペストリーの横には中国のあやしげな掛け軸。三〇年代ベルリンで作られたのかと思える重厚な家具と陰鬱《いんうつ》さで張り合っているのは、アーリーアメリカン調といえるかどうか微妙なこぶだらけの小さなテーブル。足が疲れた人のためには、房飾りのついた中東のオットマンや西アフリカの派手な革製のクッションが部屋中に散らばり、その一隅には大きなベヒシュタインのグランドピアノがうずくまっていた。

「ひどいでしょう？」

「まあ、一風変わってる」

「ここは父の古い友達の家なの。国務省を退職して、今年の夏はヨーロッパで過ごしてるひと。もう十五回目になるかしら。父が病院で治療を受けるあいだ、わたしたちはこの家に住まわせてもらってるの」

「病気だとは知らなかった」

「住血吸虫症。虫が血管に棲《す》みつく病気。戦争中にビルマで感染したんですって」

ゲイ大佐が廊下から入ってきて、私に笑みを向けた。「うちの箱入り娘に会ってくれたようだね」

「いまそう聞きました」差し出された手を握ると、不思議にほっそりしているが、力強かった。

「大切な一人娘でもある。何か飲むかい――マティーニでも？」

「ポーカーのときは飲《や》らないので」

楽しそうな顔でこちらを見る。「勝つのが好きなんだな？」

「負けるよりは勝つほうが」

「ビールは？」

「いいですね」

ベヴァリー・ゲイが二人分のビールを運んできたが、自分は飲まなかった。飾り気のないソファの、父親の隣に腰を下ろす。私は鋭角に尖《とが》った縁ばかりの革椅子に座った。

「先週中に、少し君のことを調べさせてもらった。気を悪くしないでくれるといいが」

「もうすんだことなら、僕にはどうにもできませんし。気を悪くするかどうかは、まだ何とも」

「わたしだったらいやだな」ベヴァリー・ゲイが言った。「いまは何でも知りたがる詮索《せんさく》好きが多すぎ」

「この子はウィスコンシン選出の議員があまり好きじゃなくてね」大佐が言う。「君はどう思う？」

「ジョー・マッカーシーを？　ああいうのは迷惑です」

「なぜ？」

「何かを怖がれと、人から指図されるのは嫌いなので。自分で決めたほうがいいです。もしかすると怖くないかもしれない。むしろ気に入るかも」

「熱いストーブみたいにか？」

「それは極論ですね、大佐」

「ふふっ」娘が私に笑みを向けた。ぱっと浮かんでゆっくり消える、暖かい余韻を残すような、素敵な笑顔だった。美しいとまではいかなくても、可愛《かわい》い以上だと思った。魅力的といえばいいのか。上品さと落ち着きと、身だしなみのせいもあるだろうが、それはほんの一部でしかない。まるできのう作られたばかりのように、とても棚ざらしにはできないほど、真新しくて、清潔だった——汚れと反対の意味の清潔ではなく、夜明けに鳴くマキバドリの澄んだ声のようだという意味で——そんなに早起きをしたことがあればの話だが。大佐を見るときのグレイの目はまじめそうなのにいたずらっぽく見え、表情はくるくる変わってめったに止まることがない。豊かで繊細な唇はほんの少し色を差しているだけで、ウサギのように鼻にしわが寄るのも愛嬌《あいきょう》として許せてしまうほどだった。

「うちの娘はどうにも権力嫌いでね」大佐が言った。

「そういうひとには料理上手が多いんです」

「そうなの？　初めて聞くけど」ベヴァリーが言った。

「僕も初めて聞いた」

「たぶん彼は腹が減ってるんだろう」

「十五分で支度するわ。それにわたしが行っちゃったら、話を聞いてくれる相手が半分に減っちゃうでしょ」

ゲイ大佐はソファに深くもたれ、目を細めてこちらを見た。広い肩幅のせいで、二ヵ所が蝶番《ちょうつがい》でゆるく留めてある逆さにした二等辺三角形のように見えた。

「君はこれからどうするんだ？　広報《PIO》のあの愛すべき馬鹿者《ばかもの》の下でずっとやっていくわけじゃないだろう？」

「秋には大学へ行きます」

「どこの？」

「コロンビアへ。入れてくれればですが」

「何を学ぶ？」

「たぶん東洋の言語を」

「そのあとは？」

「学校で教えようかと」

「それだと博士号が要るぞ、飢え死にしたくないなら」

「時間はあります」

「一九四二年以降、大学進学準備校《プレップスクール》へいくつ通った？」

肩をすくめた。「八校か九校」

「何があった？」

「もう調査ずみかと思ってましたが」

「調査結果の確認、ということにしてほしい」

「だいたい追い出されました。賭《か》け事をしたり、飲酒のせいだったり。〝矯正不能〟の印を押されたり、こちらから出ていったり」

「学んだことはあったか？」

「読み書きを学んで、オーストラリア訛《なま》りは抜けました」

「両親ともに亡《な》くなってるんだね？」

「ええ」

「ぜんぶプライベートスクールだったのか？」

「最後のところ以外は」

「授業料は誰が？」

「後見人が作ってくれた生前信託《リビング・トラスト》があったので」

「ゴーマン・スモールデインか？」

「ええ」

「本当の後見人なのか？」

「必要なときには、いつでも」

「それ以外のときは？」

「自力でなんとか。ニューヨークのゴーマンの家にいたこともあります。戦後はパリでひと夏、彼と合流して過ごしました。アテネでも一度」

「ギリシャ語も話せるのか？」

「いえ」

「何ヵ国語話せる？」

「以前は六つか七つ。いまはそこまでは。中国語、フランス語、ドイツ語はまだいけます。あとは忘れました」

「君が通っていたのは〝進歩的な〟学校ばかりだな。引用符つきで言っているんだが」

「学校のカタログではついてなかったですね」

「高校の修了証書はどこで取った？」

「リーノーで。スモールデインが手配をして。十六の夏はカジノでブラックジャックのディーラーをやってました。それも彼の手配です。そこで高卒認定試験を受けたら、最終学年だけやり直せと言われて。それで一年通って修了証書をもらいました。ゴーマンが卒業式のためにニューヨークから飛んできたんですが、僕は飲みすぎで出られなかった」

「そのあとは？」

「モンタナへ行きました」

「学校へ？」

「一年だけ」

「どこだ？」

「モンタナ大学です。ミズーラの」

「なぜモンタナへ？」

「さあ。生まれた場所だったからかも」

「だが、物心もつかないうちに離れたのだろう」

「生後九ヵ月ですね」

「そして上海へ行った」

「父が間抜けなパイロットの過失のせいで命を落とし、私が娼館《しょうかん》で育った場所です。大佐、この質問攻めはどういうことですか？　もう答えは知ってるのに？」

ゲイは何秒かこちらをつくづく眺め、何か判断しようとしている様子だった。「君は成長するあいだにどんな友達がいた？　遊び仲間でもいいが」

「上海で？」

「そうだ」

「だいたい娼婦でした」

「子どもは？」

「アラブ人の子が何人か」

「アメリカへ戻ってからは？」

首を横に振った。「同年代の友達はいません」

「クラスメートにも？」

「みんな子どもだった」

「君はちがったのか？」

「どうでしょう。もう子どもじゃなかっただけです」

「いつも大人として扱われていたのか？」

「上海で？」

「そうだ」

「大人扱いとはいえないですけど、大人に話すように話しかけられてました。この二つはちがいます」

「それでアメリカに戻ったら、子どもに話すように話しかけられたわけか」

「そんなようなものですが、もう過ぎた話です」

「スモールデインはどうだった？」

私は微笑《ほほえ》んだ。「彼のことはいつも同年代みたいに思ってました。孤児の仲間みたいに。彼が子どもっぽいか、私がませてたということでしょうね」

大佐は何か、重要なところで納得がいったというようにうなずいた。娘のほうを見て、笑みを向けた。「ミスター・ダイも私も、もう一本ビールをもらおうかな、それならポーカーの腕も鈍らない」

ベヴァリーが立ち上がり、キッチンへ向かいかけて、ふと立ち止まった。「どのくらいかけたほうがいい？　五分か、十分？」

「五分でだいじょうぶだ」ゲイが言った。

彼女が出ていくと、大佐はソファに頭をもたせかけ、天井を見上げた。「もうコロンビアに決めたのか？」

「ニューヨークが好きなので」

「私は、もしふさわしい生徒がいたら、奨学生として推薦できる立場にいる。あいにくコロンビアではないが」

「どこです？」

大佐は東海岸にある、小さいが金持ちの通う私立大学の名を告げた。ワシントンからそう遠くない。「興味があるかね？」

「続けてください」

「君の希望する分野では、きわめて評価の高いところだ——東洋研究や言語では。ジョー・マッカーシーですらそう考えている。そこの学科長を来週、自分の委員会の前に引っぱり出そうとしているほどだ」

「またどうして？」

「その男のせいでわれわれが中国に負けたと思ってるんだ」

「負けたわけではないです。誰も負けてはいない」

「その男なら自分の尻は拭《ぬぐ》える。われわれが気にすることはない。だがほかにも退場せざるを得ない連中がいて、われわれがその補充をしなくてはならなくなる。それからその補充で抜けたぶんも補充しなくてはならない」

「よくわかりかねますが」

「君にその補充をしてもらおうとは思っていない」

「なら、どういうことでしょう？」

「君が奨学金の件に興味があるかどうかを知りたいんだ。月四百ドルに、授業料その他も保証する。ポーカーで四百ドルを倍にすることもできる」

「なるほど。興味はありますが、陸軍がそれほど気前がいいとは知らなかった」

「陸軍とは言っていない」

「そうじゃないとしたら、国務省ですか」

「ちがうな」

「残りはＣＩＡですが」

「ＣＩＡは国務省よりずっとマッカーシーを恐れている。もうすでに尻尾《しっぽ》切りを始めているが、マッカーシーはまだその件に触れていない」

「降参です、大佐」

ゲイ大佐は煙草《たばこ》に火をつけ、また天井がよく見えるようにソファに深くもたれた。

「実は名前がないんだ。ただ〝セクション2〟と呼んでおこう。いいか？」

「セクション1は？」

「そんなものはない」

「なるほど」

「マッカーシーが魔女狩りで始末する人間の補充が必要になれば、セクション2も優秀な人材を失うことになる。あの魔女狩りはどうすることもできん。行くところまで行くしかない。われわれにできるのは、国務省とＣＩＡにできた穴をうちの人員で埋めることだけだ。それまでに新しい人材を確保しておかなくてはならない。いまから四年後か五年後か、十年後のために、自前で補充する必要があるわけだ。ここまではいいか？」

「完璧《かんぺき》に理解しました。奨学金にはヒモがついているわけだ」

「いや。それはない」

「月に四百ドルせしめて、学位をひとつ取って、ありがとうですませてもいいということですか？」

「学位二つでもいい。何なら三つでも」

「なのにヒモつきではないと？」

「そうだ」

「それはどこまで外で話していいことなんですか？」

「セクション２のことか？」

「そうです」

「あまり話されては困る。書類上も存在していないしな」

「そしてCIAではない、と？」

「まったくちがう。言ってみれば、情報の銀行のようなものだ。ほかの機関が不足すると、われわれのところへ借りにくる」

「何を借りるんです？」

「何でも、必要なものを」

「いつ組織されたんですか？」

「一九四五年、中国がいまのようになろうとしてる時期だ」

「八年前に、マッカーシーが出てくるとは予想してなかったでしょう」

「いや。特定の人間はともかく、反動があるのは予想していた。誰かが非難されるということも、かなりの程度まで予測できた。特定の個人がな。もちろん非難する側の人間も必要で、それがジョー・マッカーシーだった。彼でなかったら別の人間がその役割を務めていただろう。貴重な人材が失われて、代わりが必要になることもわかっていた。色のついてない人間が。意味はわかると思うが」

「わかります」

「それでわれわれはスカウトを始めた」

「そしていま貸し出すようになって、また新しいのが必要になった」

「優れた人材はいつでも必要だ」

「中国ですか？」

大佐はかぶりを振った。「どこでもありうる」

「すると、中央銀行という以上の役割なんですね？」

「各地に支店がある、とだけ言っておこう」

「で、何をしてるんです？」

「何でも、必要なことを」

「誰が指揮を？」

「セクション２のか？」

「ええ」

「私だ」

「それでも陸軍の所属ではない？」

「派遣勤務だ」

「先週にポーカーをした将軍お二人は、あなたのやっていることを知ってたようですが」

「いや。あの二人は私がＣＩＡだと思っている。そうだともちがうとも言ってないだけだ」

「僕にはずいぶん話してますね」

「それほどでもない」

「わかりました。それで僕は何を？」

「何もしなくていい。来週、大学から入学通知が届くだろう」

「それで終わりなんですか？」

「それだけだ。小切手が毎月、ある財団から届けられる。君がもう学校はたくさんだと決めたら、誰かが会いにくるだろう」

「でも、それまでは来ないと？」

「来ない。ほかに何か？」

「ノーと言うのは馬鹿のすることですね」

大佐は思案げに私を見た。「そう。たしかに馬鹿だろうな。だが、君がもし馬鹿だったら、こんな申し出を受けることもなかったはずだ」

20

ベヴァリー・ゲイと私はその年の九月、アルバート・シラー少佐夫妻の家のリビングで結婚した。ゲイ大佐はいやいやながら花嫁を渡し、ゴーマン・スモールデインがニューヨークから飛んできて付添人を務め、私の後見人として法律上の承認をした。私はまだ二十一歳になっておらず、テキサスでは男は成人していないと承認なしに結婚できなかったのだ。女は十八歳からだった。承認さえあれば、男は十六歳、女は十四歳でもいい。いまはもう法律も変わっているかもしれないが、あやしいような気もする。

なぜ結婚したかというと、ごく当たり前の理由からだった。自分を愛してくれる女の子と恋に落ちたからだ。大佐は形にはうるさいタイプだった。「ちくしょう、ダイ、いいか、ちゃんとあの子にプロポーズしろ。私のことも納得させなきゃならん。この世でたったひとりの娘なんだから、とにかくしきたりにのっとって進めるんだ」

「僕は前途洋々たる若者ですよ」

「君の前途のことはわかってる」

「収入も向こう何年かは保証されてますし」

「君の収入のこともセント単位まで知ってる」

「じゃあ持参金は？」

　大佐は立ち上がり、世界中のガラクタが家具がわりに置かれたリビングを歩き回りはじめた。「うすうす見当はついてたんだ」独り言のように言った。「病気を治しにベヴァリーとサンアントニオで三ヵ月過ごして、やっと仕事に戻ったと思ったら、こいつが現れた」くるりとこちらを向く。「君をほんとうに義理の息子にしたものか、正直よくわからん」

「僕もあなたの望みどおりにやれるかわかりません」

「君の経歴に傷がつくかもしれん」

「上司の娘と結婚するのが？　成功への王道じゃないですか」

「君らはまだ若すぎる」彼は言って口をつぐみ、白髪まじりの髪を薄く筋張った手で後ろに撫《な》でつけた。「いや、そういうのともちがう。君は若すぎるんじゃない。スレすぎてるんだ、あの子には。町一番の女たらしに娘をくれてやるようなもんだ」さっとこちらに向きなおる。「これまで何人の女と寝た？」

「知りようがないです。記録につけてませんし。ご自分はどうです？」

問いかけは無視して、またしばらく歩き回る。この大佐が少しでも動揺するところなど初めて見た。もう一度体をひるがえし、右手の人差し指で私をぴたりと指した。勿体《もったい》ぶりは十分だが、証拠は足りていない地方検事のように。「だからだ、くそっ、あの子を愛してるのか？」

「ノーと言うと思いますか？」

ゲイはまたひとしきり歩き回ったかと思うと、足を止めてまたこちらに向きなおり、じっと立ったまま注意深く私を見つめた。まるでいま見えているものが見かけほど不愉快なものでありませんようにと願っているように。やがて口を開くと、その声は低く柔らかで、抑えられていた。どこか危険な響きがあるような気がした。事実、そうだったのかもしれない。「私の身に何かあるかもしれん。そうなったら、あの子を頼む。面倒を見てやってくれ。わかったか？」

「わかりました」

「もし私に何かが起こって、そのとき君がセクション２にいたら、すぐに辞めろ。まだだったら、入るな。わかったか？」

「はい」

声を少し大きくして、ダイニングのほうに首を振った。「あの子がそこにいるぞ、鍵穴《かぎあな》に耳をつけてな」

「ドアはないですけど」

「こんなはずじゃなかった。物わかりの悪い頑固親父《おやじ》そのものじゃないか」

ベヴァリーがダイニングから入ってきた。「とてもいい父親だと思ったわ」

大佐がかぶりを振った。「いいや、そんなはずがない。だいたい日曜の午後にするべきだったんだ。ホームドラマのろくでもない場面は日曜の午後に決まってるだろう、一週間の最悪の時間に。離婚の合意とか。不倫の告発とか。夫が妻をぶつのも日曜の午後にやるべきなんだ」私のほうを向いた。「だいたい君もよくない。もっとそわそわしてなきゃおかしいだろう」

「どうしてです？」

「だからだ、くそっ、私だって少しはアメリカの親父らしい気分を味わってもいいじゃないか。これまで人並みにそういう目にあったこともなかった」

「そんな機会はなかったでしょ」ベヴァリーが言う。

「機会がなかったのはわかってる。おまえがもう処女じゃないってことも、たぶんここにいるタラシ男と会ってから二週間でそうなったこともな」

「三週間よ。我慢したんだから」

「三週間か。私はただ、古びて手垢《てあか》のついたものがほしかったんだ。この借りものの家のリビングでの、ごくごく平凡な場面が。広告やMGMから抜け出してきたような。そういうありきたりなものに飢えてるんだよ」

「マティーニでもどう?」ベヴァリーが訊《き》いた。

「ありきたりなものだったら、シャンパンのほうがいい」私は言った。

大佐がため息をついた。「うちにシャンパンはないし、ベルモットも切らしてるし、いまは日曜の午後でもない」ベヴァリーににやっと笑いかけ、「ひどいもんだ」と言った。「生《き》のままのジンを持ってきてくれ」

ささやかな、ただし静かとは言いがたい結婚式だった。ルビーはずっと声をあげて泣きどおしで、シラー少佐はベヴァリーの体を三度つねった。一度など誓いの言葉の最中に、彼女が「わたくし、ベヴァリーは」と言うはずのところで飛び上がって、「痛《いた》っ」と声をあげた。少佐はほろ酔い加減でピアノを弾いて歌った。大佐は終始ずっと不機嫌そうだったが、娘のほうはともすれば笑いの発作に負けてしまいそうになった。新郎は二日酔いでむっつりしていた。スモールデインは前に会ったときより十キロは太っていて、付添人の役目を必要以上に意気込んで、でも楽しそうに務めてくれた。太った従軍牧師の少佐はバプテスト派だという話だったが、儀礼の言葉をもごもごとつぶやくので、私は二度ほど「え？」と聞き返すはめになった。そのあとで牧師はシャンパンを十一杯空けたあげく、めそめそ泣き出した。たぶん私たちのためだけでなく、自分の罪のせいもあったのだろう。

それが終わると、大佐が私をキッチンへ引きずっていき、二つの品を出してきた。ひとつは新車のシボレーのキー。ぶっきらぼうな態度だった。自分の気前のよさに戸惑ってでもいるのか、あるいは優しい父親らしきものを演じているのが照れくさかったのか。二つめの品がその埋め合わせをした。三八口径のコルト・オートマティック。

「手もとに置いておくんだ」

「持ち歩けってことですか？」

苦々しい表情が大佐の顔に広がった。ろくでなしを義理の息子に迎えてしまったと知ったばかりの男の表情だった。「手もとというだけだ。家のなかでいい」

私はうなずいたが、どうしたものかわからず、とりあえず尻ポケットに突っこんでから、あとでスーツケースに移した。

ゴーマン・スモールデインもやはり人目を忍んでいた。そしてまたキッチンを選んだ。結婚式に呼ばれてきた客がこっそり会う定番の場所なのだろうか。ポケットから封筒を取り出して、私に渡した。「結婚祝いだ」

私は礼を言って、ポケットに突っこもうとしかけた。

「おいおい、開けろよ」

開けてみると、中身は普通株式の株券らしきものの束だった。

「二千株ある」

「どこの社の?」

「スモールデイン通信社だ。つい最近、株式公開した。この国初のPR専門の会社だ。世界初かもな」

「動きはどんな感じ?」

「まあ、もちろんニューヨークには未上場だ。まだ店頭取引の段階だが、二から始まって、一・二五までしか下がってない」

「そりゃ有望だね」

「メジャーリーグだぞ、ぼうず。来年のいまごろには俺は金持ちになってるし、おまえもこれを手放さずにいたらそうなる。来月にはパリとロンドン、ローマに支社を開く。いまはまだデスクと電話があるきりだが、レターヘッドはなかなかのもんだ」

「事業は順調なんだね？」

「すごいぞ。人間は百万ドルも稼いだら、誰でも広報係が必要になる。精神科の医者にも根絶できない罪悪感を取り除くためにな。自分のこういうところがすばらしいって新聞や雑誌に載ってるのを見たら、これはきっと本当のことだと信じられて、良心の呵責《かしゃく》が和らぐわけだ。可能性は無限にある」

「株をありがとう、ゴーム」

「大切にとっとけよ。気がつかないうちに五十まで上がってるぞ」

スモールデインがふと言葉を切った。私の肩ごしに、何かずっと遠くにあるものを見ていた。「ケイトからは最後にいつ、便りがあった？」

「二週間ほど前かな。香港から手紙で、結婚のことでアドバイスをくれたよ」

「ケイトは死んだ」

タンテ・カテリンが、あの生命力にあふれたひとが、死ぬはずがない。スモールデインの言葉は頭のなかに届かなかった。その言葉でぱちりとスイッチが入り、自動的に否認のメカニズムが作動したのだった。それは十秒か十五秒くらい続いたあとで、止まった。誰かの死を知らされたとき、「ちがう」以外に言うことがあるはずだ。「どうして」とか「いつ」とか訊いてもよかったろうが、でもとにかく受け入れるのを拒んだ。そうすることで、少なくともあと何秒かは何も感じなくてすむというように。

「きのう電報が来た。心臓発作だった。おまえに話したものかよくわからなかった。せっかくのめでたい日に」

「ちがう。いや、そうじゃなくて、それはいいんだ——よかった、話してくれて」

「やっぱり知りたいだろうと思ってな」

「うん」

「まだそんな歳《とし》でもなかったのに」自分に言うように、スモールデインが言った。

「ちがう、そうじゃない。そんなのは言いわけだ。僕も訊かなきゃいけなかったんだ、何かできることはないかって」

「何もない。何ができたと思う？　もう終わった。ケイトは死んだ」

「わかったよ、ゴーマン。彼女は死んだ。僕ら二人とも、何もできることはなかった」

「ああ、くそっ——何かあればよかったのに」

「でも、何もないんだ」

スモールデインはかぶりを振った。「そうだな。ケイトはどこかちがってた——ただの女じゃなかった、ほんとうに。時代のせいだったのか」

「両方だよ、たぶん」

「言っておくが、あの一万一千ドルは返したよ」

「知ってた」

「ケイトもきっと言ってるぞ、その株を手放すなって」

「だったら聞くよ、彼女の言うことなら」だが私は聞かなかった。二年後、十二・二五まで上がったところで売ってしまった。だが株は上がりつづけ、六十一・五に達したあとで二分割された。最後に見たとき、スモールデイン通信社はアメリカ株式取引所で八十三か八十四あたりを推移していた。


ベヴァリーと私は四年間、二人で楽しく暮らした。彼女はこれまで会った誰よりも無私無欲な人物だった。私は彼女がくれるものをあくことなく受け取り、満ち足りる前にそれが尽きてしまうのを恐れていたように思う。私が受け取っていたのはもちろん彼女の愛で、その愛は限りもなければ尽きることもないと、そして自分にも少しは差し出せるものがあるとやっとわかった。ほかの人間たちがずっと前から知っていることを私が知るまでには一年ほどかかったが、それがほんとうに起きたとき、私と彼女の距離はありえないほど近くなった。

二人で住んでいたのは小さな木造の家で、私はいつも真っ黒に塗りたいという誘惑に駆られていた。家があるのはキャンパスの端で、いわゆる〝沈黙の世代〟が学んでいた時代だった。私は東洋の言語と歴史を専攻した。ベヴァリーが学んでいたのは人類学で、本人によれば、洗練された形で人類への関心を表現する学問だとのことだった。

　週末にはボルティモアかワシントンか、北のニューヨークまで出かけ、スモールデインの家にただで泊めてもらった。彼はPRの商売が新たに世間の脚光を浴びるにつれ、ありえないほどの金持ちになっていた。これまでと同じように稼ぎを女に使い、何人かと結婚までしたが、一年かそこらしか保《も》たなかった。

　財団からの小切手は毎月一日に届いた。それと一緒に復員軍人援護局の小切手も届けられたが、これは議会が感謝のしるしにGI権利章典《ビル・オブ・ライツ》の適用を朝鮮戦争の元従軍者にまで広げたおかげだった。この財団の小切手だけがセクション2の奨学金の存在を思い出させた。大佐はだいたいワシントンで仕事をしていたが、一年か半年ほど姿を消したかと思うとふいにひょっこり現れ、いつも決まった質問をしてきた。

「こいつはまだおまえをぶってるのか、ベヴ？」

たまにしか大佐が訪ねてこないせいで、その冗談の効果はそこそこ長続きした。彼はセクション2のことはおくびにも出さなかったし、私も同じだった。

一九五七年五月の、ベヴァリーがあと二週間で卒業し、私が修士号をもらえるという日だった。ベヴァリーが、子どもができたと告げた。とても誇らしげに、まるで圧倒的不利をものともせずまったく自分ひとりで成し遂げたことのように。

「まあ、おたがいがんばったものな」私は言った。

「でも、それほどじゃないときもあったわよ」

「あれ以上がんばれっていうなら、代役を立てなきゃならない」

「実は一、二度、持ちかけてみようかなと思ったんだけど――」

「僕の神経が耐えられないだろうって？」

「ものすごく繊細だもの」

「弱点だな」

「お祝いしましょ」ベヴァリーのグレイの目が少し――いや、盛大にくるくる踊った。

「もっとやかましいワインで、もっと強い音楽で祝うの」

「その言い方は、あべこべだと思うぞ」

「こっちのほうがいいでしょ」

「どこで？」

「どこって何が?」

「どこで祝おうか?」

ベヴァリーは決め手になる何かを探してでもいるように、部屋のあちこちにちらちら目をやった。そして私を見ると、ウィンクしてみせた。こんなウィンクができる素敵な女の子はほかにいない。「ベッドでよ。ほかにどこがあるの?」

レコードプレーヤーでマイルス・デイヴィスを聞きながら、三杯目のワインを飲んでいたときに、電話が鳴った。どうしてか以前の私は、裸で電話に出るのが好きだった。理由はわからないが、よくそうしていた。もう二度とそんなまねはしない。直通電話以前の時代にあった局どうしをつなぐ長距離通話で、大佐からだった。通話状態が悪いのか、ざらついた、苦しげなしゃがれ声が聞こえた。

「あの子を連れ出せ、ダイ」

「どこへ?」と言った。何か言わなくてはと思ったのだ。

「おまえのあの友達――スモールデインのところへ。すぐに連れ出すんだ――やつらは――」電話が切れた。受話器を置いて、ベヴァリーに言った。「服を着て」

「どうして?」

「とにかく着るんだ。君の親父さんに言われた」

ベッドの横にある小さなテーブルの引き出しに手を突っこんだ。大佐から渡された三八口径オートマティックを探そうとした。拳銃《けんじゅう》を探り当て、装塡《そうてん》するものを見つけた。クリップのなかに弾丸は二発あったが、そのときやつらが入ってきた。侵入を防ぐものはなかった。暑かったので玄関ドアを開けたまま、網戸だけ閉めていたのだ。暑いときの習慣だった。網戸のラッチは単純な留め金だけで、開けるのは何の造作もなかった。

やつらが寝室に現れたとき、私は左手にクリップを、右手にオートマティックを持っていた。素早く入ってきた二人はどちらもダークスーツ姿で、ハロウィンのマスクをかぶり、リボルバーをかまえていた。一方が片割れより十センチほど背が低かった。背の低いほうが私に向けてリボルバーを振り、もう一度振ったとき、私は相手の意図を察した。オートマティックとマガジンをベッドの横のテーブルに置いた。ベヴァリーがシーツを胸の上へ、首元まで引き上げた。ゆっくりとした動きだった。背の低いほうが私にリボルバーを突きつけ、高いほうにうなずいてみせると、自分のリボルバーをコートのポケットにすべりこませた。ベルトのバックルと、ズボンの前のボタンを外しはじめる。ジッパーではなくボタンだった。ズボンと下着を、青と白の縞柄《しまがら》のパンツを引き下ろした。そしてベヴァリーからシーツを剝《は》ぎ取った。そいつは割礼をしていなかった。私は起き上がろうとしかけたが、背の低いほうにリボルバーで突き戻され、無理に頭をベッドのほうへ向けられたので、見ずにいることはできなかった。

それから十五分ほど、背の高いほうが唸《うな》りながら汗をかき、つかんでは握るのを見ていた。そいつは前にあきるとベヴァリーを裏返し、後ろから試した。それにもあきると口を使った。初めのうち彼女は何度か「やめて」と言ったが、男に口を張り飛ばされると、もう何も言わなくなった。完全に身じろぎもせず、男に犯されるままだった。私は彼女がばらばらになっていくのを、その目のなかの恐怖が一種のあきらめと狂気へと溶けていくのを見させられていた。

ことが終わるとやつは立ち上がり、小便をしたあとのように二、三度それを振ってから、ズボンを元どおり引き上げた。ポケットからリボルバーを取り出し、頭を少し回して、背の低いほうを見た。私は銃口を耳に押し当てられたままだった。背の低いやつがうなずいたにちがいない、背の高いほうがベヴァリーを二度撃った。右の頰に一発、ひたいに一発。体がベッドのヘッドボードに叩《たた》きつけられた。背の高いほうがリボルバーを私に向けた。私は待ったが、背の低いほうがただ、リボルバーの銃口を耳から離した。そいつがベッドの足のほうへ行き、ベヴァリーの右胸と腹に銃弾を撃ちこむのが見えた。もちろん、そんな必要はなかった。彼女はもう死んでいた。そしてハロウィンのマスクを着けたまま、二人はあとずさりで寝室を出ていった。私はそれを見ていた。どちらもほとんど音をたてなかった。背の高いほう、マスクも取らずにベヴァリーを犯したやつの声、そして靴の音以外は。やつは何度か唸り声をあげた。やつらはリビングへ戻り、少しあとに網戸の閉まる音がした。また少しして、車が勢いよく走り去る音が響いた。私はかつてベヴァリーだったものを見た。顔の右側が剝ぎ取られ、むき出しになった白い骨が目に映った。血もたくさん出ているようだった。

カーミングラーが着いたのはその日の朝四時、警察が引き揚げ、ベヴァリーの体が運ばれていったあとだった。混乱と騒音があったほかには、あまり記憶がない。カーミングラーはノックもせずに入ってきた。彼が咳払《せきばら》いをするまで、私は顔も上げなかった。彼が自分の身元を告げたとき、その手に『ワシントン・ポスト』が握られているのに気づいた。

当時はもちろんカーミングラーも若く、二十九か三十だったはずだが、すでにベストを身に着け、ファイ・ベータ・カッパの鍵をいじっていた。パイプも吸っていたが、このときは火をつけていいかと訊くだけの礼儀があった。それ以降は二度と訊くことはなかった。

「大佐が死んだ」パイプの火がついてから、カーミングラーは言った。パイプに火をつけるまで、大事なことは決して言わないというようだった。

私は言った。「ああ」それほど興味もなかった。

「ことの経緯はこの『ポスト』にある」と言って、新聞をたたいてみせた。

何も言うことはなかった。

「警察は自殺だと言っている。ベヴァリーの身にあったことを悲観して、自分で自分を撃ったと」

「だが、そうじゃない」私は言った。「自殺じゃなかった」

「たしかに。われわれが警察にそう発表させたのだが、少々骨が折れた。もちろん、何者かが大佐を撃った。やつらは彼の娘さんを通して近づいた。娘がどうなってもいいのかと言って脅したのだろう。おそらく時間の許すぎりぎりまで。それで口を割るはずだった。ここへ電話をかけて、娘が家にいるのを確かめさせもした」

「彼はただじっと、こうなるのを待っていたのか」

「ほかにどうしようもなかった。やつらがブラフをかけている可能性もあった。もう失敗だとわかると、やつらはあきらめて、彼を殺した。まあ、その結果にさほど意味はない」

「僕の妻はどうなんだ、ふざけるな」私は叫んだ。「これにどんな意味があるんだ？」

カーミングラーは動じなかった。「彼が途中で、口を割った可能性もある。そうなったら、娘さんに話さなくてはならなかっただろう——娘さんも聞いたことを誰かに話さなくてはならなくなる——まあ、それがことの次第だ」

「相手はどこの誰です？」

「大佐は東へ行っていた」

「東というのは？　東ボルティモア？」

「ヨーロッパだ。おそらくあちらの国の誰かだろうが、確かなことはわからない」

「わからない？」

「ああ」

「何か飲み物でも？」

「いや」

「ここへ何をしに？」

「君のことを知る必要がある」

「僕の何を？」

「君がセクション2に入るかどうかを」

まじまじと相手を見た。「ちきしょう、あんたは冷血動物以下だ」

肩をすくめた。「それほどじゃない。知っておかなくてはならないだけだ」

「なぜ？」

カーミングラーはパイプで漠然と何かを示す身振りをした。「大佐が死んだことで、大改造が行われる。上から下まで。セクション2は小さな専門組織だ。大佐は君を大いに買っていた。だからできれば知っておきたい」

「ばかばかしい」私は言った。「あのひとは自分の娘以外の誰も買っていなかったし、その娘はもう死んだ」

「どう考えるのも自由だが、君は入るのか、入らないのか？　知っておく必要がある」

私は部屋を、部屋にあるいろんなものを見回した。以前はどれも私たち二人のもので、すばらしく見えた。だが私だけのものになったいまは、ただ使い古され、すり切れたように見えた。床のカーペットに目をやっても、どうしようもなくみすぼらしく映った。どう答えようかと考えもせず、ただ口にした。「入ります」

「けっこう」カーミングラーが言った。「また連絡する」

私が目を上げると、彼は立ち上がってドアまで行き、足を止めた。「ところで」と言って、自分が座っていた椅子のほうを指した。「『ポスト』を置いていこう。もし大佐の話を読みたければ」

「ご親切にどうも」内心の思いを声に出すまいとして言った。

「いいや、まったく」

私は大佐の葬儀には出なかったが、大勢の参列者がいたとカーミングラーから聞いた。どこの誰なのだろう、と思った。ベヴァリーのそれは葬儀ともいえないものだった。お葬式なんてしない、と彼女が以前言ったことがあった。だから家まで来たのは葬儀社の霊柩車《れいきゅうしゃ》とリムジンだけで、スモールデインとカーミングラー、私の三人が墓地まで行った。墓前での礼拝もなかった。青いオーバーオールの男たちが棺《ひつぎ》を穴に下ろすのを、私はしばらく立ったまま見ていたが、いつまでたっても終わりそうにないので、きびすを返してリムジンまで戻った。カーミングラーはまだ車のなかにいた。墓に近づきもしていなかった。

三人とも無言のまま、街まで戻った。カーミングラーが先に降りた。「また連絡する」と言い残し、私はわかったと答えた。

スモールデインは彼に目もくれず、じっと窓の外を眺めていた。やがてぽつりと、「クソったれめ」と言った。私はうなずき、スモールデインは自分の言いたいことがこちらに伝わったと理解できたようだった。私は彼をカーミングラーには紹介しなかったと思う。

（下巻へ続く）

L・ホワイト
矢口 誠 訳

気狂いピエロ

運命の女にとり憑かれ転落していく一人の男の妄執を描いた傑作犯罪ノワール。あまりに有名なゴダール監督映画の原作、本邦初訳。

D・E・ウェストレイク
木村二郎訳

ギャンブラーが多すぎる

ギャンブル好きのタクシー運転手が殺人の容疑者に。ギャングにまで追われながら美女とともに奔走する犯人探し——巨匠幻の逸品。

P・ベンジャミン
田口俊樹訳

スクイズ・プレー

探偵マックスに調査を依頼したのは脅迫された元大リーガー。オースターが別名義で発表したデビュー作にして私立探偵小説の名篇。

W・グレアム
三角和代訳

罪の壁

善悪のモラル、恋愛、サスペンス、さまざまな要素を孕み展開する重厚な人間ドラマ。第1回英国推理作家協会最優秀長篇賞受賞作！

D・ヒッチェンズ
矢口 誠 訳

はなればなれに

前科者の青年二人が孤独な少女と出会ったとき、底なしの闇が彼らを待ち受けていた——。ゴダール映画原作となった傑作青春犯罪小説。

D・R・ポロック
熊谷千寿訳

悪魔はいつもそこに

狂信的だった亡父の記憶に苦しむ青年の運命は、邪《よこしま》な者たちに歪められ、暴力の連鎖へ巻き込まれていく……文学ノワールの完成形！

J・ノックス
池田真紀子訳

堕落刑事
—マンチェスター市警
エイダン・ウェイツ—

ドラッグで停職になった刑事が麻薬組織に潜入捜査。悲劇の連鎖の果てに炙りだした悪の正体とは……大型新人衝撃のデビュー作！

J・ノックス
池田真紀子訳

笑う死体
—マンチェスター市警
エイダン・ウェイツ—

身元不明、指紋無し、なぜか笑顔——謎の死体〈笑う男《スマイリー》〉事件を追うエイダンに迫る狂気の罠。読者を底無き闇に誘《いざな》うシリーズ第二弾！

J・ノックス
池田真紀子訳

スリープウォーカー
—マンチェスター市警
エイダン・ウェイツ—

癌で余命宣告された一家惨殺事件の犯人が病室内で殺害された……。ついに本格ミステリーの謎解きを超えた警察ノワールの完成型。

J・グリシャム
白石 朗訳

冤罪法廷（上・下）

無実の死刑囚に残された時間はあとわずか——。実在する冤罪死刑囚救済専門の法律事務所を題材に巨匠が新境地に挑む法廷ドラマ。

T・R・スミス
田口俊樹訳

チャイルド44（上・下）
CWA賞最優秀スリラー賞受賞

連続殺人の存在を認めない国家。ゆえに自由に凶行を重ねる犯人。それに独り立ち向かう男——。世界を震撼させた戦慄のデビュー作。

C・R・ハワード
高山祥子訳

56日間

パンデミックのなか出会う男女。二人きりの愛の日々にはある秘密が暗い翳を投げかけていた。いま読むべき奇跡のサスペンス小説！

E・レナード
村上春樹訳
オンブレ

「男《オンブレ》」の異名を持つ荒野の男ジョン・ラッセル。駅馬車強盗との息詰まる死闘を描いた傑作西部《ウェスタン》小説を、村上春樹が痛快に翻訳！

マーク・トウェイン
柴田元幸訳
トム・ソーヤーの冒険

海賊ごっこに幽霊屋敷探検、毎日が冒険のトムはある夜墓場で殺人事件を目撃してしまい――少年文学の永遠の名作を名翻訳家が新訳。

マーク・トウェイン
村岡花子訳
ハックルベリイ・フィンの冒険

トムとハックは盗賊の金貨を発見して大金持になったが、彼らの悪童ぶりはいっそう激しく冒険また冒険。アメリカ文学の最高傑作。

マーク・トウェイン
柴田元幸訳
ジム・スマイリーの跳び蛙
―マーク・トウェイン傑作選―

現代アメリカ文学の父であり、ユーモア溢れる冒険児だったマーク・トウェインの短編小説とエッセイを、柴田元幸が厳選して新訳！

フォークナー
加島祥造訳
八月の光

人種偏見に異様な情熱をもやす米国南部社会に対して反逆し、殺人と凌辱の果てに逮捕され、惨殺された男ジョー・クリスマスの悲劇。

フォークナー
加島祥造訳
サンクチュアリ

ミシシッピー州の町に展開する醜悪陰惨な場面――ドライブ中の事故から始まった、女子大生をめぐる異常な性的事件を描く問題作。

C・ドイル
延原謙訳

バスカヴィル家の犬

爛々と光る眼、火を吐く口、全身が青い炎で包まれているという魔の犬――恐怖に彩られた伝説の謎を追うホームズ物語中の最高傑作。

C・ドイル
延原謙訳

恐怖の谷

イングランドの古い館に起った奇怪な殺人事件に端を発し、アメリカ開拓時代の炭坑町に跋扈する悪の集団に挑むホームズの大冒険。

C・ドイル
延原謙訳

シャーロック・ホームズ最後の挨拶

引退して悠々自適のホームズがドイツのスパイ逮捕に協力するという異色作「最後の挨拶」など、鋭い推理力を駆使する名探偵ホームズ。

C・ドイル
延原謙訳

シャーロック・ホームズの叡智

親指を切断された技師がワトスンのもとに駆込んでくる「技師の親指」のほか、ホームズの活躍で解決される八つの怪事件を収める。

延原謙訳

ドイル傑作集（I）
――ミステリー編――

奇妙な客の依頼で出した特別列車が、線路上から忽然と姿を消す「消えた臨急」等、ホームズ生みの親によるアイディアを凝らした8編。

延原謙訳

ドイル傑作集（II）
――海洋奇談編――

十七世紀の呪いを秘めた宝箱、北極をさまよう捕鯨船の悲話や大洋を漂う無人船の秘密など、海にまつわる怪奇な事件を扱った6編。

延原謙訳
ドイル傑作集（Ⅲ）
—恐怖編—
航空史の初期に、飛行士が遭遇した怪物との死闘「大空の恐怖」、中世の残虐な拷問を扱った「革の漏斗」など自由な空想による6編。

M・ルブラン
堀口大學訳
8 1 3
—ルパン傑作集（Ⅰ）—
殺人現場に残されたレッテル〝813〟とは？恐るべき冷酷さで、次々と手がかりを消していく謎の人物と、ルパンとの息づまる死闘。

M・ルブラン
堀口大學訳
続 8 1 3
—ルパン傑作集（Ⅱ）—
奸計によって入れられた刑務所から脱獄、ヨーロッパの運命を託した重要書類を追うルパン。遂に姿を現わした謎の人物の正体は……。

M・ルブラン
堀口大學訳
奇 岩 城
—ルパン傑作集（Ⅲ）—
ノルマンディに屹立する大断崖に、フランス歴代王の秘宝を求めて、怪盗ルパン、天才少年探偵、イギリスの名探偵等による死の闘争図。

M・ルブラン
堀口大學訳
ルパン対ホームズ
—ルパン傑作集（Ⅴ）—
フランス最大の人気怪盗アルセーヌ・ルパンと、イギリスが誇る天才探偵シャーロック・ホームズの壮絶な一騎打。勝利はいずれに？

ポー
巽孝之訳
モルグ街の殺人・黄金虫
—ポー短編集Ⅱ ミステリ編—
名探偵、密室、暗号解読——。推理小説の祖と呼ばれ、多くのジャンルを開拓した不遇の天才作家の代表作六編を鮮やかな新訳で。

Title : THE FOOLS IN TOWN ARE ON OUR SIDE
Author : Ross Thomas

愚《ぐ》者《しゃ》の街《まち》（上）

新潮文庫　ト - 25 - 1

Published 2023 in Japan
by Shinchosha Company

令和五年六月一日発行
令和五年十二月五日二刷

訳者　松《まつ》本《もと》剛《つよ》史《し》
発行者　佐藤隆信
発行所　株式会社新潮社

郵便番号　一六二―八七一一
東京都新宿区矢来町七一
電話　編集部(〇三)三二六六―五四四〇
　　　読者係(〇三)三二六六―五一一一
https://www.shinchosha.co.jp

価格はカバーに表示してあります。

印刷・株式会社光邦　製本・株式会社大進堂

ISBN978-4-10-240311-2 C0197